翔田 寛
Shoda Kan

無宿島《むしゅくじま》

幻冬舎

無宿島

天明年間（一七八一―八九）、日本は大飢饉に見舞われ、無宿などの浮浪人が江戸に激増し、社会問題となった。時の老中・松平定信はその対策として、寛政二年（一七九〇）、江戸の沖合いを埋め立て、収容施設《人足寄場》を創設した。江戸の人々はこの場所を、恐れを込めて《無宿島》と呼んだ。

江戸湊における無宿島の位置

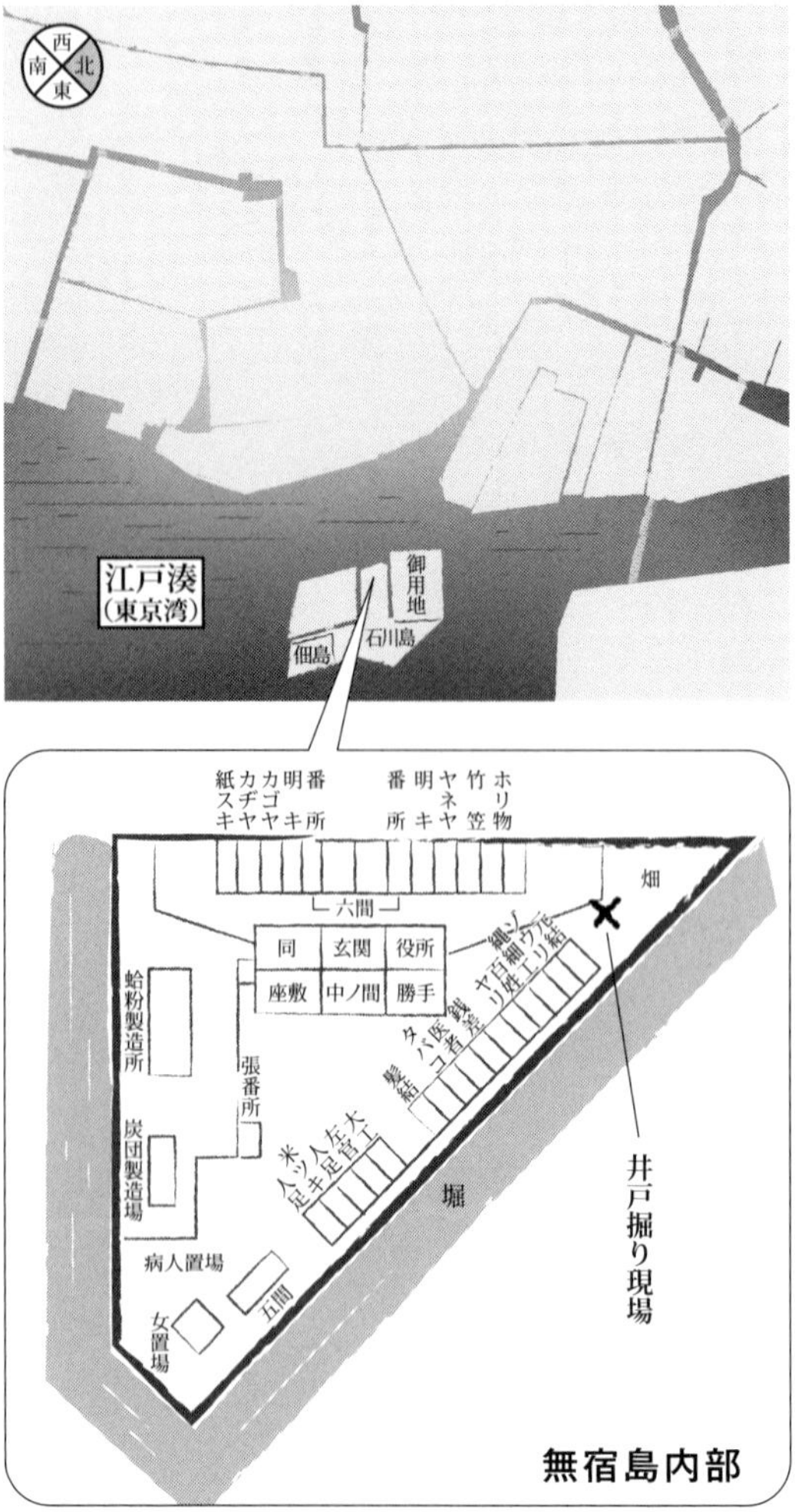

目次

プロローグ

低い地鳴りのような音が響いている。

その音は、海の大波のように高まるかと思えば、潮が引くように静まりかえる。無数の男たちの怒鳴り声。家財が地面に叩きつけられ、家が倒壊する轟《とどろ》き。人々が走り回る喧噪《けんそう》と、女子供の泣き叫びがまじりあった残響。少し離れた町筋で、またしても《打ちこわし》が始まった。

その音から遠ざかるように、小栗晋作《おぐりしんさく》は薄暗い路地裏を猛然と駆け抜けた。右手に十手を握り締め、襷《たすき》掛けした薄藍《うすあい》の着物に紺袴《こんばかま》、額には黒鉢巻を締めた身なりだ。幕府の米蔵である浅草御蔵にほど近い福富町には、じめっとした梅雨時の温気《うんき》がこもっている。走りながら両側の軒瓦《のきがわら》で切り取られた空を見上げると、日暮れでもないのに空は薄暗く、鈍色《にびいろ》の雲が低く垂れこめていた。

小栗晋作は狭い辻《つじ》で立ち止まると、額の汗を腕で拭《ぬぐ》いながら、耳を澄ました。彼は南町奉行所の見習い同心である。《打ちこわし》の騒動を鎮圧し、乱暴狼藉《ろうぜき》を働く不逞《ふてい》の輩《やから》を取り締まることが本来の役目だ。しかし、あえて持ち場から離れたのだ。それでもなお、後ろ髪を引かれる思いが足を止めさせたのだった。

《打ちこわし》が始まったのは三日前、天明七年（一七八七）陰暦五月二十日のことだった。その晩、深川森下町の一軒の米屋に、数名の男たちが押し掛けて施米《せまい》を求めたという。ところが、応対に出た手代が、主人の不在を理由にその要求をにべもなく断ったことから、男たちが腹を立てて店に上がり込み、建具や家財を破壊したのだった。

この噂《うわさ》がたちまちのうちに四方へ広がり、翌日には本所、赤坂、四谷、青山でも同様の騒動が持ち上がった。当初、騒乱に加わった人々は、施米を拒む商家を文字通り打ち壊すだけだったが、やがて、その混乱に乗じて盗みやかっぱらい、さらに平然と着物や金箱まで強奪する連中まで続出したのである。同様のことが、いまは江戸じゅうで頻発している。

もっとも、手が付けられないほど熱気を帯びた群衆の憤激も、ある意味では無理もなかった。平年なら百文で米を一升ほど買えたものが、五月半ばには、わずか二、三合しか買えなくなってしまった。この背景には天明二年、三年と続いた大凶作と、天明四年の浅間山の大噴火、それに米商人たちによる悪辣《あくらつ》な投機買いによる米価の異様な高騰があった。しかも、飢えた群衆が北町奉行所へ殺到して御救い米を求めたところ、月番の町奉行、曲渕甲斐守景漸《まがりぶちかいのかみかげつぐ》が無慈悲にもその請願を拒絶してしまい、この事実が瓦版で報じられたことから、庶民の怒りが沸騰したのである。

この事態に度を失った幕府は、文官の町奉行では、とうてい鎮圧不可能と判断し、急遽《きゅうきょ》、武官である御先手組《おさきてぐみ》の与力に鎮圧を命じて、御先手組の同心ばかりか、町奉行配下の同心たちの指揮権までも委ねたのだった。

だからこそ、ほんの少し前まで、小栗晋作は吾妻橋際の自身番《じしんばん》に待機していた。陣頭指揮を執っている御先手組与力によって、南北の奉行所に属するすべての同心が、江戸の各要所に配置場所を割り当てられたのである。
当初、小栗晋作は深川の本所界隈《かいわい》の担当と決まったものの、今朝になって老齢の同心が激しい腹痛を起こしたことから、上司の吟味方与力の裁量で、その自身番に配置替えを命ぜられたのだ。
すると、そこへ印半纏《しるしばんてん》を着込んだ鳶《とび》の男が駆け込んできたのだった。
《旦那、森田町の札差《ふださし》の店が襲われていますぜ》
勢い余った鳶の男は、玄関先にあった膝隠し《ひざかく》し（衝立《ついたて》）を倒すのもかまわずに叫んだ。
小栗晋作は家主の老人と顔を突きあわせて、ここ二日ほどの打ちこわしが起きた町と、その状況について話し込んでいたところだった。
《何人くらいだ、打ちこわしに加わっている連中は》
《ざっと四、五十人はおります》
鳶の男が息を切らして言った。
《よし、おまえも一緒に来てくれ》
森田町の向かい側は浅草御蔵だ。幕府が、直轄地である天領から収穫した年貢米や、膨大な買上げ米を収納しておく、この国最大の米蔵である。むろん、小栗晋作に任せられた警備地域にほかならず、騒乱をそのまま放置することは許されない。小栗晋作はすぐさま帯に刀を差すと、手下《てか》の岡っ引きも引き連れて自身番から飛び出した。
広小路から駒形町、諏訪町と三人は走り抜けた。両側の商家は、どこも表戸をぴたりと閉ざしていた。たまに戸が開きっ放しになった店もあったが、それらは暴徒たちによって破壊され尽くした商家にほかならなかった。とばっちりを恐れてか、道に住民の姿はまったくなかった。無人の町筋を、野良犬ばかりが狂ったように吠《ほ》えながら駆け廻っていた。

それでも、ほんのときおり、人影が過《よぎ》ることがあった。もっとも、十手を手にした小栗晋作の姿を目にするなり、男でも女でも怯《おび》えたように物陰に逃げ去ってしまった。彼らは髪を振り乱し、いずれも両手に大きな荷物を抱えていた。今回の騒動に乗じて他人の物を盗んだり、かっぱらいを働いたりした連中だろう。それでいて、誰もが痩《や》せ細って、くすんだ青白い顔ばかりで、飢えた餓鬼か幽霊のように見えた。江戸はついに死の町と化した。そう思わずにはいられなかった。

所々で打ち破られた表戸、嵐が通り抜けたように散乱した家財、壊された商品などを目にしているうちに、小栗晋作はふいに別の懸念を思い浮かべてしまった。しかも、瞬く間に、その思いは抑えがたいほどに膨れ上がってしまったのである。

《打ちこわし》が始まった日の前日、妻のおうめは、生まれたばかりの娘紗代《さよ》を連れて里帰りしていた。一泊して戻る予定だったものの、騒乱が発生したことから、使いの者が、実家にしばらく留《とど》まる旨の手紙を届けて来たのだった。

すると、打ちこわしの続く江戸市中で、凶悪な押し込みが頻発し始めたのである。その手口は裏口から無理やり侵入して、有無を言わさずに店の人間を刺殺し、あり金を持ち去るという荒っぽさであった。しかも、押し込むのは夜間とは限らず、昼日中に平然と押し入った例もあった。《打ちこわし》を恐れて、多くの両替商が表戸を固く閉ざしていたために、凶行が覆い隠されてしまったのだ。

そのうえ、いずれの押し込みも申し合わせたかのように、打ちこわしで役人たちが手を取られているときに、まるで、その間隙《かんげき》を狙《ねら》い澄ましたように、すぐ目と鼻の先の町筋で起きていた。《打ちこわし》の騒ぎのせいで、店の者の悲鳴や、賊たちによる惨劇の物音が紛れてしまったのは、とうてい偶然とは考え難かった。

そんな思いに責められて、小栗晋作はついに足を止めてしまったのである。《打ちこわし》に対する憤りはすっかり影を潜め、もっと切羽詰まった気持ちが心を占めていた。《打ちこわし》の騒動が起きている森田町から、ほんの二町（約二百二十メートル）ほどの門前町に、おうめの実家、両替商の伊瀬屋があるのだ。

《どうなさったんですか、旦那》

岡っ引きが顔を引き攣《つ》らせて言った。

鳶の男も足を止めて、落ち着きなく町の惨状を見廻していた。

小栗晋作は絞り出すように言った。

《おまえたち、先に行ってくれ》

《何をおっしゃるんです。旦那が行かなくて、あっしらに何ができます》

鳶の男も驚きの表情になった。

《旦那は、いったいどこへ行かれるんですか》

縋《すが》りつくように見つめられて、一瞬、言葉に詰まった。

《済まん。どうしようもないのだ》

叫ぶなり、近くの路地へ駆け込むと、あとを見ずに駆け抜けたのだった。少しの間だけ二人は追いかけてきたものの、無理やり引き離して、とうとう、この辻まで来てしまったのである。

むろん、広い江戸のこと、次にどこの両替商が狙われるか、予測などつくはずもないし、自分の不安など、馬鹿げた杞憂《きゆう》にすぎないかもしれない。しかし、万が一、押し込みの連中が伊瀬屋に目をつければ、おうめや紗代の命が危ない。おうめとは、ともに十八で祝言を挙げて、まだ二年足らずだ。

ふいに、あどけない紗代の笑顔が脳裏に浮かんだ。お役目を投げ出してきた後悔の念など、一瞬でかき消えた。

再び走りだすと、背中に汗が流れた。掘割にかかった小揚橋《こあげ》を渡ったとき、鼻先にものの焦げる臭《にお》いがした。

目を上げると、家屋根の重なった間から、黒い煙と赤い舌のような炎が立ち昇っているのが見えた。一気に速くなった鼓動が、自分で聞き分けられる。

向かい側から駆けてくる人影が目に留まった。背の高い痩せた男だった。屋号を染め抜いた海老茶《えびちゃ》色の前掛けをしている。商家の手代だろう。ものに憑《つ》かれたように目を大きく見開き、何度も振り返りながら、口を開けたまま走ってくる。

小栗晋作は両腕を広げた。

「待て、何があったのだ」

大声に、相手がようやく小栗晋作に気がついた。

「あっ、お役人様、大変だ。火が付けられました」

「どの辺りだ、火を付けられたのは」

だが、男は口元を戦慄《おのの》かすだけで、うまく言葉にならない。

男の肩を摑《つか》むと激しく揺すり、怒鳴った。

「落ち着け。どこだ、燃えているのは」

「も、門前町の北西の角です」

「何だと」

一転して男を押しのけると、小栗晋作は再び走った。伊瀬屋はちょうどその辺りにあるのだ。

門前町の通りは逃げ惑う人々でごった返していた。道に天水桶《てんすいおけ》が転がっており、人々の頭に容赦なく火の粉が振りかかる。

方々で叫び声や名前を呼ぶ声が上がり、大八車《だいはちぐるま》を曳《ひ》いた男たちが狂ったように駆け抜けてゆく。転んで泥だらけになり、泣き叫んでいた子供を助け起こすと、背後から母親らしき女が飛び出してきて、子供を引っさらうようにして走り去った。

そのとき、伊瀬屋の屋根看板が炎上しているのが目に留まった。血の気が引いた。炎はとうに梲《うだつ》を越えて、隣の店の二階にまで燃え広がっている。漆喰《しつくい》壁が煤《すす》で真っ黒に染まり、火のついた材木が雨のように降り注いでいる。屋根瓦までがばらばらと落ちて、濛々《もうもう》たる埃《ほこり》と煙が立ち昇っていた。

さざ波のように全身に鳥肌が奔《はし》る。次の刹那《せつな》、我に返った小栗晋作は、人々の流れに逆らうようにして猛然と進んだ。

「退《ど》けっ、邪魔をするな」

彼の顔にも、火の粉が降り注ぐ。

すると、向かいから来た老人が彼の袖《そで》を摑んだ。驚くほどの力だ。

「お役人様、だめだ。焼け死んじまう」

「うるさい、手を離せ」

小栗晋作は満身の力を込めて老人の手を振りほどくと、表戸を蹴破って燃え盛る店の中へ入り込んだ。

眩《まぶ》しいほどの炎が店の中を覆い尽くしていた。あまりの熱気に息もできず、煙が錐《きり》のように目を刺す。

「おうめ、紗代」

歯を食いしばり、腕で顔を庇《かば》いながら、小栗晋作は奥に進み、妻と娘の名を連呼した。

だが、聞こえるのは柱や梁《はり》が燃える鞴《ふいご》のような音だけだ。

それでも諦《あきら》めずに何度も名前を叫びながら、奥座敷へ入り込んだ。灼熱の炎の向こう側に、誰かが倒れている。心の臓がとび跳ねた。小さな人影だ。

そう思ったとき、柱が軋《きし》る不気味な音が響き渡り、轟音《ごうおん》とともに天井が崩れ落ちてきた。

第一章

一

寛政八年（一七九六）、陰暦五月二十日。

大森平吉《おおもりへいきち》は真っ暗な路地に駆け込むと、立てかけられた竹竿《たけざお》の束の陰に身を潜めた。

荒い息を整えながら、暗い路地に怖々《こわごわ》と目を凝らす。

背後から聞こえていた足音が、いつの間にか消えている。

追いかけてきた男も、こちらが動きを止めたことに気づき、どこかで気配を窺《うかが》っているのだ。

また、あいつか――。

大森平吉は怒りを覚えながら思った。

二か月ほど前から、何度も同じように尾《つ》けられた。その理由にも、それなりの心当たりがある。

その少し前頃、おせんという若い女と深い仲になったのだ。回向院《えこういん》近くの相生町《あいおいちょう》にある料理茶屋の仲居である。色の白い、目鼻立ちの整ったほっそりとした顔立ちだが、着痩せするらしく、柔らかい素肌はふくよかな重みがあった。おせんには亭主がいるから、二人の仲はいわば浮気だ。

しかも、そんな関係になった後で、寝物語で知ったことだが、亭主はやくざまがいのめっぽう嫉《しっ》妬《と》深い男だという。

五日前の晩にも、おせんと逢《あ》った帰り道、頰《ほお》かむりをした体の大きな男に尾けられたのだった。それまでとは違い、相手は明らかに殺気を漂わせていた。もっとも、その日は真っ暗な雨模様で、北森下町の角で、たまたま二人の間に辻駕籠《かご》が割り込んできたおかげで、男をどうにかまくことができた。

だが、今夜は月が出ているうえに、相生町の店を出たときから、もう四半刻（三十分）近くも追い廻されている。しかも、こんなときに限って、誰も通りかからない。どこか遠くで按摩《あんま》の笛が鳴っているだけだ。

何度も迷った挙句、大森平吉は思い切って立ち上がると、息を止めて一気に路地を駆け抜けた。たちまち、背後から重い足音が追ってきた。さっきまでとは違う、物凄《ものすご》い勢いだ。間近に肉薄してくる息遣いに、仕留めてやるという執念が横溢《おういつ》している。

路地の角を懸命に曲がり、すぐにまた別の隙間へ身を滑り込ませると、真っ暗な路地を必死で走った。それでも、相手は執拗《しつよう》に追跡をやめようとしない。泣きだしたいような気持ちと、怒りが一つになった思いが、出口を失って頭の中に膨れ上がっていた。やめてくれ、やめてくれ。声に出せない叫びが、胸に渦巻く。こんなことなら、おせんなど相手にしなければよかった。だいいち、先にちょっかいを出してきたのは、あの女の方ではないか。

そう思った刹那、左の脛《すね》に激痛が奔った。足元の材木に躓《つまず》いたと悟ったのは、前のめりに転んだ後だった。

無様に這《は》いつくばり、顔を上げて、はっと息が止まる。巨大な影が目の前に屹立《きつりつ》していた。頬かむりした男の手にした匕首《あいくち》が、月光を浴びて鏡のように光る。

「待ってくれ」

ばね仕掛けのように後じさり、大森平吉は叫んだ。

途端に匕首が音もなく襲いかかってきた。紙一重で刃《やいば》をかわし、死に物狂いで後退する。だが、相手は容赦なく次々と斬《き》りかかってくる。不気味な刃音が鼻先をかすめる。

殺すつもりだ。本物の恐怖にとらわれ、必死の思いで刀を抜いた刹那、右の二の腕に灼熱が奔った。

「ぐわっ」

滅茶苦茶に刀を振り廻しながら、叫んだ。

そのとき、相手がくつくつと喉《のど》を震わせるような声を発した。嗤《わら》ったのだ。そして、大森平吉の刀を、手にした匕首でからかうように弾《はじ》き始めた。

楽しんでいる。こちらが追い詰められて、死ぬほど怖がっているのを。

途端に、燃え上がるような憤怒がこみ上げてきた。刀を突き出した瞬間、今度は左腕を斬られてしまった。怒りは瞬時に恐怖に模様を変え、張りつめていた力も戦慄きに転じてしまった。

「頼む、どうか許してくれ」

無意識に震え声が出てしまった。

「黙れ、糞《くそ》野郎っ」

野太い声とともに、男が匕首を逆手に持ち替えると、腕を振り上げた。目の端を光が過ったのは、そのときだった。

束《つか》の間《ま》、男がその光に目を向ける。目を瞑《つむ》った大森平吉は、薙《な》ぎ払うように刀を振るった。ゴツリという手ごたえ。

「うっ」

相手が短い唸《うな》り声を上げた。跳ね上がるように上体をのけ反らせた。そのまま、たたらを踏むようにして塀際の暗がりに倒れ込んだ。

慌てたように足音が近づいてくる。明かりも強くなる。提灯《ちょうちん》を手にしていたのは侍だった。月代《さかやき》が伸びており、浪人と分かる。

その浪人が、横たわった男のそばに屈《かが》み込んだ。首筋に手を当てた。やがて、しゃがみ込んだままの姿勢で振り返ると、提灯を掲げて、大森平吉の方を見た。

提灯の明かりが、その浪人の顔を照らし出した。面長。太い眉《まゆ》の下に、一重の細い目。研いだように細い鼻筋と薄い唇。何日も剃刀《かみそり》を当てていないのか、頬から顎《あご》にかけて無精髭《ぶしょうひげ》で覆われている。

「おまえさん、人を殺しなすったね」

浪人が冷たく言った。

「違う。――殺されそうになったから、やむなく刀を抜いただけだ」

大森平吉は懸命にかぶりを振りながら、慌てて言い返した。

「殺されそうになっただと――理由は、何だい」

「そ、それは――」

大森平吉は口ごもった。自分が置かれた立場に、ふいに気がつく。他人の女房と浮気した挙句、その亭主を斬り殺してしまったのだ。

「理由もなく、人を殺そうとする野郎なんていやしねえ。ともかく、自身番へ届けよう」

浪人が立ち上がった。

「待ってください」

大森平吉は刀を脇に置くと、急いで膝を揃《そろ》えて座り直し、

「どうか、見逃してください」

と頭を下げた。

「この通りです。なにとぞ、お願いします」

「ふざけるな。人殺しを見逃せば、こっちまで罪人だぞ」

浪人が怒りを露《あらわ》にした。

「実は、私は、その男の女房と――」

思わず言いかけて、言葉に詰まった。情けなさと身の置き所のない恥辱に、それ以上の言葉が続かない。

「この男の女房と――」

浪人が黙り込み、横たわった男へ目を向けた。やがて、渋い表情のままの顔を戻した。彼の言

わんとした意味に思い当たったのだろう。

「確かに、私のしたことは人の道を外れておりました。けれど、殺そうとするなんて、あんまりではないですか」

浪人が首を振った。

「おまえさんの言い分にも、多少の理《ことわり》があるかもしれねえ。だが、これぱっかりは見逃すわけにはいかねえ」

「そこを曲げて、なにとぞ、お願いします。――見逃してくださるなら、どんなことでもいたします」

大森平吉は必死で懇願し、額を何度も地面に擦《こす》りつける。

沈黙が、二人の間に落ちた。

そっと目を上げると、浪人が唇を固く噤《つぐ》んだまま考え込んでいた。

その目が、くるりと大森平吉に向けられた。

「いまの言葉、嘘じゃないだろうな」

「家名に誓って、嘘は申しません」

間髪を容れずに言った。

「だったら、名前を聞こうか――おっと、出まかせを並べて、この場をやり過ごしやがったら、容赦しないぜ。おまえさんの面体《めんてい》、年恰好《としかっこう》、着物の家紋、しかと覚えたからな。この男の女房の線から辿《たど》れば、おまえさんがどこの誰か、役人なら苦もなく見つけ出すだろうよ」

鋭い目つきで睨《にら》んだ。

大森平吉は思わず唇を噛《か》む。胸の裡《うち》をすっかり読まれていた。だが、相手の気が変われば身も蓋《ふた》もない。

「私は、大森平吉と申します」

「で、どちらのご家中なんだい」

「いえ、石川島の人足寄場《にんそくよせば》の寄場下役を務めております」

「ほう、役人かい」

浪人は無精髭の生えた顎を手で撫《な》でた。

「どうやら、正直に喋《しゃべ》ったようだな。だったら、今夜のところは勘弁してやろう」

「ならば、見逃してくださるのですか」

浪人がうなずく。

「かたじけない」

大森平吉は涙声になり、またしても低頭する。止まっていた息が胸に満ち、安堵《あんど》の思いが全身に広がる。

「ただし、その女房には、二度と近づくんじゃねえぞ。亭主がいなくなりゃ、たとえ浮気女でも、すぐに役人に届けるだろうぜ」

「分かりました。絶対に近づきません。——しかし、あの遺体は、どうしたらいいのでしょう」

「こうなったら仕方がねえ、俺が始末してやるよ。だが、この貸しはいずれ返してもらうぜ、大森さんよ。さあ、もう行きな」

「はっ」

大森平吉は刀を鞘《さや》に収めると、あたふたと立ち上がった。そして、浪人に一礼し、その場を急いで離れようとしたが、すぐに立ち止まり、振り返った。

「どうした」

浪人が怪訝《けげん》な表情を浮かべた。

「あなた様のご姓名は――」

浪人が苦笑いのような表情に変わった。

「俺の名前なんか、どうだっていいだろう」

大森平吉はうなずき、もう一度頭を下げると、立ち去った。


遠ざかる大森平吉の後ろ姿を、長谷川倫太郎《はせがわりんたろう》はずっと見つめていた。

やがて、その背中が闇《やみ》に呑《の》み込まれた。

倫太郎はゆっくりと遺体の方を振りかえると、声をかけた。

「黒《くろ》さん、もういいぜ」

すると、遺体がむっくりと動き、何事もなかったように起き上がった。そして、着物の埃を払うと、頬かむりを取った。倫太郎よりもさらに濃い無精髭の、熊そっくりの顔がヌッと現れる。

「どうだったね、俺の芝居は」

安田黒兵衛《やすだくろべえ》は笑いながら、着物の胸元を押し広げると、晒《さらし》に巻かれた板を煩《うるさ》そうに取り外した。

「極上々吉だったぜ。あの男、いまごろ命拾いをしたと思って、胸を撫で下ろしていることだろうよ」

「それが、運の尽きってことも知らずにな」

黒兵衛が合の手を入れる。二人は声を上げて笑った。

倫太郎は黒兵衛と組んで、これまでも何人もの男たちを騙《だま》してきた。脅しをかけるのはいつも黒兵衛で、彼を斬り殺してしまったと思い込んだ相手を追いつめて、懐《ふところ》のあり金を吐き出させる役所は、倫太郎と決まっている。

もっとも、賭場《とば》の用心棒や借金取りの手伝い以外の、手っ取り早い実入りだから、手に入れた金はすぐに酒と女に使い果たしてしまうのだった。そんな付き合いが、かれこれ五年も続いている。

だが、今回だけは、行き当たりばったりに獲物を選んだわけではなかったし、目的も懐の金ではなかった。

倫太郎たちが、人足寄場の寄場下役の中から大森平吉に目をつけたのは、ふた月前のことだった。寄場下役とは、寄場同心の改称である。人足寄場の役人の中で、寄場奉行だけは外部から就任するものの、その他の役職のほとんどが世襲で、大森平吉も代々その職を継いできた家柄の人間だった。

幕府のほかの小役人たちと同様、寄場下役にさして仕事熱心な気配は見られず、むしろ遊興に羽目を外す者が少なくない。倫太郎たちは、そうした寄場下役たちを、じっくりと腰を据えて見張り続けたのだった。

その結果、大森平吉に目をつけたのである。非番の日、彼が決まったように相生町の料理茶屋へ足を向けることに気がついたのが、きっかけだった。その目的が、おせんという仲居にあることも、すぐに察しがついた。

寄場下役という軽輩にすぎない大森平吉が、茶屋酒の味を覚えるほどの金を持っているとは考えられなかった。とすれば、人足寄場の金をくすねているか、収容されている無宿人たちから袖の下を取り、それを遊びに廻しているに違いない。しかも、他人の女房と浮気までしている。

狙う相手として、これほど打ってつけの男はいない、と倫太郎は判断したのである。後ろ暗い人間は窮地に追いつめられると、いとも簡単に、まともな判断力を失うものなのだ。

そして、狙った獲物は、見事に罠《わな》に嵌《は》まった。

倫太郎は、もう一度、大森平吉の消えた闇を振り返った。

これで、仕掛けの一つは整ったな——。

二

周囲が田地ばかりの土地に、不釣り合いなほど大仰《おおぎょう》な黒板塀が続いている。

その塀の右端に、二本の太い柱からなる大きな門が見えていた。左側にある小窓の並んだ建物は、番人が詰めている門番所だ。板塀越しに柿葺《こけらぶ》きの建物が建ち並んでいた。小石川養生所と呼ばれている建物である。

建物の斜向《はすむ》かいにある雑木林の木陰で、倫太郎はその建物を見つめながら、木彫りの小さな達《だる》磨《ま》を掌《てのひら》で弄《もてあそ》んでいた。

傍《かたわ》らに伊之助《いのすけ》が立っている。倫太郎よりも五つほど上の、四十すぎの小柄な男だった。赤茶けた髪で小さな町人髷《まげ》を結っており、丸顔だが目が鼬《いたち》のように鋭く、獅子鼻《ししばな》と分厚い唇をしている。すぐそばの樹木で、油蟬《あぶらぜみ》が倦《う》むことを知らずに鳴き続けていた。二人とも着物の袖を肩口までたくし上げている。まとわりつく熱気のせいで、じっとしていても汗が流れてくる。地面は雑草に覆われていて、むっとするほどの草いきれが漂っている。

小石川養生所の門から、一人の女が出てきた。強い日差しのもとで、その姿が白くぼやけて見える。足元の黒い影は逃げ水と区別がつかない。

女はまっすぐに二人のもとへ近づいてきた。

無表情な顔が見分けられた。着物の柄は、色褪《いろあ》せた麻の葉模様。脂気のない髪はほつれ気味で、皺《しわ》だらけの着物には、所々に擦り切れが目立つ。

女がふいに足を止めると、躊躇《ためら》う様子もなく、倫太郎の顔を見上げる。

頬のこけた、鼻筋の細い女だ。腫《は》れぼったい目が細く、紅のない唇も薄い。くたびれた着物の袖から出した骨ばった腕で額の汗を拭うと、口を開いた。

「やっぱり、おまえ様たちの言う通りにするよ」

倫太郎はうなずいた。

「おまつさん、そいつは賢明な選択だぜ」

伊之助も黙ってうなずく。

ひと月ほど前、同じ場所で、倫太郎たちは、小石川養生所へ入ろうとしていたおまつに声をかけたのだった。

だが、葛色《くずいろ》の風呂敷包を背負ったまま振り返ったおまつの顔には、汗じみた面倒臭そうな表情が浮かんだだけで、驚きの表情も、何かを期待するような輝きのかけらもなかった。

倫太郎は小石川養生所の手伝いの男に小金を摑ませて、おまつの身辺についてあらかた聞き出してあった。だから、そんな不貞腐《ふてくさ》れた顔つきを目にして、見込み通りだと思ったものだった。

彼女の亭主の半次郎《はんじろう》は、もうふた月ほども養生所の厄介になっていた。もともと上州の水呑み百姓の次男だった半次郎は、子供の頃から悪《わる》で、十二のときに口減らしのために江戸へ追い出されたのだった。以来、好き勝手に暮らしてきた男だという。仕事は紙屑買いで、集めた紙屑を山谷《さんや》の紙漉《かみす》きの店に持ち込んで、わずかな日銭を稼いでいた。

もっとも、働くのは気が向いたときだけで、最近では、近所の一膳《いちぜん》飯屋のお運びをしているおまつの稼ぎを毟《むし》り取ると、昼間から賭場へ足を向けてばかりいたらしい。そして、度の過ぎた酒好きと不摂生のために、三十半ばにさしかかったところで病に倒れたのである。

おまつと半次郎は正式な夫婦ではなかった。しかし、それだけは不幸中の幸いだったと言うべきだろう。小石川養生所への入所は極貧の者でなければならず、その貧窮の事実を名主が証明することが必要とされる。と同時に、周囲に看護する者がいないこと、それが絶対条件だったからだ。

　それでも、ときおり名主の使いと称して、着替えを持って半次郎を訪ねてくるおまつを、下働きの男は《女房》だとちゃんと見抜いていた。よくある話だという。しかも、胸の奥底で、亭主にほとほと嫌気がさしていることにも気がついていた。これまた、貧乏人の夫婦では、さして珍しいことではないらしい。

「亭主は、どんな具合だね」

　倫太郎は言った。

　無表情のまま、おまつがかぶりを振る。

「相変わらずさ」

「てことは、病の癒《い》える見込みはないってことだな」

　倫太郎の言葉に、おまつが大きく息を吸い、

「ああ、おまえ様たちの望み通りさ。――でも、こんなことをして、いったい何になるっていうんだい」

　と、胸に溜《た》まったものを吐き出すように言った。

「そいつは訊かない約束だろう」

　黙っていた伊之助が、横から口を挟んだ。

「それは、そうだけど――」

おまつが不満そうに黙り込む。

ひと月ほど前、倫太郎たちが一つの話を持ちかけたとき、おまつは唖然《あぜん》とした顔つきになった。無理もない話だった。実質的に女房持ちという事実を隠して、やっとのことで小石川養生所に入れた半次郎を、もう一度家へ引き取ってほしいと頼まれたのである。しかも、彼が亡くなったら、周囲には一切知らせず、遺体の始末も任せてもらいたいと付け加えたのだった。その代償として、香典代わりに十両くれてやると言い添えたのだ。

倫太郎は懐から財布を取り出すと、ひんやりとした小判を一枚握った。

「半次郎さんには酷だが、治る見込みのねえ体じゃ、この先、ビタ一文稼ぐこともできねえ。しかし、その身と引き換えに、十両の金を女房に残してやれるとなれば、いい置土産《おきみやげ》になるってもんだ、違うかい。——ほれ、手付けとして、まずは一両だ。残りは、半次郎さんをあそこから引き取った後で、ちゃんと渡す」

小判をおまつに差し出した。

躊躇う様子もなく、おまつは奪うようにその金を受け取った。どん底の貧しさは飢えと同じで、目の前にぶら下がった金に喰いつかずにはいられないのだろう。

「でも、亡くなった後、あの人がどうなるか知らないままだなんて、なんだか寝覚めが悪いよ」

まだ気が咎《とが》めるのか、小判を握り紋めたまま、おまつがつぶやいた。

「心配しなさんな。そこらの野辺にうっちゃったりしねえよ。ちゃんと成仏できるように、手を尽くすことを約束するぜ」

伊之助が塩辛い声で言った。

「本当だね」

「ああ」

おまつが怒ったような顔をしたまま立ち去ると、倫太郎は伊之助とともにその場を離れた。

振り返ったとき、降るような蟬の鳴き声の中を、小石川養生所の門を入ってゆくおまつの背中が見えた。

これから、養生所の小普請《こぶしん》医師に半次郎を引き取る件を持ち出すのだろう。たぶん、そのとき、自分が女房である事実も口にせざるを得なくなって、小普請医師からひどく叱られるに違いない。

しかし、手付けとして渡した一両が、そんな叱責を跳ね返す力になるだろう。しかも、半次郎の身が十両になるというのは、あの女にとっては意趣返しのはずなのだ。貧乏暮らしのくせに、好き勝手に遊び暮らした挙句、病まで背負い込んでしまった亭主への。

倫太郎たちは、小石川久保町の道を南へ足を向けた。

やがて、両側が武家屋敷となった。

向かいから、着流しの男が近づいてくる。

「よう」

黒兵衛だった。

すぐに倫太郎たちに合流すると、三人は横に並んで歩みを進めた。

「で、例の話は、どうなった」

「半次郎のことだったら、うまくいったぜ」

倫太郎がうなずくと、伊之助が横から口を挟んだ。

「黒さんよ。よいよいの亭主が十両で売れると持ち掛けられて、首を縦に振らねえ貧乏女房なんていないさ」

「そりゃ、そうだな」

黒兵衛が開けっぴろげな笑みを浮かべると、伊之助も鋭い目つきのまま歯を見せた。

倫太郎は、伊之助の陰りのある横顔を見やった。彼と知り合ったのは三年前のことで、場所は本所のはずれにある賭場だった。負けが込んだ伊之助が壺振《つぼふ》りにいちゃもんをつけて、賭場を取り仕切っていたやくざたちから袋叩《ふくろだた》きに遭いかけたとき、助けてやったのがきっかけだった。

《どうして、俺を助けてくれたんだい》

やくざたちの手から逃れた後、気分直しに縄暖簾《なわのれん》をくぐった呑み屋で、伊之助は暗い顔つきで言ったのだった。

《言ってみれば、暇つぶしかな》

倫太郎が笑ってそう言うと、伊之助の痣《あざ》だらけの顔が驚いたような表情になった。

そんな行き掛かりから、伊之助は仲間となったのである。黒兵衛のような剣の腕はないものの、とびきり用心深いところが使える男だった。以前は堅い生業《なりわい》を持っていたというが、故郷に戻れない事情があって、江戸でその日暮らしを送っているのだという。だが、今回は、伊之助の昔の仕事がおおいに役立つはずなのだ。

「十両あれば、うまい酒をたらふく呑んで、いい女を抱けるぜ」

黒兵衛の言葉で、倫太郎の物思いが破れた。

「おまつは女だぜ。歌舞伎芝居の役者でも買うのかい」

伊之助がまぜっ返すと、二人はまた笑った。

そのやり取りを耳にしながら、倫太郎は大きく息を吸った。半次郎は三十路で、身の丈も倫太郎とほとんど変わらない。これで、すり替わる人間が整った。すでにもう一人、同じ手で、伊之助が入れ替わる男の目途も立っていた。

身代わりになる男たちがお陀仏になったら、こっそりと遺体を引き取り、南千住の浄閑寺《じょうかんじ》へ放り込む段取りも決まっている。そこは行き倒れや身寄りのない遊女の仏を弔う《投げ込み寺》なのだ。それで、二人の男の氏素性は、完全に闇に葬られる。

「いよいよ本番だな」

倫太郎がつぶやくと、喋っていた二人は口を噤み、揃ってうなずいた。

どちらの顔にも、内心の気負いが表れている。

その思いは、倫太郎も同じだった。

いよいよ大仕事が始まるのだ。

三

陰暦六月十日。

真夏の日差しが、鉄砲洲本湊町《てつぽうずほんみなとちょう》の岸壁からせり出した石造りの階段を焼いていた。《揚場《あげば》》と呼ばれる渡船場である。

規則正しく組まれた石の裂け目を、小さな蟹《かに》が泡を吐きながら這っている。海の波がその最下段まで押し寄せるたびに、白く砕けた潮がびっしりとこびり付いたフジツボを洗い、黒い船虫たちが素早く逃げ惑う。海水はたちまち引き戻されて、青々とした海原に吸い込まれ、見る間に銀色の波頭に姿を変える。

その階段のそばに、七人ほどの人の列ができていた。若い男もいれば年寄りもおり、女も二人含まれていた。その中に、町人髷の拵《こしら》えの倫太郎と伊之助も立ち混じっていた。

七人はいずれも、柿色に水玉を染め出したお仕着せに三尺帯、足元は藁草履《わらぞうり》で、世間で言うところの、《水玉人足》のなりだ。それぞれの腰に縄が打たれていた。

強い潮風が絶え間なく吹き抜け、その磯臭い突風が彼らの汗じみた着物の裾《すそ》をはためかせ、髪まで乱れさせる。厳しい日差しのせいで、誰もが眩しげに目を細めていた。

彼らを取り囲むようにして、着流しの着物に角帯、黒い絽羽織《ろばおり》姿の男が四人立っていた。寄場下役たちだ。そのうちの二人が、お仕着せの者たちの腰縄の縄尻を手に巻きつけて握っている。

倫太郎は、一人の寄場下役が彼の一挙手一投足に目を向けているのを意識した。むろん、ほかの六人に対しても同様だ。逃げられないように見張っているのだ。

落ち着きなく辺りを見廻していた若い男の肩を、別の寄場下役が十手で小突いた。途端にその肩が痙攣《けいれん》したように持ち上がり、若い男が振り返った。

「女でも見送りに来ることになっているのか」

鋭い目つきの寄場下役が、疑うように言った。

「いいえ、そんなことはありませんけど」

おどおどと言ったものの、図星だったのか、若い男の顔が赤らんだ。

すると、隣に立っていた初老の男が、汗の滲《にじ》んだ首筋を黄ばんだ爪で搔《か》きながら、無精髭で覆われた口を開いた。

「旦那、このくそ暑い日盛りに、いつまで待たなきゃならないんでございますか」

「なに、もう少しの辛抱だ。すぐに吉原通いの夢が見られるぞ」

「吉原通い――」

ほかの男たちまでが顔を向けた。

汗でてかった寄場下役の顔に、皮肉っぽい笑みが浮かんだ。

「おまえたちを運んでくれるのは、猪牙舟《ちょき》だからよ」

吉原への遊興は、日本堤を歩いてゆくか、猪牙舟に乗ってゆくものと相場が決まっている。だが、お仕着せ姿の者たちが猪牙舟で運ばれる先は、むろん吉原ではない。男たちが一様に痛めつけられたような表情を浮かべたものの、寄場下役たちは白い歯を見せて嗤った。

すると、その一人が口を開いた。

「ただし、櫓《ろ》が三挺《ちょう》立てで、船足がうんと速いから、そんな夢もあっという間に覚めるだろうさ。それに、隅田川が江戸湊《みなと》へ流れ込むこの辺りの海は、流れがめっぽう速いのだぞ。海に飛び込んで逃げようなんて、馬鹿げた料簡《りようけん》は持たないことだ。よいな」

脅すような目つきで、寄場下役は列の人々を見廻した。その視線を避けるように、誰もが顔をそむける。

そのとき、沖合から二艘《そう》の猪牙舟が漕ぎ寄せてきた。櫓を操っているのは、いずれも柿色のお揃いの着物姿の男たちだった。ただし、彼らのお仕着せには水玉は染め出されていない。その一艘が《揚場》に横付けされると、すぐに揚場の男たちの手によって分厚い歩み板が架けられた。

「ようし、最初の四人、舟へ移れ」

寄場下役が号令をかけた。そして、手にした帳面と、歩み板に足をかけた男を見比べながら、名前を呼び上げてゆく。

「信州松本無宿、梅次《うめじ》――」

「へえ」

「新宿町無宿、勝蔵《かつぞう》――」

「俺です」

「越後国、柏崎宿無宿、太吉《たきち》――」

「あっしです」

「上州無宿、半次郎――」

「へえ」

倫太郎はうつむいたまま返事をすると、歩み板を通って舟に乗り移った。そして、汗臭い男たちの中に詰めるようにして腰を下ろす。寄場下役の一人が、最後に舟に乗り移った。

「よし、一番の舟を出せ」

声が響くと、後方の男たちが櫓を漕ぎ始めた。

たちまち、猪牙舟がゆっくりと左右に振れながら海へ滑りだした。

倫太郎はさりげなく、《揚場》を振り返った。二番舟の組に分かれた伊之助を見たのだ。

一瞬、目が合う。歩み板に足をかけた伊之助が、かすかにうなずく。

倫太郎も目顔を返してから、海原へ顔を戻した。岸を離れると、風の音がふいに消え去り、櫓を漕ぐ音と、舟縁《ふなべり》を叩く波音だけに変わった。

誰もが暗い顔つきのまま、黙り込んでいる。自分たちの置かれた立場が、いま改めて胸を締めつけているのだろう。これから無宿人として、沖合にある人足寄場へ送られるのだ。

海風に吹かれて顔を巡らせると、北の方角に、日差しを弾いて輝く巨大な隅田川の河口が見えた。

南側を見やると、茫漠《ぼうばく》と広がる海原に、無数の船影が認められる。白い帆を風で膨らませている荷船や漁船を二十まで数えたところで、面倒になってやめた。

顔を戻すと、眼前に黒々とした平坦な島があった。

額に掌をかざし、眩しさに目を細めて、その島をじっと見やる。

堀を隔てて、西側の島には家屋根やこんもりとした林が見えている。漁師町のある佃島《つくだじま》だ。東側にはさらに幅の広い水路があり、石川島の御用地とも切り離されていた。

その周辺に近づきかけた船が、いきなり速い船足で離れた。島の近くの海原には、一艘の船もいない。さながら、そこに近づくと、船も人も穢《けが》れるかのように。

無理もない、と倫太郎は思った。江戸湊に浮かぶ二つの小島に挟まれた湿地を埋め立てた場所、それが《人足寄場》という海上の牢獄なのだ。

眩しさに耐えきれなくなって、目を瞑る。明るいまぶたの裏に、島影の残像が見えた。こんなときだというのに、舟の揺れが妙に心地いい。

半月ほど前、倫太郎と伊之助は食い逃げの科《とが》で捕まったのだった。ほどなく、奉行所で取り調べられ、名前、歳、生国、罪状、父母の有無、生業の口書《くちがき》を取られて、それに爪印《つめいん》を押させられた。そのとき、倫太郎は上州無宿の半次郎と名乗り、伊之助は上総《かずさ》無宿の文之助《ぶんのすけ》と名前を告げたのである。

二人が犯した程度の罪ならば、せいぜい敲《たた》きの処罰が相当だ。ところが、二人が無宿人と露見した途端に、調べにあたっていた吟味方与力の表情が一変し、あっさりと、人足寄場送りと言い渡されてしまったのである。

猪牙舟の舳先《へさき》が波を切る音が静まり、舟足がにぶって、ふいに意識が戻った。日差しに晒《さら》されているうちに、いつの間にかまどろんでいたらしい。

目の前に《揚場》とよく似た舟寄せがあった。

大門が設《しつら》えられている。周囲は高さ六尺ほどの堤に囲まれており、さらに、その上に人の背丈の二倍ほどの頑丈そうな丸太矢来《やらい》が組まれている。

その門扉が開き、寄場下役たちが次々に姿を現した。彼らは一人残らず、使い込まれた黒ずんだ木刀を手にしている。

猪牙舟はゆっくりと舟寄せへ近づいた。やがて、がくんと揺れて、舟が横付けされると、すぐに歩み板が架けられた。

「さっさと舟から降りろ」

門の前に構えていた寄場下役が怒鳴った。

ほかの男たちとともに、倫太郎も腰を上げ、揺れる舟から歩み板に足をかけた。波の揺れの余韻なのか、体がふらつく。寄場下役たちに背中を小突かれるようにして階段を上がり、門の中へ足を踏み入れた。

灰色の地面の正面に、大きな屋敷風の建物があった。寄場役場だろう。地面は浜辺のような砂地で、あたりに強い磯の匂いが漂っている。その両側に竹矢来が組まれており、それぞれに内門が設えられ、その向こう側の広々とした敷地には、驚くほど多くの小屋が建ち並んでいた。

竹矢来にしがみつくようにして、大勢の無宿人たちがざわめきながら、こちらを眺めていた。薄笑いを浮かべる者。斜に見下すような顔つき。上目遣いの射るような眼差《まなざ》し。そうした無数の目に共通するのは、荒んだ冷たい光だ。しかも、どれも新入りを値踏みするような目つきである。

寄場役場の玄関は、三間（約五・四メートル）ほどもあった。その庇《ひさし》の下に、着流しに羽織姿の役人たちが十名ほど居並んでいた。玄関先には、白衣にやはり羽織姿で、足元が紺足袋の男が、倫太郎たちを睥睨《へいげい》するようにして立っている。

二番舟の連中も到着すると、新入りたちの背後で、巨大な門扉が音を立てて閉じられ、閂《かんぬき》が掛けられた。

すると、役人たちの中から一人が進み出た。鼻の下に大仰な八の字髭を蓄えた、赤ら顔の目つきの鋭い中年男である。

無宿人たちの話し声がふいにやんだ。

「無宿人ども、よく聞け。わしは寄場元締め役、鈴木孫兵衛《すずきまごべえ》だ。これより寄場奉行、川村広義《かわむらひろよし》様より、寄場の心得についての大切なお話が下される」

一拍の間があり、玄関先に立っていた男がおもむろに口を開いた。

「よいか、者ども。その方ら無宿人は、本来ならば佐渡の金山へ水替え人足として差し遣わすべきところなのだ。だが、このたび、お上のありがたき御仁恵《ごじんけい》により、この寄場の人足としてお取り立てとなったのじゃ――」

甲高いしゃがれた特徴的な声が響き渡る。一度耳にしたら、忘れられない声だ。

男たちの頭の間から、倫太郎は寄場奉行の顔を見つめた。鰓《えら》の張った色の白い男である。鷲鼻《わしばな》で三白眼、唇が極端に薄く、どこか酷薄そうな顔立ちだ。年は、おそらく四十半ばくらい。

「人別《にんべつ》を外れた不埒者《ふらちもの》は言うまでもなく、その方どもの中には、罪を犯した科により、刺青《いれずみ》や敲きなどの刑罰を受けた者も含まれておるだろう。だが、ここでは、おのおのに仕事を申しつけるので、日々怠りなく励むがよい。仕事に対しては、しかるべき労賃も支払われるのだぞ。不届きなこころざしを改めて、まっとうな実意に立ち返るならば、いずれ放免の沙汰《さた》も得られるであろう。しかも、百姓であった者には、在所に地所を下し置かれるのだ。また、江戸生まれの者には、出生の町に家が借りられるように手配し、御公儀より手業道具すらも下されるであろう。だが――」

と言葉を切ると、川村広義は無宿人たちをゆっくりと見廻し、それからゆっくりと続けた。

「仕事に無精をしたり、あるいは悪事を行ったりした者には、重き御仕置きを申しつけること、ゆめゆめ忘れるでないぞ」

その言葉が終わると、鈴木孫兵衛が再び進み出た。そして、手にした紙に目を落としたまま大声を張り上げた。

「しからば、無宿人ども、寄場御仕置条目を申し渡す。――一つ、寄場より逃げ去り候者、始末により、死罪――」

太い声が、無宿人たちの間を通り抜けてゆく。

一つ、寄場において盗みを致し候者、死罪あるいは、刺青、敲き――

一つ、徒党を組みし候者、死罪――

一つ、寄場において賭博致し候者、死罪あるいは遠島、重敲《じゅう》き――

一つ、職業に精を出さず、申しつけられたることを為《な》さざる者、手鎖入牢。さらに、科申しつけ候後も、為さざる者は遠島――

一つ、賭博または悪巧み致し候者これあり趣、申し出で候者へは、その内容により相応の褒美を差し遣わし候こと――

一つ、門外へ出で候儀、かたく無用に為すべきこと――

一つ、火の元入念、大切に致すべき候こと――

その言葉を耳にしながら、倫太郎は周囲の人々を盗み見た。

怯えた顔つきの男。

不貞腐れた表情の女。

薄ら笑いを浮かべる中年の男。

無表情な老人。

そして、最後に伊之助と目が合った。

一瞬だけ、その顔に不敵な笑みが浮かぶ。

周囲を見廻していた倫太郎の目が、一人の役人の顔に留まった。立ち並んだ役人たちの端に立つ大森平吉だ。視線が合ったとき、その顔に緊張が走るのを見逃さなかった。

わざと食い逃げ騒ぎを起こす三日前、倫太郎は彼を密《ひそ》かに呼び出して、《貸し》を返してもらいたいと迫ったのである。

《いったい、私に何をしろとおっしゃるんですか》

上柳原町の場末の呑み屋で、大森平吉は声を押し殺して言った。そして、周囲を落ち着きなく見廻したのである。西本願寺御門跡に近いその界隈は、《揚場》のある本湊町からさして遠くない。知り合いに見つかることを恐れているのは、明らかだった。

《なに、それほど難しいことじゃねえさ――》
倫太郎は顔を寄せると、同じように声を潜めて続けた。
《近いうちに、俺はもう一人の仲間と一緒に、無宿人として人足寄場に入り込むことになるだろう。そうしたら、俺たちが申し出る仕事を、おまえさんはやり易いように取り計らったり、上の者に口添えしたりしてくれりゃいい》
《いったい、何をなさるのですか》
倫太郎はにやりと笑うと、相手の耳元であることを囁《ささや》いた。
大森平吉の目が大きく広がり、顔色が青ざめた。
当然だろう。目の前の浪人が、わざわざ無宿人として人足寄場に入るというだけでも、信じ難い話なのだ。そのうえ、その中で妙な仕事をしようというのである。
《どうして、そのようなことをなさるのですか》
大森平吉が言った。
倫太郎は、今度はかぶりを振った。
《おまえさんは、黙って言われた通りにすればいい。万が一、俺の命じた通りにしなければ、どうなるか分かっているだろうな。俺の仲間が娑婆《しゃば》にいて、おまえさんが斬り殺した男のことを、恐れながらと、お上に訴え出る手筈《てはず》になっているんだぜ。そうなりゃ、おまえさんは、お役御免だけじゃ済まねえぞ》
この意味が分かるよな、と倫太郎は相手の目を覗《のぞ》き込みながら、そう念を押したのである。

すると、大森平吉は言葉を失ったまま、うなずいたのだった。

その晩と同じように、探るような目つきで、大森平吉がこちらを盗み見ている。

だが、倫太郎は何事もなかったように顔をそむけると、竹矢来を通して人足寄場の様子を眺め廻した。

仕事に取り掛かるのは、しばらく様子を見てからだな——。

四

「土左衛門が浮いているぞ」

東南側にある裏門で、見張り番所掛りの寄場下役が叫んだ。

たちまち、寄場役場の建物から鈴木孫兵衛やほかの寄場下役たちが飛び出してきた。

建ち並んだ小屋で仕事をしていた無宿人たちも、我先に駆けだしてゆく。女の無宿人たちの姿もあった。

炭団《たどん》製所の小屋にいた倫太郎も、仕事道具を放り出すと、伊之助とともに海に面した丸太矢来に向かって走った。そして、鈴なりになっている人々の間から、目の前の海へ目を向けた。

人足寄場の堤には、人の背丈ほどの大波が打ち寄せていた。絶え間なく轟く波音とともに、その波頭が砕けて白い飛沫《しぶき》がまき散らされる。

太陽の光に煌《きら》めくその波間に、大きな魚の死骸《しがい》のように、人の背中が浮き沈みしていた。柿色に水玉を染めだしたお仕着せが、べったりと体に張りつき、着物からはみ出した手足だけが異様なほど白い。元結《もつとい》の取れてしまった髪の毛が、黒い藻のように波に揺らめいている。

「留吉《とめきち》だ、あれは留吉だ」

男たちの中で声が上がった。倫太郎が振り返ると、叫んでいたのは背の高い若い無宿人だった。

「その方、たしか朝方、堀割を浚《さら》っていた者だな」

鈴木孫兵衛が無宿人たちの間を割って入り、その男に詰め寄った。

「へえ、そうでございます」

「名前は」

「下総《しもうさ》無宿の桐五郎《きりごろう》でございます」

腰を屈めるようにしてうなずく。目鼻立ちの整った顔に、おどおどした表情が浮かんでいる。

無宿人の逃亡を防ぐために、人足寄場と佃島や石川島の御用地との間には、深い堀が設けられている。しかし、波によって砂が運ばれてきて、どうしても堀が埋まってしまうのだった。そのため、定期的に堀浚いが行われるのだ。

今朝も佃島との境にある堀浚いのために、五名の無宿人たちが駆り出された。寄場下役が一人監督につき、無宿人たちは腰に命綱を結びつけて、堀の中へ入ったのだった。その作業は、昨日に引き続き、今日で二日目だった。

ところが、その作業の最中に、もっとも端の場所で堀浚いをしていた留吉という男が忽然《こつぜん》と姿を消したことから、大騒ぎになったのである。

「桐五郎、その方は、留吉と親しかったのか」

鈴木孫兵衛の問いに、桐五郎がかぶりを振った。

「そうではございません。ただ、あっしの隣で堀浚いをしていたのが、あの男だったので、それで分かったのでございます」

丸太矢来から海の方へちらりと目を向けて、桐五郎は言った。

「堀浚いのときに、留吉に何か変わった様子はなかったか」

「いいえ、あっしは、仕事に忙しくて、気にもかけておりませんでした」

「もう一度、確認するが、留吉が消えたことに、気がつかなかったのだな」

鈴木孫兵衛が言った。

「へえ、まったく気がつきませんでした。申し訳ございません」

「よし。者ども、あの土左衛門をすぐに引き揚げろ」

その声とともに、裏門の錠前と閂が外されて、分厚い門扉が開いた。

寄場下役たちと一緒になって、男の無宿人たちが堤の外側へ押し出される形になった。ほかの無宿人たちに立ち混じって、倫太郎も伊之助とともに堤に立った。

体が飛ばされそうなほど潮風は激しく、塩辛い波飛沫が容赦なく顔に吹きつけてくる。日差しは、肌が焦げるかと思うほどだ。暗いほどまでに青い空の下に、茫漠と海原が広がっている。

一人の寄場下役が、寄場役場から持ってきた刺股《さすまた》を伸ばして、お仕着せを引っ掛けようとした。

だが、波が荒いうえに、死骸の浮き沈みが激しく、なかなか捉《つか》まらない。しかも、遺骸は少しずつ沖へ流されてゆく。

「もっと長い刺股を持ってこい」

苛立った鈴木孫兵衛が怒鳴った。

寄場下役が、すぐに十尺（約三メートル）もある長大な刺股を持ってきた。

すると、男たちの中から桐五郎が進み出た。

「あっしに、やらせてください」

寄場下役が、鈴木孫兵衛に目を向けた。

「よし、一緒に仕事をした仲間だ、おまえがやれ」

その言葉で、桐五郎は刺股を受け取ると、長身をいかして刺股を伸ばした。

「もっと右だ」

「ほれ、もう少しだ」

桐五郎の操る刺股が懸命に遺骸を捉《とら》えようとするものの、波に翻弄《ほんろう》される遺骸はするりと刺股をかわしてしまう。それでも、桐五郎は諦めようとはしない。

堤の突端にいる男たちと同様に、倫太郎もずぶ濡《ぬ》れになっていた。女の無宿人たちが、丸太矢来にしがみつくようにして見つめている。

とうとう、遺骸が刺股の届かないほど遠くに流されてしまった。

「だめだ、埒が明かん。誰か命綱をつけて海へ入れ」

絶え間なく顔にかかる海水を手で拭い、鈴木孫兵衛が怒鳴った。

だが、名乗り出る者はいなかった。一人残らず腰が引けたように黙り込んでいる。

当然だった。この波の荒れようである。海に飛び込めば、下手をすれば溺《おぼ》れかねない。しかも、留吉の遺骸はいまでは、五間（約九メートル）ほども沖に流されていた。

「どうした。仲間が流されて、魚たちの餌食《えじき》になってもよいのか。この暑さだ、放っておけば、すぐに腐るぞ」

無宿人たちが顔を見合わせた。

囁き声が聞こえたのは、そのときだった。

「てめえが飛び込めばいいじゃねえか――」

途端に、鈴木孫兵衛が顔つきを変えた。

「誰だ、いまふざけたことをほざいたのは」

気色《けしき》ばんだ表情で、木刀を構えて無宿人たちを睨《ね》め廻した。

その場が張り詰める。

鈴木孫兵衛の視線が一点に留まった。

「俺が海へ入りますよ」

倫太郎は進み出ると言った。伊之助やその隣の若い男の辺りを、鈴木孫兵衛が睨みつけていると気がついたからだった。

「その方、名前は」

鈴木孫兵衛が鋭い眼差しを向けた。

「半次郎でさ」

「おまえ、たしか上州無宿だったな。——よし、命綱をつけて、海に入れ。くれぐれも気をつけるのだぞ」

倫太郎はうなずくと、お仕着せを脱いで下帯一つになった。

日焼けした肌に筋肉が盛り上がっている。肉が六つに割れた腹に命綱を廻してきつく結ぶ。それから、分厚い肩に縄の束を掛けた。留吉の遺骸を縛るための縄である。

「縄を十分に伸ばせ」

用意が整うと、鈴木孫兵衛が号令をかけた。

その言葉を合図にして、倫太郎は堤から海へ飛び込んだ。

熱せられた肌を、海水の冷たさがいっきに覆った。一瞬、水中で音が途絶え、体全体が水流に揉《も》みくちゃにされる。泡の音だけが聞こえる。息を止めたまま、波のうねりの間合いをはかった。

すぐに、波と波の間の凪《なぎ》のような静けさがきた。きらきらと青緑に輝く水面を見上げて、力いっぱい両手を掻き、足を蹴る。

海面に顔を出すと、口を開けて思いっきり息を吸う。肺に新鮮な空気が満ち、同時に、三間ほど離れた堤で歓声が上がった。

「大丈夫か」

「留吉はもっと沖だぞ」

「縄を伸ばすぞ」

波に体を持ち上げられながら、倫太郎は顔を巡らせた。尖《とが》った無数の波間に、ちらりと留吉の背中が光って見えた。

倫太郎は胸一杯に息を吸うと、抜き手でその方向へ向かった。そのとき、波が叩きつけるように襲いかかってきた。

目を瞑ってそれをやり過ごし、目を開けた途端に、別の方向から大きな波が来襲した。体ごとひっくり返されて、目にも鼻にも潮水が容赦なく入り込んだ。

鼻の奥に針を刺し込まれたような激痛がきて、思わず口から泡を吐いてしまった。塩辛い水が口に入り込み、呑み込んでしまった。途端に激しく噎《む》せて、無数の泡が渦巻き、ゴボゴボという音が不気味に響く。

追い打ちをかけるように、見えない衝撃が体を突き飛ばした。別の波が砕けたのだ。手足を動かすものの、水流に翻弄されるばかりで、泳ぎにならない。息が苦しく、恐慌を来《きた》しかけていた。懸命に手を掻き、足を力一杯蹴った。あまりの苦しさに、歯を食い縛る。気が遠くなる寸前で、顔が海面に出た。

が、目の前に迫った黒々とした波の壁を目にして、血の気が引く。すばやく息を吸い、その波に向かって突っ込んだ。

それが通り過ぎると、次の波の間に顔を上げた。瞬時に息をする。落ち着け。慌てるな。自分に言い聞かせる。どれほど海水を飲んでも、それだけで死ぬわけではない。

またしても、波が巨大な生き物のように六尺（約一メートル八十センチ）ほども盛り上がった。

倫太郎は意を決し、水に潜ると、体を波の衝撃に任せた。

しだいに、波の間隔と海の荒れ方が読めてきた。波に逆らい、泳ごうとすることが無駄だということにも気がついた。

手足を動かすのは、あくまで波と波の間の、ほんのわずかな海面の静止状態のときにだけ有効なのだ。海中に潜り、波頭が砕けた瞬間、逆巻くような白い泡に覆われても、不安を煽《あお》られてはいけない。

倫太郎は、波間から留吉の遺骸の位置を確かめると、焦らずに波を計算に入れて泳いだ。

耳を聾《ろう》する波音と、絶え間なく顔を叩く波のせいで、方向感覚が麻痺《まひ》する。そのたびに、海面から出した首を振り、留吉の位置を確かめる。

一瞬、振り返って肝が冷えた。堤ははるか彼方に遠ざかっており、人々の姿が豆粒のように見えた。とうに二十間（約三十六メートル）は沖に来ているだろう。もはや、男たちの声も聞こえない。

顔を戻したとき、斜め左側の波に留吉の遺骸が浮かび上がった。

だが、倫太郎は慌てなかった。無理に波を切って泳ごうとすれば、力を消耗するだけで、別の波に押し戻されてしまう。大事なことは、留吉の遺骸と同じ波に乗ることだ。

ゆっくりと近づく。留吉の体がせり上がった。後を追うように倫太郎の体も持ち上げられる。

手を伸ばした。指先が留吉のお仕着せに触れた。

その刹那、波が砕けて、土左衛門が波間に姿を消してしまった。倫太郎自身も、もんどり打つように波に揉まれてしまった。

思わず舌打ちした。波が低くなっている。波がふいに静まっていた。

思い切って賭けに出た。一転して、あらん限りの力を振り絞って、両手を掻き、足を蹴った。

波の流れに逆らい、留吉が消えた辺りへ懸命に泳ぐ。

さらに、波が引く。もうすぐ大波が来る予兆だ。息を止め、最後の力を振り絞る。肩が痺《しび》れるほどまで手を掻く。

伸ばした手が、何かに触れた。たぶん、留吉のお仕着せの袖を摑んだのだ。

すぐに、その首に腕をまわした。留吉の腹には命綱が巻かれていた。だが、その縄は途中で切れていた。

海水の中でさえ、遺骸の冷たい感触におぞけが走る。だが、倫太郎は口で息をしたまま、肩に掛けていた縄をその胴に廻して縛った。

その瞬間、信じがたい勢いで二人の体が持ち上げられた。またたく間に三間ほどの高みにまで達した途端、二階家の屋根から突き落とされるように波が砕けた。

放り投げられるように水中に投げ出された。だが、留吉を縛った縄の縄尻を手放さなかった。

やがて海面に上がった倫太郎は、堤に向かって空いた方の腕を伸ばして、手を大きく振った。

海水に浮き沈みしながら、白っぽく輝く堤で、無数の男たちが手を振っているのを見届けた。

とはいえ、腹に廻してあった命綱に手ごたえを感じるまでに、かなりの間があった。波に揉まれながらも、しだいに人足寄場の堤に引き戻されるのを感じて、倫太郎は大きく息をついた。

どうやら、土左衛門にならずに済んだらしい――。

だが、彼はすぐに別のことに気を取られた。

留吉の命綱のことである。

切り口が、鋭利な刃物で切られたものとしか思えなかったのである。

五

丸めたばかりの炭団が、目笊《めざる》に山盛りになっている。

それを両手で抱えたまま、伊之助が小屋を出て行くのを、倫太郎は目で追った。

表の日向《ひなた》に干せば、半日もたたぬうちに売り物になる。

髪も乾き、嫌というほど飲んでしまった海水のせいで、しぶるように痛んでいた腹具合もようやくおさまっていた。

倫太郎は、伊之助とともに炭団製所の小屋で働いていた。奉行所の取り調べで、二人とも娑婆では井戸掘りの仕事をしていたと申告したのだった。倫太郎の言葉は口から出まかせだったが、伊之助の方は本当だった。だが、人足寄場にはその手の仕事がないことから、炭団作りを願い出て、ここへ回されたのである。手職のない者は、米搗《こめつ》き、炭団作り、藁細工《わらざいく》のいずれかを選ぶことができるのだ。

炭団は、大樽《おおだる》の中で木の炭と石灰をよく混ぜ合わせ、そこに布海苔《ふのり》をたっぷりと加えて、これを椀ですくい取り、あとは手で捏《こ》ね合わせて作る。いたって単調な仕事だが、小屋の中に焦げたような匂いが満ちていて、ひどく喉が渇く。倫太郎は煙管《きせる》を使いたいと思ったが、小屋の中には細かい炭粉が舞い上がっているので、煙草《たばこ》はむろんのこと、火を使うことも厳禁なのだ。

人足寄場に入って、やっと三日目。彼は仕事を続けながら、ここの状況を摑もうとしていた。

小屋の入口から顔を出し、あらためて周囲を眺めた。

「ひとつとせー、ふたつとせー」

左側の小屋から、男たちの掛け声とともに、ズン、ズン、と腹に響く単調な音が聞こえている。足を踏ん張って持ち上げた杵《きね》で、巨大な石臼《いしうす》の中の牡蠣《かき》の殻を粉砕しているのだ。搗きあがった粉を、膠《にかわ》と混ぜて胡粉《ごふん》を作る小屋である。胡粉は白色の顔料だ。

北西側に並んだ工房の一つからは、カン、カン、カンという耳障りな金属音が谺《こだま》してくる。鞴の風で真っ赤に熾《おこ》した炭で鉄を熱し、それを鉄鎚《てっつい》で鍛えて、農具や鋏《はさみ》を拵える鍛冶屋《かじや》だった。

人足寄場は、東側を底辺とした、ひしゃげた三角形のような島である。その島の三方の縁に沿うようにして、ほかにも様々な手業所が建っていた。《島紙》と呼ばれる紙漉き場、煙草の葉を押し切る《ちんこ切り》、糸や紙縒《こよ》りを布でしごいて強靭《きょうじん》にする《元結こき》、大工、屋根葺き、桶に竹の箍《たが》を嵌める《たがかけ》など、仕事の種類は十五以上もあり、それぞれの工房では、柿色のお仕着せを身につけた無宿人たちが立ち働いている。それらの小屋と大きな寄場役場の建物に取り囲まれるようにして、中央部に広場があるのだ。

倫太郎は炭団を捏ねて真っ黒になった手に目を戻し、板間に置いた薄汚れた手拭いに手を伸ばそうとした。

一瞬、彼は手を止めた。目の前に、ごつい手に握られた真っ白な晒布が差し出されたのだ。それを受けて取りながら、相手に顔を向けた。はげ頭の目つきの厳《いか》つい男が、口元に笑みを浮かべて立っていた。

額に三本の皺が寄り、顔も腕も赤銅色に日焼けしている。柿色のお仕着せには水玉がない。この人足寄場に入れられて三年以上の古参の無宿人だ。ここのお仕着せは、二年目になると水玉の数が減り、三年目には無地となる。年の頃は五十前後だろう。

「そいつは挨拶代わりさ。あんたの度胸はたいしたもんだ」

男が見下ろすようにして言った。

「それほどでもねえよ」

手を拭い、額の汗も拭いながら、倫太郎は言った。

「いいや、俺は元々が漁師だったから、海の恐ろしさは、そこらの奴らよりも知っているぜ。——俺は万蔵《まんぞう》ってけちな男さ」

「半次郎だ」

倫太郎もうなずき、言った。

「ここは長《なげ》えから、何か困ったことがあったら、相談に乗るぜ。もっとも金はねえ。その代わり、漁師の習いで、空模様の予測なら、右に出る奴はいねえ」

万蔵は笑った。危険な役目を買って出たことで、彼の力量に目をつけたのだろう。この人足寄場に収容されている無宿人たちが気心の合った者たちで組を作ったり、組同士で反目しあったりしていることに、倫太郎も気がつき始めていた。だから、気を緩めることは、我が身を危うくすることと同じなのだ。力のある者、目端の利く者など、一人でも多くの知り合いを作っておくに越したことはない。

「噂に聞いていたより、ここはずっと広いんだな」

倫太郎は再び辺りを眺め廻して言った。目の前の広場は、浅草寺《せんそうじ》の境内《けいだい》ほどの広さがある。

万蔵が肩をすくめる。

「人足寄場の廓《くるわ》だけで三千六百坪もある。まっ、そこに百六十人ほどのむさい連中が閉じ込められているんだから、たいして広かねえさ」

「あれは？」

左斜向かいの竹矢来で囲まれた小屋の方へ、倫太郎は顔を向けた。

そこから、場違いな女たちの喧《やかま》しい声が響いている。盥《たらい》を出して洗濯をしているのだ。何がおかしいのか、女たちは喉をのけ反らせて笑っている。その白い首筋が、日差しを浴びて目に眩しく映る。

万蔵がちらりと振り返ると、すぐに顔を戻した。

「女置場さ。女の無宿人たちだ。男どもと一緒に小屋へ押し込むわけにはいかねえからな。奴らの仕事はとばの縫物と洗濯、それに煮炊きだ。その隣の小屋が病人置場よ」

「とば――そいつは、何のことだい」

「こいつよ」

万蔵が自分のお仕着せの襟《えり》を手でしごいた。

「なるほど。煮炊きはどこでしている」

「寄場役場の勝手さ」

「やけに役人が多いな」

「ここに詰めている役人は寄場奉行を筆頭に、寄場元締め役が三名、それに寄場下役が十七名だ。だが、そのほかに寄場見廻役与力と寄場掛同心が、町奉行所から交代で出張《でば》ってきて、寄場奉行の刑罰の行使を監督している。——役人の数を気にしているのは、まさか入所早々、島抜けを考えているんじゃねえだろうな」

倫太郎は曖昧《あいまい》に笑うと、かぶりを振った。同時に、空模様の予測に自信がある、と万蔵が嘯《うそぶ》いた意図にも思い当たった。島抜けをするつもりなら、自分の手助けが必要だと言いたかったのだろう。むろん、目的は金に決まっている。

だが、万蔵は素知らぬ顔つきで続けた。

「誰でも一度は考えることだが、そいつはやめておいた方が無難だぜ。おまえさんも、ついさっき経験したから分かるだろうが、ここらは始終海が荒れている。たまに凪《な》いでいることがあっても、表門と裏門の張番所には、徒組《かちぐみ》から派遣されてきた水練の達者な侍が詰めているからな」

二人は工房を見廻っている役人たちに目を留めた。

「あれは目付の下役の徒目付《かちめつけ》と小人目付《こびとめつけ》さ。寄場の金勘定の帳合いが役目ってわけだ」

「金勘定の帳合い？」

倫太郎の問いに、万蔵がうなずく。

「入所のとき、寄場奉行が並べた御託を覚えているだろう」

「仕事をすれば、労賃がもらえるって話か」

「そうだ。小伝馬町《こでんまちょう》の牢獄とは異なり、ここに収容された無宿人たちには、その働きに応じて幾ばくかの金が支払われるのさ。作った品物の売却代金から、道具代や諸経費として二割が差っ引かれる。その残りの三分の一は強制的に積み立てられるが、三分の二は毎月三回に分けて十日ごとに支給されるって寸法さ。ただし、ここを出所するには少なくとも、三貫文の金を貯めなきゃならねえ決まりだ」

倫太郎は細く息を吐く。一貫文は銭にして九百六十文だから、かなりの貯えが必要ということになる。

「しかも、蔓《つる》が必要なのは、小伝馬町の牢獄と同じさ」

蔓とは、牢内に持ち込まれる金のことである。

「ここじゃ、何が買える」

「何でも」

万蔵が苦笑いを浮かべる。

「そこは小伝馬町の牢屋と同じってことか」

小伝馬町では張り番に一分を手渡せば、酒でも煙草でも手に入れられるのだ。

「それだけじゃねえ。蔓さえありゃ、夜分に人足小屋から出ることもできるんだぜ」

万蔵が声を潜めて言った。

「どういうことだ」

この人足寄場には男用の人足小屋が三棟あり、それぞれ間口四間（約七・二メートル）、奥行き三間半（約六・三メートル）ほどの広さで、定員は約四十名である。三方が羽目板、表が三寸（約九センチ）角の格子という牢舎造りになっており、戸締りは厳重だ。

「おまえさんの人足小屋にも詰《つめ》があるだろう」

倫太郎はうなずく。詰とは便所のことである。

「だが、ここの水の悪さは尋常じゃねえから、腹下しはしょっちゅうだ。そいつは詰で用が足りるが、もっと性質《たち》の悪い病が流行《はや》りかねねえ。そこで、張り番の寄場下役に体の具合が悪いと訴えて、それ相応の蔓を摑ませりゃ、人足小屋から出してくれるって寸法だ。むろん、出してもらえるのは半刻（一時間）が限度で、それまでに戻らなきゃ、寄場下役にとっ捕まり、敲きの仕置きが待ち構えているってわけさ」

この人足寄場には、二人の嘱託医がいた。内臓の病を扱う者と、怪我《けが》や皮膚病などの掛りの者である。夜分に人足小屋を出るのは、その医師にかかるという口実なのだろう。

そのとき、炭団製所に近づいてくる寄場下役が目に留まった。二人組で、木刀を手にしたまま周囲に厳しい眼差しを配っている。

「おっと、挨拶はこのくらいにした方がよさそうだ」

万蔵はそう言うと、目顔を残して胡粉作りの小屋の方へ帰っていった。わずかだが、右足を引きずるような歩き方だった。

倫太郎も再び炭団作りに取り掛かった。

その直後、巡回の寄場下役たちが厳しい顔つきで通り過ぎた。

ふいに顔を上げた倫太郎は、女置場を囲んだ竹矢来のそばに立っている女に目を留めた。

こちらをじっと見ていたのである。

六

土間に敷かれた莚《むしろ》の上に、留吉の骸《むくろ》が横たえられていた。

お仕着せも下帯も脱がされた全裸の姿で、全身の肌はさながら蠟《ろう》のように青白い。目を閉じた留吉の顔は、能面のように無表情で唇は紫色だ。

工藤《くどう》惣之助《そうのすけ》はその傍らにしゃがみ込んで、骸の方々を執拗に調べていた。人足寄場の役場の裏にある土間で、運び込まれた遺体の検めが行われているのだった。たまたま寄場見廻役与力が奉行所へ戻っていたことから、下役である彼がその任に当たっているのである。

人足寄場に収容されている無宿人の死は、寄場奉行の川村広義より、支配方である町奉行に報告する義務があるものの、彼もまた自ら調べたことを、吟味方与力に届ける役目を負っている。

工藤惣之助は昨年、二年間の見習い同心をやっと終えて、人足寄場の掛りになったばかりだった。身の丈は五尺五寸（約一メートル六十六センチ）。目方は十九貫目（約七十キロ）。目が大きく、眉が太く、髭の剃りあとが青い大きな顎をしている。

彼は、留吉の首筋や体の側面、背中、髪の毛の下の頭部、手足や陰部などを執拗に検めてゆく。

「もうよかろう」

座敷際の廊下に立っていた川村広義が、苛立《いらだ》ったように言った。手にした扇子で、しきりと顔を扇いでいる。土間にこもった暑さのせいもあるのだろうが、骸の臭いを気にしているらしい。

その手前に、鈴木孫兵衛も憮然《ぶぜん》とした顔つきで立っている。

だが、工藤惣之助は留吉の後頭部に手を当てて、頭を持ち上げて口を開かせると、入念に舌や喉の奥を覗き込んだ。

「工藤殿、その者は堀浚いの最中に命綱が切れて溺れ死んだのだ。寄場掛同心の貴殿が首を突っ込む一件ではなかろう」

鈴木孫兵衛が言った。

町奉行配下の寄場掛同心である工藤惣之助と、寄場奉行の下役である鈴木孫兵衛は立場こそ違え、役人としては同格である。とはいえ、鈴木孫兵衛は寄場元締め役の筆頭であり、年が二十以上も上だから、おのずと見下ろすような物言いになる。

それでも、工藤惣之助は検めの手を止めない。同心としての調べには、いささかも手を抜いてはならないと信じている。

しゃがんだまま、工藤惣之助は晒で手を拭き、同じ晒で顔の汗も拭った。それから、彼は立ち上がると、留吉の左脇腹を指差した。

「お奉行様、鈴木殿、ここをご覧ください」

「何だというのだ」

川村広義が面倒臭そうに身を乗り出した。つられたように、鈴木孫兵衛も覗き込む。

留吉の青白い肌の一部が、くすんだように青黒くなっていた。

「強い力で、何かが打ち込まれた痕跡《こんせき》ではないでしょうか」

工藤惣之助は言った。

「何かとは、何だ」

留吉の骸から、嫌悪感を露にした顔を離すと、川村広義が扇子で鼻先を覆うようにして言った。

「拳です。この辺りは脾臓《ひぞう》ですから、武術の修練を積んだ者から突きを入れられれば、ひとたまりもなく気を失います」

「馬鹿な。波に揉まれて、浅瀬の岩にでも打ちつけたに決まっている」

間髪を容れず、鈴木孫兵衛が言った。

「しからば、命綱をご覧ください」

留吉の腰から外された命綱が、骸の傍らに置かれていた。その縄は一間ほどの長さで切れている。工藤惣之助はその縄を手にすると、縄尻を二人に示した。

「この通り、編んである藁の断面が綺麗に揃っております。鋭利な刃物で切ったとしか考えられません」

「だから、何だと申すのだ、工藤」

鼻から息を吐きながら、川村広義が言った。

「留吉の死は、単なる事故ではないかもしれません」

工藤惣之助は言った。

「ならば、その方は、留吉が殺されたと、そう考えておるのか」

「可能性はあると思います」

「根拠は何だ」

「留吉は女がらみで、ほかの無宿人たちと揉め事を起こしておりました。ところが、留吉と組んでいた無宿人が、つい先頃、人足寄場からご赦免となりました」

工藤惣之助は、留吉が三人組の無宿人たちに絡まれているのを見かけたことがあった。寄場御仕置条目により、無宿人たちは徒党を組むことが厳禁されている。とはいえ、実際には、出身地や利害などから仲間同士で固まり、ひそかに組を作っているのが実情だと分かっていた。しかも、無宿人の中には乱暴者や脛に傷のある連中も多く、人足寄場には目に見えない殺気が充満している。女がらみや、所持を許されている金銭や私物がらみで、たちまち喧嘩《けんか》騒ぎや刃傷《にんじょう》沙汰が起きるのだ。

留吉は一目置かれている無宿人だった。体ががっしりとしていて、喧嘩がめっぽう強いうえに、度胸も据わっていた。しかも、同じような力量の男と組んでいたから、ほかの連中もなかなか手が出せなかった。ところが、数日前、その仲間が人足寄場からいなくなったのである。

鈴木孫兵衛がかぶりを振った。

「いや、それは見方が違うぞ。もしも今度の一件が事故でないとすれば、考えられる事態は、むしろ島抜けだろう」

「島抜け――」

鈴木孫兵衛がうなずく。

「女がらみで、身に危険を感じた留吉が一か八か、みずから命綱を切って、島抜けをはかろうとしたのよ。そして、溺れ死んだというわけだ」

その言葉に、川村広義も鷹揚《おうよう》にうなずく。

工藤惣之助は首を振った。

「しかし、鈴木殿、それも可能性の一つという点では、私の申すことと同じではありませんか。だいいち、日の高いうちに、荒れた海に泳ぎ出せば、監視の寄場下役に見咎められることは、留吉にも十分に予想がついたはずです。つまり、島抜けの可能性は、極めて低いと考えなければなりません」

「ならば、留吉と揉めていた者が、今朝の堀浚いの人足に混じっておったのか」

言葉に詰まったものの、彼は渋々と言った。

「たしかに、弥三郎《やさぶろう》たちの組の者は、入っておりませんでした」

留吉に因縁をつけていたのは、八王子無宿の弥三郎という男とその仲間たちだった。とはいえ、変死は変死である、捨ておくことはできない。工藤惣之助は川村広義に顔を向けた。

「しかし、いささかでも疑念が残る場合には、調べをいたすべきだと愚考いたします。お奉行様、なにとぞ、調べに取り掛かることをお許しください」

その言葉に、川村広義が厳しい表情になった。

「もうよい。何一つ、確たる証拠もないのに、殺しだ、島抜けだ、といくら騒いだとしても埒もない。この者の死は、事故による溺死《できし》ということで処理することに決する。よいな」

言い置くと、川村広義は踵《きびす》を返して、廊下を行ってしまった。鈴木孫兵衛も形ばかり頭を下げてから、土間を出て行った。

一人残された工藤惣之助は、音もなく息を吐く。

胸の裡に、苦いものを感じていた。寄場掛同心となってほぼ一年、ようやくここの仕事にも慣れて、近頃では、自分の力を発揮したいという意欲も高まっている。しかし、周囲の役人たちが彼の態度を快く思っていないことも薄々感じていた。

幕府の役人というものは、とかく杓子定規《しゃくしじょうぎ》なものである。その点は奉行所であろうと、人足寄場であろうと、まったく変わりはない。つまり、余計な仕事を背負い込みたくないのだ。

川村広義の去った廊下に、彼はもう一度目をやった。

異例の出世を遂げた男――

寄場奉行に関する、そんな噂を思い出したのである。

七

空が真っ赤に焼けている。

海風は依然として強く、倫太郎の身につけているお仕着せの裾も髷も、その風に煽られていた。ようやく一日が終わろうとしている。留吉を引き上げるために海に入ったことに加えて、一日じゅう慣れない炭団作りに根《こん》をつめたせいで、体に疲れがたまっていた。腹も減っており、無性に酒を呑みたい気分だった。

だが、本当の仕事はこれからなのだ。

人足寄場では、朝五つ（午前八時）から仕事が始まり、夕方七つ（午後四時）で終わりとなり、風呂に入れるのは隔日と決まっている。今日はその日に当たっていた。島の北東側に建ち並んだ小屋の中央部に、そのための湯殿がある。

その小屋の前に、首に手拭いを掛けた無宿人たちの長い列ができていた。ここでは古参の無宿人たちと、《シツ》と呼ばれる湿疹になった者から、順番に風呂を使えることになっていた。女たちは、さらにその後だ。

人足寄場では、男は常人と同じように髷を結うことが許されていた。女にも普通の髪型が認められており、鉄漿《おはぐろ》を付けることさえ黙認されていた。髪を洗うことはむろん、髭を当たることもかまわない風呂は、無宿人たちの最大の楽しみなのだ。もっとも、新入りの倫太郎の順番は、まだ当分は廻ってこない。

見張りの寄場下役の目をかすめると、彼は列の最後尾からぶらぶらと離れた。そして、藁細工や草履編みの小屋の前を通り過ぎて、元結作りの小屋と野菜畑に挟まれた場所に立った。

無宿人たちのざわめきが遠のき、波と風の音だけになった。かすかに聞こえる蟬の鳴き声は、堀を隔てた佃島の方から響いてくるのだろう。

倫太郎は野菜畑の傍らにしゃがみ込んだ。

植えられているのは、枝豆や韮《にら》だ。彼は土を握ったり、野菜の根元を掘り返したりしてみた。湿地を埋め立てた土地柄のせいか、水はけがよすぎるらしく、百姓仕事の連中が散々水やりをしたはずなのに、土は白っぽく乾いている。それでも、その土に混じっている黄色みを帯びた粒が見分けられた。思った通り、虫の害を避けるために、硫黄《いおう》が撒《ま》かれているのだ。

手についた土を払うと、立ち上がり、さりげなく周囲に目を走らせる。

そこは人足寄場の北の端に近い場所で、丸太矢来を通して、堀の向こう側に石川島の御用地が見える。広々としたその場所には、無数の土蔵が建ち並んでいた。更地には、人の背丈ほどもある大きな石が大量に積み上げられている。薪炭《しんたん》や石の置場として江戸の町人たちに貸し出されており、普通に暮らしている人間はいない。

潮風が激しいせいか、その御用地には樹木らしいものは見当たらないものの、北東の位置に一本だけ、高い松の木が見えた。

倫太郎はゆっくりと反対の方へ顔を向けた。

海の彼方に、夕日を浴びた浜松町が眺められた。大名屋敷と思《おぼ》しき大屋根が目に留まる。周囲にあるほとんどの建物の屋根が、破風《はふ》を南北側に向けているのに、一つだけ東側に向いた破風が目に留まった。

手持ち無沙汰のような素振りで歩き廻りながら、松の木とその破風が一直線になる位置を探る。

じっと目を細めた。

やがて、二つの目印がぴたりと一直線につながった。

次に左右に目を配り、人足寄場の石川島御用地側の堤と、佃島の漁師町側の堤から等距離にある場所を測った。

歩き廻りながら、歩幅で確かめる。

ちょうど元結作りの小屋から四間ほどの位置が、どうやらその場所だ。

もう一度周囲を見廻し、建物や堤の位置関係から、その地点を頭に刻み込む。

そのとき、湯殿の方から騒ぐ声が聞こえてきた。

「どうした、やっちまえ」

「だらしねえぞ、それでも男か」

盛んに囃《はや》したてる声からして、どうやら喧嘩らしい。

気になって元結作りの小屋の角から顔を出したとき、男に殴られている伊之助が目に飛び込んだ。

地面を蹴るようにして、倫太郎は駆けだした。

湯殿の前で、倒れ込んだ伊之助に蹴りを入れようとした男の背中に、思い切り体当たりした。縺《もつ》れるようにして地面に転がったが、すかさず立ち上がった。男のお仕着せの水玉は倫太郎のそれよりも少ない。二年目の無宿人だ。

「この野郎っ」

形相を一変させた男が殴りかかってきた。反射的に頭をそらし、腹に蹴りを入れた。唸り声を上げて男が倒れ込んだ。周囲に集まっていた野次馬たちが、弾かれたように四散する。

倫太郎は、倒れている伊之助に顔を向けた。その途端、背後に殺気を感じて身を捻った。冷たく光る切っ先が腹をかすめた。再び立ち上がった男が、隠し持っていた匕首で刺そうとしたのだ。一瞬、右手首に嵌《の》めた朱塗りの数珠《じゅず》が目に留まる。

倫太郎が素早く飛び退いたとき、切っ先が伸びてきた。息をつく間を与えないつもりだ。空を切った男の次の一手が読めた。思った通り、匕首を腰溜めにして、体ごと突っ込んできた。最もかわしにくい攻撃だ。だが、切っ先が届く寸前で身をかわしざま、飛び込んできた男の顔面に左肘《ひじ》を飛ばした。ガツンと腕の付け根まで響く衝撃。もんどり打って、相手が仰向けのまま地面に叩きつけられた。

「やめい、やめい」

そのとき、二人の寄場下役が駆けつけてきた。いずれも木刀を手にしている。

「おまえたち、何をしておる」

相手から目を離さないまま、倫太郎は伊之助を立ち上がらせた。

「こいつが、あっしの足を踏んだんだ。それで文句を言ったら、殴りかかってきやがったんですよ」

伊之助が吐き出すように言った。唇が切れて、顎まで血が流れている。

「肩をぶつけてきやがったのは、そっちじゃねえか」

ふらつきながら立ち上がった男が怒鳴った。

倫太郎は、男の顔をまともに見た。目が大きく、左頰に蚯蚓《みみず》が這ったような長い古傷がある。刀傷のようだ。肘打ちがまともに鼻に決まったらしく、顔面が鼻血で真っ赤になっていた。手にしていたはずの匕首は、どこにもなかった。素早く隠したのか、ほかの誰かに手渡したのだろう。

「もうよい。これ以上騒ぎを起こすと、懲罰として敲きを加えるぞ」

寄場下役の一喝で、その場が凍りついた。木刀を持った彼らには、いつでも敲きを加えることが許されている。手向かいすれば、たちまち遠島だ。

「念のため、名前を聞いておこう」

もう一人の寄場下役が言った。

「あっしは、上総無宿の文之助でさ」

伊之助が腰を屈めて言った。

「おまえは」

寄場下役が、鼻血を出した男に顔を向ける。

「八王子無宿の六蔵《ろくぞう》」

不貞腐れたように口にしながらも、噛みつくような目つきで倫太郎を睨んでいる。

「おまえは」

今度は、倫太郎に言った。

「上州無宿の半次郎でさ」

そのとき、周囲に集まっていた無宿人たちを押し退けて、二人の男が前に飛び出してきた。一人は六尺ほどもある大男で、もう一人は、小太りの色の白い男だった。彼らは六蔵のそばに立つと、倫太郎たちに敵意に満ちた目を向けた。

「二度と喧嘩はまかりならんぞ、よいな」

険悪な気配に、寄場下役が怒鳴った。

その言葉に怯えるように、人々が散らばってゆく。

伊之助を抱えるようにして、倫太郎もその場を離れた。

だが、振り返ったとき、六蔵の傍らにいた体の大きな男と目が合った。ぎらつくような憤怒の顔つきだ。小太りの男も、挑むような眼差しを向け、いきなり威嚇《いかく》するように拳《こぶし》を突き上げる素振りを見せた。

倫太郎は、元結作り小屋の陰に伊之助を座らせた。

「おたくさんよ」

いきなり声がした。

倫太郎が振り返ると、小柄な男が立っていた。真っ黒に日焼けした瓜実顔《うりざねがお》で、目鼻立ちが整っているものの、化粧した女のように眉が異様に細い。撫で肩で体も手足も細く、そこも女と見間違いそうだ。

「何か用かい」

「あいつ、弥三郎だぜ」

湯殿の方へ顎をしゃくるようにして、小柄な男が言った。

「さっきの、でっかいのか」

「ああ。それから、豚みたいな野郎が丹治《たんじ》さ。あいつら、とびきり危ない連中だから、気をつけた方がいい」

「危ない連中――」

小柄な男がうなずき、

「中でも、弥三郎には用心した方がいいぜ。褌《ふんどし》かつぎ並みの体つきだから、腕っ節の強さが尋常じゃねえし、ここも空っぽじゃねえ」

と、自分のこめかみを指で叩いた。

「独活《うど》の大木じゃないってことか」

「ああ、巧みに人の裏を掻きやがる」

倫太郎は、日焼けした顔を見つめて言った。

「親切だな」

「だって、おいらのこと、庇ってくれただろう」

黒々とした目が笑う。

そう言われて、倫太郎は思い出した。留吉を引き揚げられないことに苛立った鈴木孫兵衛が、海に入る者を募ったとき、《てめえが飛び込めばいいじゃねえか》と囁いたのは、たしかこの男だった。その奇妙な眉が、墨のようなもので描かれていることにも気がついた。眉がまったくないのだろう。

「庇ったわけじゃねえさ」

「だったら、どうして、あんな危ねえ役目を買って出たんだい」

面白がるように、小柄な男は倫太郎の周囲をとび跳ねながら言った。

「言ってみりゃ、暇つぶしかな」

男が動きを止め、白い歯を見せた。

「こりゃいいや。——あんた気に入ったぜ、おいらは紋太《もんた》だ」

「半次郎だ」

「半次郎さんか。何かほしいものはないかい。お礼代わりに、安くしておくぜ」

紋太はそう言いながら、上目遣いに見た。

「商売をしているってわけか」

「人足差配人と組んでいるのさ。手業は《ちんこ切り》だけどな」

「人足差配人？」

「ここから放免される無宿人の引き取り人を世話する男よ。そのために、しじゅう寄場に出入りしている。だけど、食い物や身の廻りの物を買い届けてもくれるのさ。で、おいらがその注文取りってわけだ。頼めば、婆婆に手紙も届けてくれるぜ。器用に立ち廻らねえと、ここじゃ生きていくのが大変だからな」

「なるほど。その気になったら、声をかけるよ」

「ああ、人と得物《えもの》以外なら、たいていのものは手に入る。おたくなら、いつでも大歓迎だぜ」

紋太は妖《あや》しい目つきで倫太郎を見つめると、猫のように音を立てず立ち去った。

その後ろ姿を目で追っていた倫太郎に、伊之助がしゃがれた声をかけてきた。

「揉め事を起こしちまって、済まねえ」

倫太郎は顔を向け、かぶりを振った。

「気にするな。それよりも、あれの場所が分かったぜ」

伊之助の目が広がった。

「本当か」

「ああ、聞いていた通りの場所に、ちゃんと目印があった。しかも、野菜畑に硫黄が撒かれていた。たぶん、百姓仕事の小屋に、たんまりと蓄えてあるのだろう。だから、いまおまえさんに、怪我をされるわけにはいかねえ」

神妙な顔つきで、伊之助がゆっくりとうなずいた。

八

人足小屋の中は薄暗かった。

部屋の隅に、魚油の小さな灯が二つ灯《とも》っている。

格子の際《きわ》に無宿人たちが並ぶようにして、箱膳の飯を食っていた。

部屋の中央に切られた囲炉裏には、こんな季節だというのに炭が熾《お》きている。茶を淹《い》れるための湯を沸かしたり、煙草の火をつけたりするためである。

その奥の壁際で、弥三郎は酒を呑んでいた。盃《さかずき》が空になると、横に胡坐《あぐら》をかいている丹治が徳利を捧げ持って、すぐに酒を注《つ》ぐ。二人の傍らで、六蔵もスルメを齧《かじ》りながら盃を傾けていた。

ほかの無宿人たちが、彼らの方をチラチラと横目で見ている。どれも羨《うらや》ましそうな顔つきだ。無理もない。毎晩のように酒盛りをするのは、彼らだけなのだ。

「何だよ、この飯は」

いきなり、梅次という男が、飯の盛られた椀から顔をそむけるようにして声を上げた。ほかにも、同じように顔をしかめたり、うんざりとした表情を浮かべたりしている男たちがいる。いずれも新入りの無宿人たちだ。

「我慢しろや。そいつはモッソウ飯といってな、この人足寄場のご馳走さ」

世話役の男が、厳つい顔に苦笑いを浮かべて言った。人足小屋には、必ず世話役がいる。といっても、小伝馬町の牢獄における牢名主のような恐ろしい存在ではない。彼だけは、花色に水玉のお仕着せを身につけている。

「これがご馳走だと」

梅次が憤懣《ふんまん》を抑えかねるように言った。

「この人足寄場にゃ、二つ井戸がある。だがな、一つは塩けが強くて、とても飲み水にゃならねえ。で、もう一つの井戸水で飯を炊かざるを得ないってわけよ。ところが、そっちは泥の混じったひどい濁り水だから、ほれ、そんなふうに薄く赤茶けた飯に炊きあがるって寸法だ」

「それにしても、ひでえ臭いだ。鼻がひん曲がりそうで、とても食えねえ」

梅次が椀に鼻を近づけて、またしても大袈裟《おおげさ》に首を振った。

「しばらくここで暮らして、毎日仕事で汗を流しゃ、死ぬほど腹が減って、そんなものでも平気で喉を通るようになるさ。それまで鼻をつまんで辛抱しな」

世話役が笑った。

「まったく、無宿人というだけでこんな所へ押し込めるなんて、お上は血の涙もねえ奴らだぜ」

別の新入りがぼやいた。

そんなやり取りに、弥三郎が失笑を浮かべたとき、耳元を言葉がかすめた。彼は六蔵に顔を向けた。

「何か言ったか」

「あの半次郎って野郎、ただじゃおかねえ、と言ったんだよ」

目つきの据わった六蔵が、酒臭い息を吐きながら言う。酔いのせいで、顔が赤く染まっている。

「六の字、そう腹を立てるな」

弥三郎はなだめるように言った。

「いいや、いつか絶対に思い知らせてやる」

「殺《あや》める、ってことか」

「決まってるじゃねえか」

弥三郎は徳利を持ち上げて、六蔵の盃に酒を注いだ。

「熱くならねえで、まあ呑みな」

「でもよ、兄貴。あの身のこなしは、ただ者じゃないぜ」

丹治が言った。

「ああ、俺もそう思った」

言いながら、弥三郎はまた六蔵を見た。

昔から、この男を怒らせると、手がつけられない獣になったものだ。いつだったか、増上寺《ぞうじょうじ》近くの夜道で、浪人から言いがかりをつけられたことがあった。すれ違いざま、六蔵が刀の鞘にぶつかったというのだ。一杯機嫌だった六蔵は、《そいつは、済まねえことをしたな》と謝った。ところが、浪人は唾を吐き捨てると、《下郎め》と口走ってしまったのである。

その途端、六蔵は懐の匕首を引き抜いて襲いかかっていき、相手の息の根を止めてしまったのである。顔の刀傷は、そのときのものだった。

そんな六蔵を手玉に取ったあの半次郎という男は、いったい何者だろう——。

匕首の切っ先に身を晒しながら、すんでのところでそれをかわし、逆に六蔵の顔面に肘打ちを決めたのだ。

「もしかすると、侍かもしれねえな」

弥三郎はつぶやいた。

「そんな野郎が、なんで無宿人なんだ」

眉根を寄せて、口にスルメを咥《くわ》えたまま六蔵が言った。

「遊びが祟《たた》って落ちぶれたとか、罪を犯して身を落としたとか、おおかた、そんなところだろうよ」

自分の盃に酒を注ぎながら、丹治が嗤った。

つられて、六蔵も野卑な表情を浮かべる。

「ひょっとすると、上役の女房と乳繰り合ったのが露見して、禄《ろく》を召し上げられたのかもしれねえな」

「いや、もっと別の理由かもしれねえぞ」

弥三郎の言葉に、二人の顔から笑みが消えた。

「別の理由？」

六蔵が彼に目を向けた。

うなずくと、顔を動かさぬまま、弥三郎は周囲へ目を配った。三人の話に耳を傾けている者がいないことを確かめたのだ。

　それから、彼は目を細めて二人に囁いた。

「考えてもみな。この人足寄場にいるのは、ほれ、単なる無宿人ばかりじゃねえだろう」

　一拍の間があった。

　丹治と六蔵が互いに顔を見合わせ、無言のまま笑みを浮かべる。彼が匂わせた意味に思い当たったのだ。それは三人だけの秘密である。

　弥三郎は続けた。

「だからこそ、六の字、ここで揉め事を起こして目立つのはまずいぜ」

「ああ、分かっているさ」

　六蔵が鼻を鳴らして、うなずく。

　その様子を目にして、弥三郎はまた盃を口に運んだ。

　六蔵や丹治とともに、彼がこの人足寄場に入ったのは二年前のことだった。それまでの勝手気ままな暮らしから、いきなり自由を奪われて、最初はひどく息苦しく感じたものだった。だが、それも慣れてしまえば、モッソウ飯と同様に、人足寄場の生活もさほど悪くない。三人の手業は米搗きで、さして腕のいる仕事ではないし、酒に不自由することもないのだ。

　しかも、人足寄場に入れられた無宿人は、三年の年期が過ぎると吟味を受けて、実意に立ち返ったと認められると、赦免されることになっている。つまり、弥三郎たちがここで暮らすのは、あと一年ということになる。むろん、そのときに娑婆に出るかどうかは、まだ決まったわけではないが。

とはいえ、弥三郎にも一つだけ大きな不満があった。女である。ここへ入れられる前から、六蔵と丹治は女郎で満足できる性質だったが、弥三郎は素人《しろうと》女しか眼中にない。

弥三郎は、一人の女を脳裏に思い浮かべた。

すると、その姿に引きずられるようにして、留吉の土左衛門が頭の中に甦《よみがえ》った。

目の上の瘤《こぶ》だったあの男が死んでくれたことは、まったくついていた。

だが、あいつはどうして死んだのだろう。

噂では、堀浚いをしていて、命綱が切れて溺れたと聞いた。

いいや、そんな間抜けではなかったはずだ。

とすれば、誰かに殺されたのか――。

じっと考え込んだものの、やがて首を振った。

死んだ野郎のことなんか、どうだっていい――。

弥三郎は盃の酒を飲み干した。

九

工藤惣之助は、渋い顔つきで廊下を歩いていた。

数寄屋《すきや》橋御門内の、南町奉行所の裏手の廊下である。

たったいま、人足寄場で死んだ留吉のことについて、吟味方与力に報告を終えたところだった。吟味方与力は、彼の話を聞きながらも、別の書面に目を落としていた。だから、工藤惣之助が、《この一件、いささか腑《ふ》に落ちない点もございますれば、少し調べてみたいと思うのですが》と口にしたとき、初めて彼に目を向けたのだった。

《腑に落ちないとは、いま申した体の傷のようなものと、命綱のことか》

面長で目鼻の細い顔に、眉根を寄せた表情があった。

《そうでございます》

勢い込んで言った彼に、吟味方与力が冷然と言った。

《調べは無用にいたせ。お奉行様より、そう申し渡されておる》

その言葉を耳にして、工藤惣之助は平伏し、そのまま下がってきたところだったのである。寄場奉行の川村広義より、すでに書面による届け出があったことは明らかだった。

しかも、吟味方与力の取りつく島のない様子を見れば、これ以上何を言っても、無駄に決まっている。吟味方与力とは、年番方《ねんばんがた》、市中取締諸色調掛りとともに、町奉行所の老文《ろうぶん》重役であり、御三家や諸大名すら付け届けを怠りないほどの地位にある。工藤惣之助ごとき軽輩の言葉に、とうてい聞く耳を持つはずがない。

それでも、釈然としない気持ちを拭えなかった。

殺しか、それとも島抜けか。どちらにせよ、不穏な動きがあったことは、事実ではないか。にもかかわらず、寄場奉行はおろか、町奉行や吟味方与力までが臭いものに蓋をするように、留吉の一件を忘れ去ろうとしている。まさか、あのような立場にある人々までが、厄介事を背負い込むのを厭《いと》うているのだろうか。

いいや、いくらなんでも、そんなことがあるわけがない。

だとしたら、人足寄場での変死を見て見ぬふりをするのには、自分のまったく与《あずか》り知らない理由があるのだろうか。

工藤惣之助は、ふいに寄場掛同心に任ぜられた一年前のことを思い出した。

町奉行の配下である公用人より正式の辞令を受けて、大広間から下がってきたとき、控え座敷で、臨時廻り同心の江木小五郎《えぎこごろう》に声をかけられたときのことだった。

《それで、掛りは、どこに決まったのじゃ》

眉に白いものの混ざった江木小五郎が座敷の隅で立ち上がり、彼の配属にあからさまな関心を示したのだった。

無理もなかった。臨時廻り同心とは、永年にわたって定町廻り同心を務めた者であり、後輩の指導や相談に応じる役目も担っているのだ。まして、江木小五郎は南町奉行所の生き字引と呼ばれているだけでなく、見習い同心の工藤惣之助を、一から仕込んでくれた恩人でもあった。

《昔のわしと同様に、定町廻り同心か》

《いいえ、寄場掛同心にございます》

工藤惣之助は言った。

途端に、江木小五郎は落胆の色を浮かべ、独り言のようにつぶやいた。

《よりにもよって、寄場掛同心とはな》
《気苦労なお役目なのでございますか》
江木小五郎はかぶりを振った。
《そうではないが、その方も、親御どのの面倒を見る必要があろうし、そろそろ嫁を娶《めと》らねばならんだろう》
彼が匂わせた意味に、工藤惣之助は思い当たった。
同心とは、用部屋手付《てつき》同心や下馬廻り同心、門前廻り同心など、実に多様な掛りに分かれているものの、その禄高は三十俵二人扶持《ぶち》と決まっており、暮らし向きはいたって厳しい。だが、同心職の中でも、定町廻り同心だけは比較的、役得の多い掛りなのだ。持ち場の町筋の商家は、どこでも袖の下を出すからである。
また、町人たちはいかに些細《ささい》な犯罪に遭った場合でも、家主同道で奉行所へ届け出るのが御定法となっている。ところが、金持ちの中には、その面倒を省くために、日頃から奉行所へ付け届けをしておいて、《抜け》と称して、被害を有耶無耶《うやむや》にしてもらう者が少なくないのだ。その付け届けの一部が、定町廻り同心の懐にも入ることは言うまでもない。江木小五郎は、手塩にかけた後輩にも、いい目を見させたいと思ってくれたのだろう。同心としての腕は確かだが、この老人は堅苦しい人物ではない。
江木小五郎は皺だらけの手で顔を洗うように撫でると、表情を緩めて言った。
《まっ、寄場掛同心ならば、気楽にやることじゃ》

《気楽にやるとは、どういうことでございますか》

《気張らないことじゃ。わしも、人足寄場が造られたときのひどい騒動や、無茶な仕置きを目の当たりにしたものだが、あそこでは細かいことに首を突っ込むと、上の者に嫌われるぞ。そういう場所だと心得て、せいぜい、島抜けにだけ気を配っておればよい》

言い残して、江木小五郎は控え座敷を出て行ってしまったのだった。

奥歯に物の挟まったようなその物言いが、工藤惣之助は気にかかった。

人足寄場というものについて調べてみようと思い立ったのは、こんな経緯《いきさつ》からだった。その結果、人足寄場がどういうものか見えてきたのである。

人は生まれ落ちると、《人別帳》というものに加えられる。百姓ならば、土地との結びつきが《水帳《みずちょう》》に記されることにもなる。ところが、八代将軍の頃から、その人別帳からはずれて村々を飛び出し、江戸へ流れてくる浮浪人が爆発的に増加したのだった。それが無宿人である。

もっとも、無宿人となる原因は様々だった。喰いつめて家を捨てた者もいれば、親から勘当された者もいた。罪を犯して、村から追放された者も含まれていた。

むろん、繁華な町へ流れ着いたとしても、諸色が高騰し、仕事口が払底していて、おいそれと仕事にありつけるわけもなかった。賃仕事にありつけた者はまだましな方で、行き倒れになる者が跡を絶たなかった。そのために、盗みやかっぱらいを働く者が続出したのである。

この事態を憂慮した幕府は、安永（一七七二〜一七八〇）頃、江戸に参集した無宿人たちを捕えて、《水替え人足》として佐渡金山へ送る処置に踏み切った。さらに、幕府みずから《無宿養育所》を経営したのだった。やがて、それが廃止となると、浅草の吉原遊郭の近くにあった《浅草溜《くさだめ》》という最底辺の人々が暮らす小屋へ、無宿人たちを強制的に預ける処置がとられた。

ところが、天明末期、この小屋に千五、六百人ほどの無宿人が押し込められて悪疾が蔓延《まんえん》し、一年間に千人ほどの病死者を出す大惨事を招いてしまった。かくして、無宿人対策を講ずる必要に迫られた幕府が下した策が、《人足寄場》を創設することだった。その決断を下したのが、ときの老中首座、松平定信だったのである。

とはいえ、無宿人は罪人ではない。中には軽微な罪を犯して、敲きや刺青などの罰を受けた者も含まれていたが、仕置きを終えた者は罪人ではない、というのが幕府の法解釈である。にもかかわらず、無宿人たちを罪人と同じように無理やり囲い込み、問答無用で閉じ込める、それが人足寄場だった。

江木小五郎が口にした《気楽にやる》という言葉は、そのような人足寄場の矛盾に満ちた在り様に、いちいち疑問を差し挟むなという諭しだったのだろう。まして、無宿人一人の死など、何ほどのものでもないという空気が人足寄場にはある。

そんなことを思い出して、廊下に佇《たたず》んでいたとき、背後から声がかかった。

「工藤、どうしたのだ」

振り返ると、知り合いが立っていた。

同期で奉行所の役職に就いた尾崎久弥《おざきひさや》だ。もっとも、彼は例繰方《れいくりかた》という掛りである。重ねた文書を両手で抱え持ったまま、色の白い豆腐のような四角い顔に親しげな笑みを浮かべている。

「たったいま、吟味方与力に報告を終えてきたところだ」

「何かあったのか」

「無宿人が、土左衛門になった」

尾崎久弥の顔つきが変わった。

「島抜けか」

工藤惣之助はかぶりを振る。

「分からん」

「どういう意味だ」

「腹に殴られたような痕跡があった。そのうえ、命綱が刃物で切られていた」

「臭いな」

「ああ。だが、調べは無用と言い渡された。仔細《しさい》不明の変死人に、いちいちかまっている余裕はないらしい」

工藤惣之助は鼻から息を吐いた。

「またしても細かいことを気にする、おぬしの癖が始まったな」

尾崎久弥が、からかうような顔つきになった。

工藤惣之助が人足寄場の成り立ちを知ったのは、この男を通してである。例繰方とは、判例を記録したり、判決の際の参考資料を作成したりするのが役目であり、当然、奉行所の記録全般に精通している。

「癖で悪かったな」

「いや、奉行所の人間はすべからくそうあるべきだ、と俺は思っている」

「そんな殊勝な心がけの人間は、この奉行所ではおぬしだけのようだな」

工藤惣之助が声を潜めて言うと、尾崎久弥がにやりと笑った。

「近々、うちで呑まんか」

「暑気払いか、いいな」

尾崎久弥は、八丁堀の町御組屋敷内にある屋敷で、若妻と妹の菊乃《きくの》と暮らしている。どうやら、その菊乃を嫁に貰ってほしいらしく、ちょくちょく誘うのだ。菊乃は兄に似ない別嬪《べっぴん》で、気立ても申し分ないから、彼も内心ではその気になっていたが、まだ話を切り出してはいない。

日取りを決め、それじゃと工藤惣之助は踵を返した。

「ちょっと待て」

「何だ」

振り返ると、尾崎久弥が体を斜めにしたまま、固まっていた。

「いま思い出したのだが、おぬしから人足寄場のことを教えろと言われて、人足寄場に関する昔の文書を引っ掻き回していたとき、似たような仔細不明の変死人の記録を目にしたぞ」

工藤惣之助は身を乗り出した。

「本当か」

「ああ、たしか二件あったと記憶している」

「おい、その記録を見せてもらえんか」

「無茶を言うな。奉行所の文書をみだりに持ち出すことは厳禁されておる」

「だったら、要点だけでもいい。教えてくれ」

「そう言われても、どの文書だったか――」

尾崎久弥は天井を振り仰いだ。

「無理か」

尾崎久弥が顔を向けた。

「いや、探してみよう。ほかならぬ、おぬしの頼みだからな」

十

倫太郎と伊之助はモッソウ飯を掻き込んでいた。

暑さをいや増すような油蟬の鳴き声を耳にしながら、くさい臭いに顔をしかめたまま、箸《はし》をひたすら動かす。何一つおかずはなく、ときおり番茶で喉を潤すだけだ。炭団作りの小屋には、八人の無宿人たちが働いているのだが、昼飯の菜のないのは二人だけだった。

ここでの食事は朝昼夕ともに、米と麦が半々の飯と決まっている。朝夕にはそこに味噌汁とわずかな菜がつくものの、昼は自前でおかずを用意しなければならない。そこで、無宿人たちは、人足寄場で作られたものを娑婆に運んだり、売りに行ったりする役目の《外使い》の無宿人に、稼いだ金を渡して好きな物を買ってきてもらうのだった。

たいていは魚の干物で、中には卵や漬物を頼む者もいる。だが、新入りの無宿人たちはまだ労賃を貰っていないので、当然のことながら、おかずはなしである。

この《外使い》の役目は、いわば人足寄場から解き放たれる直前の慣らしのようなもので、その役目の沙汰を受けて、敢《あ》えて逃亡する者はいなかった。

「あんたたち、味噌ならあるよ」

ふいに女の声がかかった。

板間で飯を食っていた倫太郎は顔を上げた。伊之助も隣で振り返った。

炭団作りの小屋の入口から、若い女の顔が覗いていた。色白の瓜実顔で、目の大きな若い女だ。整った綺麗な顔立ちだが、高い鼻筋と形のいい唇が、どこか強情そうな印象を与える。

「俺たちは新入りだから、金はねえよ」

倫太郎は言った。

「いいよ、ツケで」

「ほう、そうかい。だったら頼もうか」

「それなら俺も」

伊之助が小さくうなずく。

女は小ぶりな甕《かめ》を持って小屋へ入ってきた。木蓋をとり、篦《へら》で二人の飯椀の縁に味噌を盛った。

鼻を近づけて匂いをかぎ、倫太郎は言った。

「美味《うま》そうな匂いだ。これなら、この飯も喉を通るぜ」

「あたいの手作りさ。一人、五文だよ」

女が白い歯をかすかに見せた。

「阿漕《あこぎ》な商売だな」

「みんなやっていることさ。——それより、あんたたち、娑婆じゃ、井戸掘り職人だったんだってね」

戸口の柱にもたれかかり、女が値踏みするような目つきで言った。

ほかの無宿人たちが、こちらを見ている。

箸を止めた倫太郎は、伊之助と顔を見合わせた。

「ああ、そうだが」

「上総かい、生まれは」

「どうして、そんなことを訊く」

「あたいの爺ちゃんもそこで、同じ仕事だったからさ」

「なるほど。俺の生まれは上州だが、こいつは上総だよ」

倫太郎は伊之助を顎でしゃくった。

一瞬、女の目が伊之助に注がれたものの、すぐに倫太郎に視線を戻した。

「あたい、おこんって言うんだ。あんたたちは」

「半次郎だ。こっちは文之助さ」

「また味噌がほしくなったら、いつでも売るよ。それに――」

言いかけて、おこんが黙った。

「何だい」

「ただでもいいよ」

「ただ？」

真剣な眼差しで、おこんがうなずいた。

「ただし、後ろ盾になってくれるならだけど」

「どういう意味だ」

「こういう場所じゃ、身を守らなきゃならないだろう。だから、若い女はそれなりの物と引き換えにして、後ろ盾の男を持つのさ。もっとも、頼む相手に差し出す物は、人によって違うけどね。酒を用意する人もいれば、あっちの相手をするのもいる。あたいは食い物さ。ここの煮炊きの仕事をしているから、それなりの役得があるからね」

伊之助が六蔵に絡まれた一件をこの女は見ていたのだ、と倫太郎は悟った。同時に、女置場の竹矢来から見つめていたことも思い出した。

「おまえさんには、そういう男はいないのかい」

「いたよ。昨日、あんたが引き揚げてくれた留吉さんさ」

倫太郎は黙った。

おこんも、黙したまま見つめている。

が、戸口の柱から身を離すと、

「考えといて」

と言い残して、小屋を出て行った。

「おい、若いの――」

小屋の奥にいた年寄りが声をかけてきた。

倫太郎は振り返った。

「何だい」

「おこんに関《かか》わるのは、よした方がいいぜ」

塩揉みした胡瓜《きゆうり》を齧りながら、年寄りが言った。

「どうしてだね」

「あれだけの上玉だ。目を付けている野郎がうようよいる」

「誰だい」

「一番ご執心なのは、弥三郎って奴さ」

倫太郎はもう一度、小屋の外へ目をやった。

女置場の方へ歩いてゆくおこんの後ろ姿が見えた。お仕着せを身につけていても、くびれた腰や尻の丸み、長い脚など、若い女の体の線は隠せない。

「俺もやめた方がいいと思うな」

伊之助がぼそりと囁いた。

「どうして」

「嫌な予感がする。女はいつだって厄介事を招き寄せる」

伊之助は、ひどく暗い顔つきをしていた。

この男は、女に関していつも辛い物言いをするのだ。その原因が何か、倫太郎は知らなかったが、昔、何かひどく嫌な思いをしたのかもしれない。

何も答えぬまま、倫太郎は再び箸を動かした。

味噌と飯を掻き込みながら、留吉のことを思った。

あの土左衛門の腰に巻きつけてあった命綱は、刃物のようなもので切られていた。

もしかすると、殺されたのかもしれない。

その留吉がおこんの後ろ盾だった。

そして、人足寄場の男たちが、おこんに目を付けている。

倫太郎は箸を止めた。

だが、使えるな——。

十一

安田黒兵衛が、本湊町の裏路地の一膳飯屋で昼飯を済ませて戻ると、戸口の前に見慣れぬ男が立っていた。

その男は何度も左右を見廻してから、またしても表戸に顔を向けて首を傾《かし》げた。そこに《浜清》という墨書がある。戸口に声をかけたものの、返事がないので不審に思っているようにも見える。

だが、油断できない、と黒兵衛は思った。

「おたくさん、その店に何か用かい」

背中に声をかけた。

へっ、と男が驚いたように振り返った。どこかのお店《たな》の隠居のようだ。胡麻塩《ごましお》の髪で、しもぶくれの顔に人のよさそうな目鼻立ち、額に大きな黒子《ほくろ》がある。いかにも上等そうな羽織と、汚れ一つない白足袋《しろたび》が目に付いた。

「浜清さんは、お休みでございますか」

かすかに怪訝な顔つきのまま、男が言った。

声をかけてきたのが、三筋格子《みすじごうし》の灰色の着物に棒縞の紺袴、それに無精髭と月代の伸びた浪人のなりだから、そんな顔つきも当然かもしれない。

「浜清だったら、とっくに店仕舞いしたよ」

ぶっきらぼうに言った。

「えっ、おやめになったんですか、船宿を」

驚いたように男は振り返ると、またしても店をしげしげと眺めて、それから顔を戻した。

「そうでございましたか。――いえね、昨年、納涼の舟遊びのおりに、こちらにお世話になったものですから、今年もお願いしようと思ったのですけど、そうですか、店仕舞いなさったんですか」

問わず語りに、男はそんな言葉を並べると、

「だったら、ほかを当たりますので」

と丁寧に頭を下げ、そそくさと立ち去った。

黒兵衛は息を吐いた。どうやら、考え過ぎだったらしい。

男の後ろ姿が見えなくなってから、彼は表戸を開けて、薄暗い店の中へ入った。こもった熱気と埃っぽい臭いが鼻をつく。

座敷際の板間の埃を手拭いで叩くと、腰を下ろした。それから、その手拭いで首筋の汗を拭いながら、あらためて店の中を見廻した。家財は何一つなく、がらんとしている。部屋を仕切る襖《ふすま》はすべて取り払われており、床には古畳一枚すらない。

ここは元々、年老いた主人と若い夫婦者が取り仕切っていた船宿だった。ところが、その夫婦の亭主の方がやくざに借金を拵えて、夜逃げしたのである。

だから、売りに出されたときには、店にはほとんど何も残されていなかった。わずかに残ったものと言えば、さして大きくない構えの店と裏手の桟橋、それに底に穴のあいた荷船だけだった。

だが、倫太郎がそこに目をつけて、ひと月前、そっくり買い取ったのだった。今度の仕事では、どうしてもその三つが必要なのだ。いずれ、桟橋に舫《もや》った中途半端に大きな荷船を操るのが、黒兵衛の役目と決まっている。むろん、荷船はすでに修繕を終えてあった。その船はさして大きく

ないものの、一人で取り廻しが可能であり、積載量も十五石積（重さにして約二千七百キロ）と手頃だった。

侍が、水夫《かこ》の真似《まね》ごとか――。

自嘲の思いに、黒兵衛は思わず苦笑いを浮かべる。

安田家も祖父の代までは、東国のある小藩から微禄を賜《たまわ》る身分を全うしてきた。だが、婿養子だった父親がよその女に狂い、公金を使い込んでお役御免となり、御家は断絶となってしまった。それは黒兵衛が六つのときだった。

以来、父親と彼は生きてゆくために、侍にあるまじき生業の数々に手に染めたものである。むろん、父親はしばらくの間、必死で仕官の道を探った。だが、武功を上げる場面のない泰平のご時世で、剣の腕が少々立つだけの浪人に扶持を与えようという家中は、いくら探しても見つからなかった。それで、やむなく父親は刀を捨てると、瓦焼きや野良仕事、はては風呂屋の釜焚《かまた》きにまで手を染めたのだった。

黒兵衛の方は子供のころから、野菜売りの手伝いや車力《しゃりき》など賃仕事で稼いだものだった。その一方で、かっぱらいや置き引きもした。夕暮れの道で、配達から戻る丁稚《でっち》を脅して、懐の金を奪ったことは数知れない。

とはいえ、いつもうまくいくとは限らなかった。泣き叫ぶ子供から銭の入った巾着《きんちゃく》を取り上げようとしていたところへ、大人の男が駆けつけてきて、袋叩きにされたこともあった。だが、そんなときでも、黒兵衛は決して殴られっぱなしにはならなかった。相手が揉み合いに厭《あ》いて面倒になって、突き放されるまで、何度でも食らいついていったのである。

霞ヶ浦を行き交う荷船に乗り込んだのは、形ばかりの元服を迎えた十四のときだった。そして皮肉にも、二十歳になる前には、そこらの水夫に負けないほどの帆と舵《かじ》の操り手になっていたのである。

黒兵衛が二十歳になってすぐに、父親は胸の病で亡くなってしまった。骨と皮だけに痩せ衰えた、哀れな末期であった。御家断絶のときに母親とも生き別れとなっていたから、それで天涯孤独の身となった。

彼が江戸へ出たのは、特にこれといった理由があったわけではない。成り行きで本所に流れ着いた黒兵衛は、賭場の用心棒をしたり、借金の取り立てをしたりして、世間の裏道を生きてきた。

そして、五年前、深川の仙台堀近くの伊勢崎町で、彼は一人の男と出会ったのである。

その日、黒兵衛は金貸しの男とともに、一軒の一膳飯屋に赴いた。その店の女主《おんなあるじ》から借金を取り立てる強談判《こわだんぱん》が目的だった。

その日が返済期日であり、表向きはまともな取り立てだったが、一皮めくれば薄汚いカラクリが仕組まれていた。一膳飯屋の地所をほしがっていた別の料亭の主から頼まれて、女主を追いつめる算段だったのである。

だが、表戸を開けると、店の中にいたのは、五十近い女主だけではなかった。飯台の脇の樽に、若い浪人が横顔を見せて腰を下ろしていたのだ。飯台に徳利と盃が置かれ、横にこれ見よがしに刀が立てかけてあった。

一瞬、金貸しは気を呑まれたものの、すぐに女主に耳を揃えて借金を払えと迫った。
するとその浪人が顔も向けずに、おもむろに口を開いた。
《借金は、帳消しにしてもらうぜ》
金貸しが顔色を変えた。
《なんだ、てめえは》
《俺は、ここの女主の知り合いさ》
手酌で酒を呑みながら、平然と言った。
金貸しは懐から借金の証文を取り出すと、相手に突きつけた。
《さんぴんの分際で出しゃばるんじゃねえ。こっちにはこの通り、れっきとした証文があるんだぞ》
すると、浪人が初めて顔を向けた。無精髭で覆われた、面長の顔。そこに刃物のように細い目と鼻筋、そして薄い唇があった。
《それが、どうした。おまえが裏で行っていたことを町方役人の耳に入れたら、そんなもの紙屑同然だぜ》
《何だと》
《もともと細々とした商いだったここの女主に、親切顔で金を貸しておいてから、手下たちを使って、その店に入ろうとする男たちに難癖をつけて客足を遠ざけやがった。こりゃ、れっきとしたお縄ものの科だろう。違うか》

言うなり、浪人は立ち上がり、奥の飯台の陰から男を引きずり出した。縄で後ろ手に縛られ、猿轡《さるぐつわ》を嚙まされていた。顔面が腫れ上がり、青痣だらけだった。

《てめえの手下が、洗いざらい吐いたぜ》

金貸しの男がギョッとしたように顔を引いたが、すぐに背後の黒兵衛を振り返った。

《安田の旦那、この野郎を、やっちまってくだせえ》

黒兵衛はうなずくと、刀を抜いた。

だが、浪人は表情を変えることもなく、面倒くさそうに刀を抜き放ち、切っ先を下に向けたまま向き合った。

沈黙が落ち、殺気がみなぎった。

どちらも仕掛けることができない。

浪人の目には、ひどく場違いな醒《さ》めた光があった。

全身から力の抜けた、不思議な構えだ。

刃をかわすことなど、まったく気にかけていない。

こいつ、捨て鉢だな――。

それは、黒兵衛が胸の奥に抱えている虚無感とそっくりだった。

行き当たりばったりの、どうでもいい人生。だから生き死になど、どうでもいい。

《こりゃ、だめだ》

言うなり、黒兵衛は構えを解くと、さっさと刀を鞘に納めてしまった。

金貸しの男が驚きの表情になった。
《どうしたんです、旦那》
《この男は、端《はな》から身を捨ててかかっているぜ。こちらから仕掛ければ、相討ちになっちまう。しかも、捕まった手下を奉行所へ突き出されたら、おめえさんに勝ち目はない》
相手から目を離さずに、黒兵衛は言った。
浪人がかすかに口の端を持ち上げた。
《そんな馬鹿な。あんたにゃ、用心棒代を払っているんだぞ。さっさと、こいつを斬るんだ》
怒鳴った金貸しの男を、黒兵衛はじろりと睨みつけ、袖の袂《たもと》から小判を取り出し、飯台に投げた。
《てめえで斬りな。俺は嫌だよ》
黒兵衛がそっぽを向くなり、浪人が一歩身を乗り出した。
《さあ、どうする。手下と引き換えに、その紙屑を置いて帰るか。それとも――》
金貸しの男が素っ頓狂な悲鳴を上げて店から飛び出して行ったのは、その直後のことだった。
黒兵衛も渋い顔のまま立ち去ろうとしたものの、訊かずにいられなかった。
《あんた、どうして、この女主を助けたんだ》
金のためか、それとも女将に惚《ほ》れているのか。どちらも、あり得ないと思ったのである。
浪人は刀を鞘に納めると、肩を竦《すく》めた。
《言ってみれば、暇つぶしかな》

再び、店の中に沈黙が落ちた。

が、気がつくと、二人は声を上げて笑っていた。

こうして、黒兵衛は倫太郎と知り合ったのである。もっとも、倫太郎の家柄は、黒兵衛とは比べ物にならないほどの名家だったが、妾腹《しょうふく》の子という日蔭《ひかげ》の身だった。

黒兵衛は立ち上がると、裏窓の板戸を開けた。

途端に、外の眩しい光が店の中に差し込んだ。

目の前に桟橋があり、海の向こうに、こんもりとした林のある島影が見えた。

その左側の平坦な場所が、石川島の人足寄場である。

世間の母親たちは、悪戯《いたずら》をする子供にあの島を指差して、必ずこう脅すのだ。

《いまに無宿島送りになるよ――》

黒兵衛は板戸を閉めた。

これから、気になっていることを確かめなければならない。

彼はすぐに浜清を出た。


武家屋敷の間を通りすぎて堀割を越えると、西本願寺御門跡の横手を抜けた。

さらに、その先の二ノ橋を渡った。

油照りと耳を聾するほどの蟬の鳴き声で、眩暈《めまい》がしそうだ。

足を向けた先は、おまつの長屋だった。倫太郎がすり替わった半次郎の女房の住まいである。

気懸りとは、むろん、その亭主のことだった。おまつが小石川養生所に入っていた半次郎を引き取った頃、彼はかなり重篤な容体で、ほどなく末期の水をとってやらねばならないと思われたものである。

ところが、いざ長屋へ引き取られると、半次郎の病は小康状態となり、すぐに息を引き取りそうもなくなってしまった。むろん、養生所の医師の診立《みた》てによれば、半次郎は内臓の奥に悪い出来物が巣食っているというのだから、治る見込みのないことに変わりはない。

それにしても、厄介な事態だった。実際のところ、時期的な理由から、半次郎の死を見届けることなく、倫太郎と伊之助は人足寄場に送られる段取りに踏み出さざるを得なかったのである。もしも、何かの拍子に、本物の半次郎が役人の目に留まりでもして、その名前や生国が人足寄場送りとなった無宿人と同じだと露見すれば、まさに万事休すである。一日も早く、半次郎には、お陀仏になってもらわなければならない。

とはいえ、無理強いもできない事柄だった。下手に脅しをかければ、切羽詰まったおまつが、周囲に事情を漏らすかもしれない。そうなれば、きっと疑念を抱く者が出てくるだろう。十両の金と引き換えに、死病の亭主を引き取って見殺しにしろだなんて、なんだかおかしい、と。

結果、それが廻りまわって役人の耳にでも入れば、倫太郎と伊之助は捕まり、改めて処罰を受けることになるのは目に見えている。

いや、そうじゃない――。

歩きながら、黒兵衛は思い当たった。

この企てが露見すれば、公の処罰を抜きにして、三人とも抹殺されるだろう。

しかも、後戻りはできない。

黒兵衛は足を速めた。

おまつの住んでいる長屋は、源助町の裏路地にあった。藪蚊《やぶか》だらけの八手《やつで》の葉が茂った狭い道を入ってゆくと、物干しの柱やら井戸があり、奥に薄汚れた厠《かわや》が見えた。目指す家は、その手前の日当たりの悪い部屋だ。

黒兵衛がその戸口へ近づいたとき、ふいに腰高障子が開いた。

戸口から出てきたおまつが、彼を目にして、慌てたように身を引いた。途端に、抱えていた笊の中で瀬戸物の茶碗が音を立てた。

「よう、おまつさん」

黒兵衛は言った。すでに二度、顔を合わせている。

「あんた――」

言ったきり、あとの言葉が出ない。顔色が真っ青になっている。

「話がある」

黒兵衛はそう言うと、顎をしゃくって促した。

一瞬、顔を引き攣らせたおまつは、焦ったように腰高障子を閉めると、彼についてきた。

長屋の木戸の外まで来ると、彼は足を止めた。周囲を見廻してから、うんと声を抑えて言った。

「どうだね、亭主の具合は」

おまつが素早く首を振る。

「あんまり良くないよ」

「死にかかっているのか」

「そこまではいかないけど」

「何だと」

思わず苛立った声が出てしまった。

途端に、おまつが顔を強張《こわば》らせた。

「そんなことを言ったって、どうしようもないじゃないか」

「飯は食っているのか」

憤懣を抑えて、黒兵衛は言った。

「いいや、ほとんど受けつけないよ」

目を合わせぬまま、おまつは歯切れ悪く言った。

「だったらいい。――いいや、水だけ飲ましときゃいい」

「殺せって言うのかい」

潜めた声に、怒りがこもっている。上目遣いになった目に、憎しみの光もあった。

「いや、そうは言わねえ。――だがな、忘れてもらっちゃ困るぜ。あんたは、俺たちから十両って金を受け取ったんだからな」

「分かってるよ」

おまつがまた目をそらした。

「それから、念を押しておくが、亭主が危篤になったら、すぐに本湊町の浜清って店に知らせに来るんだ。俺はそこにいる。どんなことがあっても、隣近所の奴らに気取《けど》られちゃならないぜ。いいな」

「ああ、言われた通りにするよ」

おまつがうつむいたまま、うなずく。

まだ言い足りない気持ちで、黒兵衛はその顔を見下ろした。

やがて、今日はこれまでだなと思い定めると、彼はその場を離れた。


男の後ろ姿を、おまつは見つめた。

振り返るかと思ったが、一度もそうすることなく辻を曲がってしまった。

止めていた息を吐いた。

それでも、しばらく身動きできなかった。

とんでもないことに関わってしまったという思いが、体を縛っていた。

行き倒れ同然の亭主と引き換えに、十両もの金を差し出したあの連中が、何をしようとしているのか、見当もつかない。

だが、恐ろしいことを企てていることは間違いないだろう。

しかも、もはや抜け出す道がないことも、明らかだった。

方々に拵えた借金の返済のために、貰った金に手をつけてしまったのである。

残っている五両は、味噌樽の下に隠してある。

しかし、そんなことよりも、もっと気が重くなることがあった。

おまつは、恐る恐る長屋の方を振り返った。

あの部屋で、半次郎が腹をすかせて待っているのだ。

一昨日から、病状がにわかに好転したらしい。

あの男に知れたら、どうしよう――。

十二

寄場役場のお白洲《しらす》に無宿人たちが集まっていた。

倫太郎は、周囲を見廻した。

お白洲はかなり広いものの、五十人以上の者が座り込んでいるため、肩と肩が触れ合うほどの混雑ぶりで、場内のざわめきは互いの声が聞こえないほどだ。

人足寄場とは奇妙な牢獄だ、と倫太郎は改めて思う。仕事をすれば労賃が支払われるというのも変わっているが、収容されている無宿人たちに休みが与えられることも、小伝馬町の牢獄にない特徴だ。月のうち朔日《ついたち》、十五日、二十八日は、無宿人たちの手業が休みとなり、その代わり、心学の導話を聴聞するのが決まりになっている。

無宿人たちは喋ったり、《シツ》を掻いたり、中には、平気で大あくびをしたりする者もいた。

その周囲を、寄場下役たちが取り囲んでいる。お白洲の板間の隅には、厳めしい顔つきの鈴木孫兵衛が控えていた。

「なんだか、村芝居みたいだな。この手の賑《にぎ》やかなことが、俺は大好きなんだよ」

伊之助が顔をほころばせて言った。

「そいつは見当違いだぜ」

横から、若い無宿人が口を挟んだ。

「どう違うんだよ」

伊之助が口を尖らせる。

「半刻ほども、屁《へ》みたいな話を聞かされるだけさ。面白いことなんて、何一つありゃしねえよ」

途端に、前に座っていた男が舌打ちをしながら振り返った。

「馬鹿野郎、何てことを言うんだ。中沢先生のお話を屁みたいだなんて思うのは、てめえの根性がひん曲がっているからじゃねえか」

古株の無宿人だった。顔が利くらしく、若いのが黙り込んだ。

伊之助が、その男の方へ身を乗り出した。

「そんなにありがたい話なのかい」

「ああ、俺はいい話を聞いたって、いつもそう思うぜ」

そんな会話を耳にしながら、お白洲を見廻していた倫太郎は、左後方の隅に探していたものを見つけた。女たちの一団だ。その中に、おこんの横顔があった。綺麗な鼻筋を見せている。人足小屋ごとにお白洲に入れられて導話を聞かせられるのだが、今回、倫太郎たちは女置場の連中と一緒なのだ。最初の人足小屋の導話はとうに終わっており、彼らは二番目である。

しばらくすると、お白洲の正面の板間に男が姿を現した。潮が引くように、無宿人たちのざわめきが静まった。男は渋茶の地味な着物に黒の絽羽織《ろばおり》というなりだ。僧侶のものに似た筒状の帽子を被《かぶ》り、鰓の張った痩せぎすの体つきである。

「あれが、中沢道二先生よ」

古株の無宿人が囁いた。

伊之助が真剣な顔でうなずく。

すると、お白洲を見下ろす座敷に、寄場奉行の川村広義が悠然と着座した。

板間に敷かれた座布団に腰を下ろしていた中沢道二が、その座敷に向かって深々と頭を下げた。それからお白洲へ向き直ると、目の前に置かれた書見台に本のようなものを広げ、やおら口を開いた。

「さて、そもそも、人とはいかなるものか――」

朗々とした声が、お白洲に流れてゆく。

「その実践道徳の根本は、天地の心に帰することである。すなわち、その心を獲得し、私心をなくして無心となり、仁義を行うということにほかならない。その最も尊重するところは、正直の徳である――」

中沢道二は、商人が持つべき心として、四つを上げた。他人を思いやる心、人としての正しい心、相手を敬う心、知恵を商品に生かす心である。それらを持つならば、客の信用を得て、商売はますます繁盛すると説いていったのだった。さらに、勤勉に励む心は人格形成につながるものであり、決して目先の利益やひとときの我欲に惑わされてはならない、と話を進めたうえで、暮らしの中で起こる喜怒哀楽を例に挙げて、人として修養すべき道に話題を転じてゆく。

倫太郎はこれまで心学の導話というものを聞いたことがなかったし、たいして関心を持ってはいなかった。だが、伊之助はその話に聞き入っている。

もっとも、よくよく聞いてみれば、そこに盛り込まれているのは、神道・儒教・仏教の教えのどれかであり、さらに卑俗な諺《ことわざ》までが混ぜ合わされていた。市井の俗事にからめて、まるで笑い話のように語られる筋道は、実のところは、仁義忠孝の道や因果応報の理にほかならなかった。そう気がついた途端に、倫太郎は完全に興味を失った。

半刻ほどで、中沢道二の導話は終わった。

倫太郎たちはお白洲から出されて、入れ替わりに、ほかの人足小屋の連中が中へ入ってゆく。導話が終わると、無宿人たちには自由な時間が与えられるのだ。倫太郎と伊之助は、胡粉製所の小屋前の井戸端で、洗濯に取り掛かった。

「なかなか面白かったな」

伊之助が言った。

「まあまあかな」

言ったものの、倫太郎はすぐにかぶりを振った。

「気に入らなかったのかい」

「無宿人ってものは、言わば、世間からあぶれちまった連中なんだぜ。もしも、あの先生の口にする道理の一片でも持ち合わせていりゃ、こんなごみ溜めに堕ちることもなかったはずさ」

そう言いながら、腰を伸ばして顔を巡らせた。

おこんの姿が目に留まった。桶作りの小屋の方へ歩いてゆく。洗濯物を届けに行くところだろう。ほかの無宿人たちものんびりとした顔つきだ。中沢道二の導話の間は、寄場下役の監視もずっと緩くなる。

「けどよ、あんたと違って、俺には、同じ理屈が胸にこたえるんだ。もっと早くに、ああした理屈に気がついてりゃ、よかったってな」

洗濯の手を止め、伊之助が見上げて言った。

倫太郎は黙った。伊之助の顔が十も老けて見えた。この小柄な男が、昔のことを悔むような愚痴をこぼすことはさして珍しいことではない。何があったのか、聞いたことはないが、それがときおり古傷のように痛むらしい。

「いまさら、昔のことなんか、悔まねえ方がいい。気鬱になるだけだ。しかも、婆婆には、ここの無宿人よりも、うんと性質の悪い奴らがいるじゃねえか。そいつらは中沢道二の説く道理なんて、それこそ屁の河童《かっぱ》で悪事に手を染めて、人が羨むような贅沢な暮らしを送っているんだぜ」

「分かってるよ」

伊之助がうなずくのを見て、倫太郎は苦い気持ちになった。

立て板に水のように話していた中沢道二の言葉が、いまさらながら空虚に思えたのである。仁義忠孝など、下々の者を押さえつけるための体《てい》のいい屁理屈ではないか。しかも、声高にその言葉を持ち出す輩は、たいてい身分のある連中なのだ。そして、口では綺麗なことを並べながら、そいつらは下々の者を虫けらのように踏みつけにして、何とも思わないのだ。下々の者はひたすら歯を食い縛って忍従し、その仕打ちに耐え続けなければならない。その辛抱が、ときには死ぬまで続くこともある。こんな非道がまかり通るのが、世の中というものなのだ。

そのとき、女の叫び声がした。

病人置場の小屋の前で、男女が絡まるようにして揉めている。

「嫌だったら、嫌だよ」

「うるせえ。俺が後ろ盾になってやろうっていうのに、何が不足なんだ」

おこんだった。男に摑まれた二の腕を、無理やり振りほどこうとしている。

倫太郎は洗濯物を桶に放り出すと、足早に二人の方へ近づいた。

足音で気がついたのか、男が振り向き、剣呑《けんのん》な目つきで見据えた。

「なんだ、てめえ」

三白眼の顔の長い男だった。肩幅が広く、日焼けした手足も太い。

「手を離せよ。嫌がっているじゃねえか」

「うるせえ、ひっこんでやがれ」

言葉が終わる寸前、倫太郎は飛びかかった。縺れるようにして、三人は地面に転がった。息つく間もなく立ち上がり、もたついた男の腹に蹴りを入れた。呻《うめ》きとともに、男の体が病人置場の小屋の壁に激突する。

が、相手は怯まなかった。体勢を立て直して素早く組みついてきた。男の襟と右手首を摑んだものの、相手の左腕が倫太郎の首を抱え込み、右手の指が目を狙ってきた。渾身《こんしん》の力比べになった。

咄嗟《とっさ》に、倫太郎は足払いを掛けた。力の張り詰めた二人の体が横倒しとなった。だが、男がたちまち伸《の》し掛かり、彼の首に両手がかかった。物凄い力で締め上げてくる。喉仏を潰すつもりだ。

右の拳を男の耳に打ち込んだ。唸りとともに男の手から力が抜ける。さらに立て続けに殴りつけた。二度、三度、四度。ついに男が崩れた。

男が手で耳を押さえた刹那、無防備となった顔面に拳を叩き込んだ。男は弾かれるように横倒しとなり、動かなくなった。

倫太郎はすぐさま立ち上がり、おこんの手を握ると、その場を離れた。寄場下役が駆けつけてきたら厄介だ。

胡粉製所の小屋の裏側へ廻った。

「恩に着るよ」

おこんが息を切らしながら言った。顔に驚きの表情が張りついている。

倫太郎も肩で息をしながら、うなずいた。

「頼まれたことは、きっちりと果たす性分でね」

「だったら、あたいの後ろ盾になってくれるんだね」

「ああ、いいとも。ただし、一つだけ条件がある」

「体は嫌だよ」

おこんが素早く身を引いた。予想外の激しい反応に倫太郎は驚いたものの、ふいに男とは違う匂いがした。

「馬鹿、そんなんじゃねえ。あんたにやってもらいたいことがある」

「何だい」

倫太郎は首を振った。

「何をするか、言ってもいいが、何のためにするか、そういう質問はなしだ。それが嫌なら、後ろ盾になるのはやめる」

黙り込んだおこんが、怒ったような目で睨んだ。

「返事はどうした。それとも、さっきの男に頼むかい。あいつの目的は、間違いなくおまえさんの体だぜ」

おこんが息を吸い、吐き出すように言った。

「分かったよ。何をすればいいのさ」

倫太郎は自分のお仕着せの襟をたくし上げると、折り返して縫ってある部分に歯を当て、糸を切った。そして、折り返しの中に隠してあった物を取り出す。人足寄場に入るときに、隠して持ち込んだものだった。

それから、再びおこんに顔を向けた。

「あんた、ここの煮炊きの仕事をしているって言ったな」

「ああ、言ったよ」

「だったら、大鍋で作る味噌汁の中に、こいつを入れてもらいたい」

手にしていた薬包を、おこんの鼻先へ近づけた。

おこんの目が大きく広がる。

二人の間に沈黙が落ちた。

倫太郎は笑みを浮かべた。

「言っておくが、人が死ぬような薬じゃねえ。なに、ちょっと悪戯《いたずら》をしたいだけさ」

第二章

一

川村広義のもとへ届いた最初の知らせは、紙漉き場の小屋からだった。

作業をしていた無宿人が食べた物を残らず吐いてしまい、医師のもとへ運ばれたという。

ほどなくして、《ちんこ切り》の小屋でも、腹痛を訴える男が次々と現れたのだった。

昼前から、寄場下役たちが入れ替わり立ち替わりに、そんな知らせを寄場役場の奥座敷へもたらしていた。正午を過ぎたいまでは、すでに二十人以上が倒れていた。

「いったい、どういうことなのだ」

川村広義は、扇子を握り締めたまま言った。

「私にもまったく分かりません。しかし、この暑さでございます。食べた物が中《あた》ったのかもしれません」

次の間で平伏した鈴木孫兵衛が、困惑の表情を浮かべて首を振った。

「馬鹿な」

考えられないことだった。腐った飯を食ったとしても、腹を下す程度で、倒れたり激烈な腹痛を引き起こしたりすることはあり得ない。朝飯のおかずは小指ほどの干し魚と梅干だけで、これも問題外だった。味噌汁は水のように薄く、雀の涙ほどの若布《わかめ》が浮いている程度である。

「あるいは、水かもしれません」

「水だと――」

鈴木孫兵衛がうなずいた。

「飯を炊く水に、何か悪いものが紛れ込んだのかもしれません。井戸の側面が崩れたり、毒のある濁り水が湧いたりした可能性もございます」

黙り込んだ川村広義は、十分にあり得ると思った。

人足寄場の隣に広がる石川島は、もともと御船手方の石川大隅守が将軍より拝領したものだった。寛政四年（一七九二）四月、その石川氏が赤坂の山王近くに屋敷替えになったのは、あまりの水の悪さに音《ね》を上げたためというのが、もっぱらの噂だ。実際、石川氏は風呂に入るために、対岸の本湊町まで船を出していたという。まして、この人足寄場そのものは、その石川島と佃島の間にあった、葦の茂った浅瀬を埋め立てた場所だから、さらに水がよくないのは当たり前なのだ。

「やむを得まい。しばらくの間、井戸水の使用は控えよ」

川村広義は言った。

「しからば、無宿人どもの飲み水はいかがいたしましょうか」

「当面の間は、鉄砲洲から樽で運ばせればよかろう」

ここの役人の飲み水も、以前より鉄砲洲から船で運ばせているのだ。

「しかし、それでは費用がかかり過ぎるのではございませんか」

鈴木孫兵衛が言った。

「そんなことは分かっておる」

怒鳴りつけたい気持ちを、川村広義はこらえた。

そのとき、次の間の廊下に寄場下役が現れると、すぐさま平伏した。

「お奉行様、またしても無宿人が倒れました」

「今度はどこじゃ」

腰を浮かせて、川村広義は言った。

寄場下役が、汗で光る顔を上げた。

「胡粉製所の小屋でございます」

「もうよい、わしがこの目で調べる」

彼は立ち上がると、床を踏み鳴らすようにして座敷を出た。

鈴木孫兵衛がその後に続いた。

川村広義が寄場役場から広場へ出ると、真上から日差しが照りつけた。
ずらりと並んだ手業の小屋は、どれも戸口が明け放ったままだった。
それでいて、作業の音はまったく聞こえない。女置場の外の竿にずらりと干してある洗濯物が、
潮風にバタバタ激しくはためく音と、寄場下役たちが走り廻る足音だけが虚《むな》しく響いている。

鈴木孫兵衛を従えて、川村広義はすかさず近くの小屋を覗き込むと、すぐにまた隣の小屋へ廻った。

外の明るさのせいで暗く感じられる内部の板間には、無宿人たちがしゃがみ込んだままうつむいているばかりだった。中には、あきらかに顔をゆがめて腹を押さえている者や、この暑さだというのに、寒気でもするのか、青ざめた顔をして下唇を震わせている者もいた。

声をかけようとした無宿人がいきなり土間に崩れ落ちて、川村広義はぞっとして身を引いた。

「これは、いったい何なのだ」

驚きとともに、得体の知れない恐れを感じ始めていた。何がどうなっているのか、まったく見当もつかない。

「いかがいたしましょう」

鈴木孫兵衛が言った。早く指示を、という顔つきだ。

川村広義は言葉に詰まった。何か言わなくてはならない。だが、どうすればいいのか、まったく思いつかない。

「このありさまでは、とても仕事にもなりません。体に異常のないものは、すみやかに人足小屋へ戻して、少しでも具合の悪い者は、ただちに医師に診させてはいかがでございましょう」

鈴木孫兵衛が先廻りするように言った。

川村広義は慌ててうなずく。

「そうだ、そのようにいたせ」

「はっ」

鈴木孫兵衛は一礼すると、走り廻っている寄場下役たちに怒鳴った。

「寄場下役ども、集まれ。お奉行様より、お指図が下されたぞ」

彼の指図で寄場下役たちが小屋へ入り、無宿人たちに声をかけてゆく。すると、小屋からぞろぞろと無宿人たちが出てきて、人足小屋へ向かった。肩を抱えられて、医師のいる寄場役場へ連れて行かれる男もいた。

それでも、川村広義は落ち着かず、鈴木孫兵衛を従えて、口元を扇子で覆ったまま、さらに別の小屋を覗いて廻った。

ひときわ大きな胡粉製所の小屋を覗き込んだが、すでに蛻《もぬけ》の殻《から》だった。そこで、彼はその横にある炭団製所の小屋へ近づいた。

その途端に、川村広義は思わずのけ反りそうになった。

戸口から、いきなり無宿人が姿を現したのである。

「何だ、おまえは。具合が悪いのか」

鈴木孫兵衛が庇うようにして前に出た。

無宿人は地面に正座すると、頭を下げた。

「いいえ、お奉行様に聞いていただきたいことがございます」

頭を下げたまま言った。

「その方、名は」

内心の動揺を隠して、川村広義は見下ろして言った。

「上州無宿の半次郎でございます」

言いながら、顔を上げた。細く鋭い目が、川村広義に向けられた。どこか不遜な表情をしている。

「わしに何を言いたい」

「あっしの村でも、夏場にこれと似たことがございました」

「食い物を吐いたり、腹痛を起こしたりしたことか」

「そうでございます」

「原因は何だ」

「井戸水が濁ったことでした」

そのとき、鈴木孫兵衛が言った。

「この男、奉行所での取り調べのおりに、娑婆での生業が井戸掘り職人だったと申し出た者にございます」

川村広義はうなずき、言った。

「どうすれば、病人が治る」

半次郎が首を振った。

「腹痛や吐くのは、寝かせておけば、じきにおさまりまさ。けど、同じ井戸を使えば、何度でも具合が悪くなります」

「まことか」

へえ、と半次郎がうなずいた。

川村広義は鈴木孫兵衛と顔を見合わせ、思わず顔をしかめた。

当面は、鉄砲洲から良水を運ばせるとしても、いつまでも続けるわけにはいかない。人足寄場の費用には厳しい制限があるのだ。しかし、井戸水を使えば、また同じ事態を招きかねない。

「お奉行様、お願いがございます」

半次郎の言葉で、川村広義は我に返った。

「何だ」

「あっしに、新しい井戸を、掘らせていただけませんか」

「新しい井戸だと――」

半次郎がうなずく。

「そこらの井戸は、人がじかに穴を掘り抜いて作るので、穴の深さは知れてまさ。いい水を得ようとすりゃ、当然のことながら、時間と手間と金がどえらくかかっちまいまさ。だけど、あっしらの特別なやり方なら、それほどの手間も金もかからねえうえに、うんと深い井戸が掘れます。海辺でも、塩っけのない綺麗な水が出ますぜ」

「特別なやり方とは、どうやるのだ」

「お聞きいただけるのなら、もっと詳しい仲間を呼びますけど、それで、よろしゅうございますか」

「呼べ」

半次郎がわずかに頭を下げると、小屋の方を振り返って声をかけた。

「おい、文の字、話を聞いてくださるぞ」

へーいと声がして、小柄な男が出てくると、丁寧に頭を下げた。

「上総無宿の文之助でございます」

「名前などよい。それより井戸の掘り方を申してみよ」

川村広義は苛立たしい思いで言った。

「へえ、簡単に言えば、鉄筒の先に鏨《たがね》のような道具を付けて、そいつを高いところから節を抜いた竹筒の中に落として、地面を突き掘りにするんでさ。穴が深くなったら、さらに竹筒を継ぎ足してやればいい。いい水が出たら、あとは人が入って掘り広げて、穴の内側に井戸側《いどがわ》を嵌めれば、一丁上がりって寸法でございます」

「そんなことで、本当に良水の出る井戸が掘れるのか」

「お奉行様――」

いきなり横手から声がかかった。

振り返ると、若い寄場下役が立っていた。

「何だ」

若い寄場下役が低頭すると、口を開いた。

「お奉行様、その男の話がたまたま聞こえてしまったのですが、私も知り合いから同じことを聞いたことがございます」

「いまの井戸の話か」

「そうでございます。上総の国では鉄筒の先に金具を付けて、突き掘りをすると申しておりました。しかも、並みの井戸など足元にも及ばないほど、夏場でもうんと冷えたいい水が汲《く》めるとも申しておりました」

寄場下役の口調は、妙に熱心だった。

しかし、考えてみれば当然かもしれない、と川村広義は思った。無宿人たちの病の原因がたとえ井戸水にあるとしても、その井戸を放置してきた責任の一端は、寄場下役たちにもあるのだ。

川村広義は文之助に顔を戻した。

「そのやり方で新しい井戸を掘るのに、日数はどれほどかかる」

「ひと月をみていただければ、十分でございます」

「本当だな」

へえ、と文之助がうなずいた。

川村広義は腕組みをした。このままでは、二進《にっち》も三進《さっち》もいかないうえに、手をこまねいていれば、町奉行から叱責を受けることは必定《ひつじょう》だ。それは、ひいては今後の出世にも大きな影を落としかねない。

彼は腕を解《ほど》くと、鈴木孫兵衛に顔を向けた。

「よし。鈴木、この者たちに井戸を掘らせよ」

「はっ」

鈴木孫兵衛が低頭して言った。

「お奉行様」

そのとき、文之助がわずかに身を乗り出した。

「どうした」

「この炎天下での井戸掘りは、とてもじゃないが無理でございます。それに、井戸を掘りゃ、汚い掘り屑が大量に出て、周囲を汚す恐れがあります」

「だから、何だと申すのだ」

「井戸掘り用の足場を囲う小屋を、作らせていただきたいんでございます」

川村広義は唸った。小屋などで覆えば、寄場下役の監視の目が届かないことになってしまう。そんなことは許されない。

だが、待て。ここは海のただ中の島なのだ。穴を掘ったとて、それで、どこへ逃げるというのだ。

川村広義は文之助に顔を向けた。

「やむを得まい。許可いたす」

すると、今度は半次郎が口を開いた。

「あっしたちの手業の炭団作りの方は、なしにしていただけるんでございますね」

川村広義は苦々しい気持ちになった。この連中に甘い顔を見せれば、すぐにつけ上がるのだ。

だが、彼は苛立ちを押し殺した。

「よかろう、井戸掘りの間は、その方らの手業は免除してやろう。ただし、いまの話だけでは、良水が得られるという保証にはならん。よって、井戸掘りの道具や必要な物の調達は、おまえたちの負担といたすぞ」

　二人が驚きの表情に変わった。半次郎が言った。

「けど、お奉行様、あっしらは新入りで、まだ労賃を稼いじゃおりませんから、井戸掘りに必要なものを仕入れる金なんて持っちゃおりませんぜ」

「分かっておる。わしが金を貸してやろう。井戸が掘り上がったら、労賃を日割りで換算して、そこから差っ引くとする。それで、どうだ」

「そういうことなら、あっしらに異存はございません」

　ほっとしたように、半次郎が身を引いた。

「それから、もう一つ条件がある」

「何でございますか」

「心学の導話に必ず出席するのだぞ。井戸掘りがいかに急務だとしても、おまえたちにだけ、例外を許すわけにはいかん」

「承知いたしました」

　半次郎と文之助が揃って頭を下げた。

　傍らに立っていた寄場下役までが、心なしか安堵したような顔つきになっていた。

だが、川村広義も満足していた。

新しい井戸が手に入るのだ。

しかも、ただ同然で。

二

「井戸掘りの道具だって――」

顔をしかめた紋太が言った。

「そうだ。たいていのものなら、手に入ると言っただろう」

倫太郎も言い返す。伊之助も険しい目つきで、紋太を見つめている。

煙草の葉を切る音が響いている。三人は《ちんこ切り》の小屋の土間にしゃがみ込んで、顔を寄せ合っていた。

昨日の病気騒ぎは一段落していた。傍らの板間で、一仕事終えた年寄りの無宿人がぼんやりと煙管を使っている。

「たしかにそう言ったけど。――いったい、どんなものが必要なんだよ」

倫太郎は、伊之助に目顔を送った。

伊之助が得たりとばかりにうなずき、口を開いた。

「まずは、鉄の管だ」

伊之助が土間の地面に、拾った小枝で絵を描《か》いてゆく。

紋太がそれを見つめる。穴の通った三間ほどの長さの管だ。

「それから、鑿《のみ》が何種類も必要になる。ただし、大工仕事に使うような鑿じゃねえ。井戸掘り道具を手掛けたことのある鍛冶屋を探して、《丸鑿》と《輪一《わいち》》、それに《ゾウワ》などの《サキワ》を、それぞれ十ずつ誂《あつら》えてほしいと言えば、相手にはちゃんと通じるはずだ」

伊之助は、次々と必要な物を挙げてゆく。足場を組むために用いられるおびただしい丸太。荒縄。竹柄の先に平刃のついた芋掘り棒。何種類もの桶。竹筒。掘り屑を運ぶための畚《もっこ》。足場を囲う小屋を作るための材木と板、釘《くぎ》や鎹《かすがい》。大工道具。縄梯子《なわばしご》。

途中から覚えきれなくなったのか、紋太が懐から帳面を出すと、矢立ての筆を手にして、注文の品とその特徴を書き留めてゆく。

倫太郎はその筆先を見つめた。見かけによらず達筆だ。商家に奉公していたのかもしれない。

「滑車も必要だ」

「滑車?」

紋太が顔を上げた。

「ああ、そうだ」

伊之助がうなずき、滑車の条件を告げ、さらに言った。

「それから、土も用意してくれ」

「土だって」

紋太が驚きの顔つきになった。

だが、当然という顔つきで、伊之助が続けた。

「ここの土は砂粒が多いうえに、粘りがねえから、使い物にならねえ。黒土で粒がうんと細かく、粘りのある土も五升ほど手に入れてほしい」

「何に使うんだよ」

「決まっているだろう。井戸を掘るために使うのさ」

「あんたら、地面を掘るんだろう。どうして、土なんか必要なんだい」

食い下がる紋太を、倫太郎は手で制した。

「餅《もち》は餅屋って言うだろう。おまえさんは、言われた通りの品を取り揃えてくれればいい、頼む」

「そりゃまあ、金さえ払ってもらえりゃ、土でも何でも、用意するけど」

釈然としない顔つきのまま、紋太は渋々うなずく。

その様子を目にして、倫太郎は言った。

「そうそう、もう一つ、大事なものを忘れていたぜ。厩《うまや》の土も用意してくれや。そっちも五升ほどほしい。十年以上使い込まれた古い厩でなけりゃだめだぜ。なるべく早く、都合をつけてくれよ」

一つため息をつくと、紋太が帳面に《厩の土》と書き込んだ。

倫太郎と伊之助は立ち上がると、《ちんこ切り》の小屋を出た。

「これで、すべての道具の手配はついたのかい」

倫太郎は言った。

肩を並べた伊之助が、かぶりを振った。

「いいや。ほかにも用意しなけりゃならないものがある」

「何だ」

「井戸を掘るときに使う掘り鉄管の中に、弁をつけなきゃならねえ。これは《コシタ》と言って、鉄管の中に掘り屑を取り込むためのものさ。《コシタ》の良しあしで、仕事の進み具合が左右されるんだ。だから、こいつばかりは、自分で作らなけりゃならねえ。そいつは、今日から、さっそく取り掛かるよ」

二人はそのまま湯殿の前を通り過ぎて、元結作りの小屋と野菜畑に挟まれた場所に立った。

以前に目をつけておいた周囲の位置関係から、倫太郎は目指す場所を特定した。

「ここだ」

海に目を向けたまま、彼は足元を踏み鳴らして言った。

「ここか」

伊之助も何気ない素振りのまま言った。

海風に吹かれながら、倫太郎は胸が高鳴るのを感じていた。

真っ青な空に、鳶が音もなく滑空していた。

三

「最初の一件は、寛政三年（一七九一）の秋に起きた」

尾崎久弥が言った。

「寛政三年――」

工藤惣之助は鸚鵡返《おうむがえ》しに言った。

「そうだ。人足寄場が一応の完成をみた翌年のことだ」

二人は加賀町の裏路地を歩きながら話していた。南町奉行所からさほど遠くはないものの、人通りの少ない場所である。

尾崎久弥は約束通りに、石川島の人足寄場に関する古い文書を探し出してくれたのだった。そして、工藤惣之助を奉行所の外に連れ出したのである。

「いったい、何があった」

工藤惣之助は言った。

「だから、無宿人が変死したのさ」

「どのような死に方だ」

「真っ逆さまに井戸に嵌《は》まり、溺れ死んだ」

工藤惣之助は足を止めた。

「井戸で――」

尾崎久弥も立ち止まり、うなずく。

「妙だろう」

「たしかに」

「しかも、その遺体にも殴られたような痕跡があった。この辺りだ」

言いながら、尾崎久弥が自分の鳩尾《みぞおち》を指差す。

「突きを入れられて、井戸に投げ込まれたってことか」

「可能性はあるだろう」

「下手人は」

「見つかっていない。というより、事故として処理された」

「どうして」

「その無宿人は夜分に具合が悪くなり、医師のもとへ行くという理由で人足小屋から出たのだ。ところが、半刻たっても戻らず、役人たちが探し廻ったものの、とうとう見つからずじまいだった。当然、島抜けしたものと疑われた。すると、翌朝、井戸から水を汲み上げようとして、遺体が発見されたというわけだ。だから、水を飲むために井戸へ近づき、誤って嵌まったものと断定されたのさ。鳩尾の痕跡も、井戸へ落下したときにできたものという判断だった」

工藤惣之助は黙り込んだものの、すぐに言った。

「もう一件の方は」

「同じ年の十二月だ。今度は海に落ちた」

「どうして」

「人足寄場の詰から汲みとったものは、舟で運ばれるだろう」

「その通りだ。下肥《しもごえ》として売られる」

「その作業の最中に、堤から落ちたらしい」

「見た者がいたのか」

「いいや、おらん。あっという間の出来事だったのだろう。ともあれ、この一件も、下肥を運び出す作業中に、咄嗟に島抜けを図ったものと判断された。その結果、波が荒くて溺れ死んだというわけさ」

「馬鹿な。十二月の海だぞ。水が冷たくて、泳ぎ切れるわけがない」

「そうだ、どう考えても無茶な解釈なのだ。ところが、当時のお奉行様は、島抜けの末の死亡と断定してしまった」

工藤惣之助は息を吐いた。

似ていると思ったのである。留吉の一件といい、かつて人足寄場で起きたその二件の変死といい、まるで最初から調べる必要などないと言わんばかりに、さっさと処理されてしまっている。

「当時のお奉行様は、誰だ」

「北が初鹿野河内守信興《はじかのかわちのかみのぶおき》様で、南が池田筑後守長恵《いけだちくごのかみながよし》様だ。ちなみに、その二件を処理されたのは、池田様の方だぞ」

工藤惣之助は、思わず舌打ちした。留吉の一件を処理したのは、現南町奉行の坂部能登守広吉《さかべのとのかみひろたか》であり、同じ人物ではない。つまり、処理が似ているのは、単なる偶然と考えざるを得ない。

だが、待て、と工藤惣之助は思った。

その二つの変死が故意に引き起こされたとすれば、二人の周囲に、共通する人物が存在した可能性があるのではないだろうか。そして、留吉の一件の周辺にも、その人物の姿が見出せれば、三つの事件は一つの筋道に結びつくことになる。

「その二人に関わった人物で、共通する無宿人がいたのではないのか」

尾崎久弥がかぶりを振った。

「まともな調べも行われなかった事件だぞ、そんな記録が残っているわけがないだろう。それに、俺も、おぬしと同じことを想像したが、留吉の一件が似たような状況だからといって、手を下した人間まで、同じということはあり得ん」

「なぜだ」

「当時の無宿人たちは、すでに出所している」

工藤惣之助は額に手を当てた。

あまりにも迂闊《うかつ》だった。現在収容されている無宿人の顔ぶれは、寛政三年当時とはすっかり入れ替わっているのだ。

「だったら、その二人に、何かほかに共通する点はないのか」

「それならある」

「何だ」

「二人とも、石川島との間にある堀浚いの仕事に駆り出されて、その直後に死んでいるのだ」

工藤惣之助は目を瞠《つむ》った。留吉との共通点がまたしてもあった。とすれば、いずれの場合も、堀浚いのときに、何かがあったと考えるべきだろう。そして、三件の不審死が、いずれも不問に付されたのは、面倒事を避けたいというような安易な理由からではなく、別の隠された原因があったのではないだろうか。

だが、それが何か、まったく思い浮かばない。

そのとき、尾崎久弥が口を開いた。

「それから、これは今度のことと無関係かもしれんが、妙な気配がするんだ」

「何だ」

「おぬしに頼まれて、俺はその文書を探すために奉行所の文書庫へ入った。そして、いま話した記録を見つけたのだが、どうも最近、俺よりも先に、誰かがその文書に触れたような気がするんだ」

尾崎久弥は説明を続けた。奉行所の記録は、文書庫に並んだ棚に年次別に整頓して保管されているという。しかも、文書の概要が一瞥《いちべつ》して分かるように、各冊子に付箋《ふせん》が挟み込まれており、外に垂れ下がった部分に年次が書き込まれている。

「ところが、その二件の記録が記された文書だけ、付箋がずれた部分に挟み込まれていたのさ。文書の管理は、折り紙つきの几帳面な男が担当しているから、そんなふうになったのは、ほかの誰かが触ったためとしか考えられん」

工藤惣之助は黙り込んだ。

いまになって誰が何のために、そんな古い文書に目を通したのだろう。

こんな季節だというのに、彼は背筋に寒気のようなものを覚えた。

四

元結作りの小屋と野菜畑に挟まれた場所に、足場が組み上がりつつあった。

倫太郎はもろ肌脱ぎの肩に太い丸太を担ぎ、足場を高くする作業に取り掛かっていた。

頭に鉢巻をした伊之助は下にいて、彼に指図する役目だ。

井戸掘りの作業は年季と経験がものを言う難しい仕事だから、力仕事は倫太郎の分担である。

足場は丸太を井桁《いげた》形に組み合わせて、それぞれを太い縄で縛りあげて留める。それから四方の角に柱を立てて、それらの上部にも同じような井桁形に組んだ足場を固定する。さらに、その足場の下に、斜めにした筋交いの丸太を交互に通して補強したうえに、柱に支え木まで取りつける。

柱は《タテジ》、横木は《ヨコヌノ》、筋交いはそのまま《スジカイ》と呼び、支え木は《ツッパリ》だ。足場は正確には正方形ではなく、やや長方形に組み上げられていた。長い辺が、南に向けられており、この枠組みの中に入って掘り鉄管を引き揚げたり、落としたりして、突き掘りをするのだという。

「西向きや東向きはいけねえ」

作業に取り掛かった初っ端、伊之助が断固とした口調で言った。

「どうしてだ」

額から滴る汗を拭いながら、倫太郎は訊いた。

「その方角に向けて足場を組むと、井戸掘りの途中で事故が起きたり、工事が長引いたりすると言って、職人たちは嫌うのさ」

迷信かと思ったものの、倫太郎は言われるままに作業した。伊之助は、井戸掘りの名人と言われた父親についてこの技を学んだのだから、反対する理由はなかった。

そして、黙々と言われた通りの仕事を続けながら、倫太郎もまた昔のことを思い出していた。

彼が育った家は、増上寺裏の森元町の小さなしもた屋だった。その界隈は増上寺の学寮や小さな寺がびっしりと立て込んだ町筋で、倫太郎は家の低い櫟《くぬぎ》の生け垣越しに、行き交う僧侶や寺男を始終見かけたものだった。

母親と、七つ年の離れた妹のおふみとの暮らしは、寡黙な母親の針仕事のようにひっそりとしていた。日がな一日、母親が日当たりのいい小座敷で針を動かし、彼は小さなおふみをおぶったり、鬼ごっこをしたりして、遊んでやったものだった。

《お兄ちゃん、お兄ちゃん》

おふみはいつも、倫太郎を追いかけ廻した。

《ほらほら、こっちだぞ》

倫太郎が声をかけると、おふみは弾けるように笑うのだった。

その様子を、座敷の母親が目を細めて見つめていた。

ただ、ときおり父親が訪ねてくることもあった。そんな晩だけは、明るい灯《ひ》が点《とも》ったように、座敷に賑やかな話し声と笑い声が響いたものである。

母親がその父親の妾《めかけ》だということを知ったのは、倫太郎が十歳のときだった。むろん、二人がどのような経緯で知り合い、そのような関係となったのかは分からなかった。

しかも、長ずるにつれて、倫太郎は、父親が世間でたいそう恐ろしい人物と思われていることを知った。それでも、倫太郎とおふみにとって、父親はひどくくだけた、優しい人だった。

だが、元服を終えた頃から、倫太郎は父親に反発を感じるようになった。侍の子弟としての勉学や剣術の稽古にも、まったく身が入らなくなったのである。

そのきっかけは、父親の屋敷をこっそりと訪ねたことだった。どのような暮らしを送っているのか、どうしても知りたい。ただそれだけの興味から、母親に内緒で、一人で足を向けたのだ。ところが、いざその屋敷を探し当てたとき、豪壮な棟門《むなもん》の前で、倫太郎は茫然と立ち尽くした。同時に、自分たち一家のあまりにも慎ましい暮らしぶりを、嫌というほど思い知らされたのだった。

何度か屋敷の界隈をうろついているうちに、本宅に腹違いの二人の兄弟がいることも、倫太郎は耳にした。

それらしい若侍が、二人の供侍を従えて外出する姿を目にしたことも、彼を打ちのめした。その兄には、父親の跡目を継ぐという道が、黙っていても用意されていることを、まざまざと見せつけられた気がしたのである。弟の方とて、筋目正しい家柄の次男として、乞われて他家の養子におさまるに違いない。けれども、自分には何もないのだ。

鬱々とした感情に襲われて、倫太郎は盛り場をうろつくようになった。すべてに興味を失い、胸の奥の空洞を埋めようとして、酒や女を知り、博打《ばくち》も覚えた。数限りなく喧嘩に明け暮れたのも、修羅場に身を晒しているときだけ、そんな空虚な思いを忘れることができたからだった。

倫太郎が十八のときに、母親は亡くなった。風邪をこじらせて、高熱に苦しんだ末の哀れな死に方だった。その質素な通夜のおり、倫太郎は久しぶりに父親と顔を合わせたものの、一言も口をきかなかった。

おふみが死んだのは、その直後のことだった。生まれつき心の臓に障りがあり、医者からは、大人になるまで生きられないだろうと言われていたが、その言葉通りになってしまったのである。だが、おふみの葬儀に、とうとう父親は姿を見せなかった。使いの者が、お役目があり、どうしても参列できない旨を伝えに来たのだ。その事情に嘘はないだろうし、やむを得ないと分かっていたものの、倫太郎が父親を心の底から憎いと感じたのは、そのときからだった。

独りになった倫太郎は、森元町のしもた屋を引き払い、本所竪川近くの松井町に転居した。そこから目と鼻の先の一ツ目之橋の辺りは、青物市場の立つ賑やかな界隈だったし、浪人の身として仕事を探すのも容易だった。

それ以来、倫太郎は父親と絶縁したような日々を送ってきた。

ところが、昨年、父親が危篤だという知らせが届いたのである。そして、息を引き取る二日前、倫太郎はこっそりと父親と顔を合わせた。父親の意を受けた陪臣の侍が、彼を呼びに来て、屋敷の庭から密かに奥座敷へ上げたのである。

病床の父親の顔が、倫太郎の脳裏に浮かんだ。

生まれて初めて、父親が涙を流すのを目にしたのは、そのときだった。

「あんたたち、少し休んだら」

いきなり声がして、倫太郎の物思いは破られた。

おこんが足場の下に立っていた。皮を剝《む》いた瓜の入った笊を抱えており、それを倫太郎に示した。

「食べて。冷えてるわ」

「ありがてえ」

倫太郎は足場を降りると、頭の鉢巻を取った。彼が後ろ盾になったことで、ときおり、おこんは差し入れを持ってくる。

「ずいぶんと大きな足場を作るのね。爺ちゃんが井戸を掘ったときは、こんなものは作らなかったわ」

倫太郎と伊之助が瓜にかぶりついている横で、眩しげに目を細めて、おこんが足場を見上げている。

伊之助が答えると思ったが、黙ったまま口を動かしている。

仕方なく、倫太郎は愛想笑いを浮かべた。

「当然さ。掘り鉄管を落として、その重みで地面を突き掘りするんだぜ。だから、管をうんと高く吊るし上げなけりゃならねえ」

伊之助からの受け売りを、倫太郎はしたり顔で口にする。

ふーん、とおこんがうなずく。

「掘り方も、まったく違うんだ。でも、重い鉄の管を落としたって、うまく掘れるのかしら。だって、鉄の管が横倒しになっちゃうじゃない」

「そいつは心配いらねえよ。太い竹の節を繰り抜いて穴に嵌め込み、その中に掘り鉄管を落とすから、常に井戸底の一か所に、掘り鉄管の突きがまっすぐに命中するって寸法さ」

「なるほど、そういうことなの」

感心したというように、おこんがまたうなずいた。

空になった笊を手にすると、それじゃ、とおこんは去って行った。

倫太郎がその後ろ姿を目で追っていると、いきなり伊之助が言った。

「あの女にゃ、注意した方がいいぜ」

「どうしてだ」

倫太郎は振り返った。

伊之助が苦り切った顔をしている。

「ちょくちょくここへ顔を出すのは、俺たちが何をしようとしているのか、そいつが気になるからに決まっている」

倫太郎がおこんに依頼したあのことを、むろん、伊之助も知っている。

「心配ないさ。どう見たって、これは井戸掘りの仕事場だ」

「上手《じょうず》の手から水が漏れるってこともあるぜ。万が一、何か勘付かれて、ほかの連中に喋られたら、どうする」

倫太郎はかぶりを振り、おこんの後ろ姿へ顔を戻した。

「あの薬のせいで腹痛騒ぎが起きたことは、おこんも承知しているはずだ。自分の身を守るためと割り切ったんだから、余計なことを喋る気遣いはないさ」

だが、伊之助はまだ気になるらしく、苛立たしげに言った。

「だとしても、やっぱり気を許すべきじゃねえ。何となくだが、どこかで見たような、そんな気がしてならねえ」

倫太郎は驚いて顔を向けた。

「見たって、いつ？」

伊之助が首を振る。

「思い出せねえ。昔のことはからっきしだ。だがな、あいつが俺を見るときの目に、何となく刺《とげ》があるような気がするんだ」

倫太郎は笑った。

「あの女はせいぜい十七、八だぜ。おまえさんが思い出せないほどの昔なら、ほんの小娘か、乳《ち》飲《の》み子《ご》時分じゃねえか。——さあ、下らねえことは気にしないで、もうひと踏ん張りしようぜ」

倫太郎は手を拭くと、再び木材を肩に担ぎ上げた。

伊之助もようやくうなずいた。

「ああ、そうだな。できれば、今日じゅうに小屋も作り終えちまおうか」

二人は再び仕事に取り掛かった。

五

風が吹くたびに、人足小屋が軋む。

日暮れ頃から雲が低く垂れこめて、嵐の前触れのような生暖かい風が吹いていたが、夜に入ってから、風がいっそう強まっていた。

人足小屋の格子脇の廊下で、床几《しょうぎ》に座った大森平吉は手にしていた団扇《うちわ》を口に当てて、大きなあくびをした。

脇に置かれた机で燭台が灯っている。隙間風のせいで、その灯影がときおり生き物みたいに揺れる。足元で、蚊《か》遣《や》りの煙がたなびいていた。

張り番は明け方まで続く。人足小屋内での揉め事や急な病などを監視するのが、その役目である。夜に入ってにわかに具合の悪くなった者は、張り番の寄場下役に申し出ると、医師のもとへ行くことが許可されることになっていた。もっとも、それは建前であり、実際には、袖の下を差し出さなければ、明け六つ半（午前七時）まで我慢しろ、と寄場下役は命じるのだ。その刻限が朝飯だからである。

今晩、その手を使って、人足小屋を出たのは二人だった。《シツ》が痒《かゆ》くて眠れないとこぼした年寄りと、ひどい腹下しの若い男である。

大森平吉は格子の中を覗き込んだ。

暗い板間に、男たちの規則正しい寝息と、寝返りを打つ物音が聞こえている。小屋の中は灯も落とされており、小屋の中央に切られている炉の炭も、とっくに灰に変わっていた。

無宿人たちは板間に茣蓙《ござ》を敷き、三人当たり一枚の布団で雑魚寝《ざこね》している。枕は杉材でできた木枕だ。ただし、各小屋の世話役だけは、琉球畳《りゅうきゅうだたみ》を敷き、布団も自分専用だった。

どうやら、これ以上の袖の下にはありつけそうもない。

大森平吉は渋い顔になった。途端に不愉快な気持ちに捉われた。以前、そうやって稼いだ金で、せっせと相生町の料理茶屋へ通ったことを思い出したのである。

おせんに逢いたい一心だった。ところが、それがとんだ事態を招いてしまった。彼女の亭主から追い廻された挙句に、逆にその亭主を斬り殺してしまった。しかも、その場を目撃されてしまったのだ。

それにしても、と大森平吉は考え込んだ。

半次郎という男、本名ではないだろうが、いったい何を企《たくら》んでいるのだろう——。

ふいに、別の疑問にも捉われた。

少し前に起きた、無宿人たちの腹痛騒ぎのことである。

あれは、本当に井戸水のせいだったのだろうか。

その騒ぎの前日、病人置場の小屋を出たところで、彼は半次郎に呼び止められたのだった。そのとき、半次郎が耳元でこう囁いたのである。

《いよいよ、おまえさんの出番が来たぜ。明日、俺はここの奉行に頼みごとをする。そのとき、いつか話したように、おまえさんも口添えをするんだ。いいな》

すると、その翌日、井戸水が原因と思われる病が頻発したのだった。そして、寄場奉行の川村広義も寄場元締め役の鈴木孫兵衛も度を失ってしまった。

半次郎が、新しい井戸を掘りたいという願いを持ち出したのは、まさにそのときで、彼が口添えするように命ぜられたのも、その井戸掘りの件にほかならなかったのである。

あまりにも都合が良過ぎる――。

しかし、何のために、そんなことをするのだ。

じっと考え込んだものの、やがて、大森平吉は首を振った。

やめた、やめた、一文の得にもならぬ――。

大きく息を吐き、背を壁にもたせかける。

眠気が忍び寄ってくる。

うとうとと寝入りそうになったとき、物音で目を覚ました。

それが怒鳴り声だと理解するまでに一拍の間があった。

次の瞬間、全身に鳥肌が立った。

「島抜けだ、島抜けだぞー」

再び、叫び声が響き渡った。

「おい、大変だぞ」

人足小屋から男たちのざわめく声がした。

「島抜けだ」

「どこの人足小屋だ」

たちまち、中の男たちが身を起こして喋り始めた。

大森平吉は牢格子を叩き、怒鳴った。

「者ども、静かにせい。騒いではならん」

だが、騒ぎはおさまるどころか、さらに喧しくなった。

無理もなかった。島抜けは無宿人たちの願望なのだ。それがいま目の前で起きようとしている。

大森平吉は燭台の火を提灯に移した。万が一、何かが起きたときの用心である。

すると、小屋のすぐ近くを複数の足音が走り抜けた。

「出会え、出会え」

大森平吉は慌てて格子窓の障子を開けると、外に目を向けた。

暗がりの中を、人の走りまわる音や怒鳴り声が交錯している。胡粉製所の小屋の近くで、強盗《がんどう》提灯の光が闇を切り裂いていた。

いきなり、小屋の外扉を、ドンドンと叩く者があった。

「何だ」

大森平吉は扉の内側から答えた。

「鈴木孫兵衛だ。張り番、小屋を出ている者は何名じゃ」

寄場元締め役の声だった。

「はっ、年寄りと若い男の二名でございます。医師のもとへ参りました」

「よし、引き続き用心を怠るでないぞ」

声がして、足音が遠ざかっていった。

「逃げろ、逃げろ」

「役人どもに、吠え面をかかせてやれ」

人足小屋の中で誰かが怒鳴った。

「うるさい。黙らんと、敲きにいたすぞ」

大森平吉は怒鳴りつけた。それから、また慌てて窓に顔を近づけた。

暗い広場を見つめながら、愚かなことだ、と彼は思った。この人足寄場から島抜けしようとする者は跡を絶たない。だが、めったに成功することはないのだ。

むろん、ごく稀に、島抜けを成し遂げる者もいるにはいる。もっとも、それは海に飛び込んだ無宿人の土左衛門が上がらないからで、生きて逃げおおせたかどうかは判然としないのが実情なのだ。とはいえ、そうなれば、寄場下役全員が、厳しい叱責を被ることになる。

遠くで声が響き渡った。

「いたぞ、こっちだ」

ばたばたと殺気だった足音が響いた。

大森平吉は人足小屋を振り返った。

「者ども、島抜けなど埒もないことを考えるでないぞ。今回も捕まり、すぐに死罪となるに決まっておる」

男たちの騒ぎがふいに静まった。死罪という言葉ほど、無宿人たちを震え上がらせるものはないのだ。


遠くで声が上がったとき、その人物は人足寄場の北側の暗闇に身を潜めていた。

やがて、騒ぎが大きくなり、強盗提灯の光が闇を奔った。

あまり時間はないな、とその人物は思った。

手にした拳大の石を握り直すと、足音を忍ばせて、完成したばかりの井戸掘り小屋へ近づいてゆく。

小屋の扉がわずかに開かれており、そこから光の筋が漏れていた。

いましがた、人影がその中へ忍び込んだのである。

戸に手をかけると、音をたてないように注意しながら、ゆっくりと開いた。

こちらに背中を向けて、男が屈み込んでいた。

その傍らに、火の灯った提灯が置かれている。

井戸掘り小屋の中を調べることに気を取られていて、背後の気配に少しも気がついていない。

男の後頭部めがけて、渾身の力を込めて石を打ち下ろした。

「ぎゃっ」

短い悲鳴を上げて、男が昏倒《こんとう》した。

石を投げ出すと、用意しておいた縄で、男を後ろ手に縛り上げた。

足首も固く縛る。

無理やり口をこじ開けると、猿轡《さるぐつわ》代わりに手拭いを押し込む。

それが済むと、掌で男の汗じみた頬を叩いた。

男がうっすらと目を開けた。

それが大きく広がった。

顔を近づけ、男の耳元にあることを囁く。

途端に、男の顔が引き攣り、ぶるぶると震え始めた。

六

騒ぎ声が聞こえたのは、朝の仕事が始まってほどなくしてからだった。

「人が死んでるぞ」

誰かが叫んでいる。

「無宿人だ。お仕着せを着ているぞ」

今度は、別の者が怒鳴った。

場所は炭団製所の小屋のあたりのようだった。

寄場役場から役人たちが駆けだしてゆく。

工藤惣之助も、その人々に混じって走っていた。

たちまち、周囲に同じように駆けつける無宿人たちの群れができた。女置場からも女たちが我先に集まってくる。

「退《ど》け、退《ど》け。無宿人どもは後ろへ下がれ」

工藤惣之助は、群がっていた人々を無理やり押し退けると、小屋の中へ入り込んだ。

薄暗い土間に、鈴木孫兵衛と寄場下役が茫然と立ち竦んでいた。二人とも及び腰のような姿勢のまま、隅にある石灰溜に凍りついたように顔を向けている。

そこへ目を向けた工藤惣之助も、思わず掌で口元を覆った。

石灰の中から、真っ白な人間の首が突き出している。しかも、真っ白な顔の両目から、涙が滴ったように血の筋が流れていた。

「工藤殿、どうしたらいい」

鈴木孫兵衛が上ずった声で言った。

「まずは、顔を検めませんと」

工藤惣之助は言うと、土間に置かれていた桶を手に取り、意を決し、遺体に近づいた。手拭いを桶の水に浸して、それで遺体の顔を拭った。顔を覆っていた石灰が拭い取られ、下から素顔が現れた。

「これは、六蔵ではないか」

鈴木孫兵衛が後じさり、茫然とつぶやいた。

工藤惣之助も再び息を呑んだ。

六蔵は猿轡を嚙まされていた。両目が抉《えぐ》られていることも、一目瞭然《いちもくりょうぜん》である。

「六蔵が収容されていた人足小屋の昨日の張り番を、ここへお呼びください」

工藤惣之助は言った。

「あい分かった」

鈴木孫兵衛は我に返ったようにうなずき、すぐに寄場下役を走らせた。

やがて、人々を押し退けるようにして、別の寄場下役が姿を見せた。息を切らし、額に玉の汗を浮かべている。六蔵の遺体を目にして、その表情が硬直した。

「昨晩、六蔵は人足小屋を出たのだな」

その男に向かって、工藤惣之助は訊いた。

ぶるっと体を震わせ、寄場下役が我に返ったように顔を向けた。

「はい、腹が痛いと申しましたので、やむなく医師のところへ行けと命じました」

神経質そうに目を瞬《しばた》き、言った。

「人足小屋を出たのは、いつ頃だ」

「たしか、四つ（午後十時）過ぎのことでございます」

工藤惣之助は考え込んだ。

人足寄場では、人足小屋の張り番のほかに、夜間の見廻りが定時に行われることになっている。五つ（午後八時）、九つ（午前零時）、それに八つ（午前二時）の三回だ。つまり、その見廻りのない頃合いを狙うようにして、六蔵は人足小屋を出たということになる。

「鈴木殿、六蔵は医師のもとへ参っておりましたか」

昨晩の島抜け騒ぎで、その時間帯に人足小屋から出ていた者について、所在の確認が行われたはずである。

「それがはっきりとせんのだ。医師は無宿人の顔を、いちいち覚えていられないと申してな」

鈴木孫兵衛が首を振り、続けた。

「最初に島抜けを図った者を捕えて一安心したものの、ほかの者たちの所在確認を行ってみると、六蔵だけが、どこにも見当たらなかったのだ。だからこそ、我らはすぐに隣の佃島や石川島の御用地まで探索を続けねばならなかった。それでも見つからなかったので、島抜けを図られたとばかり思っておったわ」

「その間に殺められ、ここに隠されていたというわけですね」

工藤惣之助は言った。

鈴木孫兵衛が驚きの表情を浮かべた。

「ならば、六蔵が殺されたのは、ここではないと言うのか」

「一つの推測ですが、可能性は高いと思います。争ったような痕跡もないし、土間のどこにも血痕が見当たりません」

うーん、と鈴木孫兵衛が唸った。

「ともかく、六蔵の遺体を石灰から引き出しましょう」

工藤惣之助は言った。

七

倫太郎の目に、炭団製所の小屋の人だかりが飛び込んできた。

彼もまた、「人が死んでるぞ」という叫び声を耳にして、人足小屋を飛び出してきたところだった。

大勢の無宿人たちが集まり、声高に喋りながら、小屋の中を覗き込んでいる。足早に近づくと、倫太郎はたまたま居合わせた万蔵に声をかけた。

「何があったんだ」

「半次郎さんか。無宿人の死体が見つかったのさ」

振り返った万蔵が言った。

「無宿人の死体――」

「ああ、石灰溜の中から首だけ出ていたらしい」

「誰なんだ」

万蔵が首を振る。

「男というだけで、まだ分からねえ」

「石灰溜から首を出していたってことは、殺されたってことだな」

「そいつは間違いないだろう。そんな妙なところに、自ら入り込む奴はいねえ」

倫太郎はすぐに野次馬に加わった。だが、無宿人たちの頭や背中に遮られて、中の様子はまったく見えない。

「中は、どうなっているんだ」

倫太郎は顔を動かさずに、また万蔵に訊いた。

「いまさっき、寄場掛同心が駆けつけてきたから、調べが行われているんだろう。寄場元締め役は、その前に押っ取り刀で飛んできたぜ」

そのとき、倫太郎は野次馬たちの中に、弥三郎の姿を認めた。人々に立ち混じっていても、頭一つ突き抜けているからだ。小屋の方に、じっと目を向けている。だが、この前とは一変した、やけに深刻な顔つきだった。横にいる丹治も眉間《みけん》に皺を寄せ、弥三郎にしきりと何事か囁いている。

「誰が死んだんだ」

「殺されたのか」

男たちの言葉が飛び交う。

「そこを退け、そこを退け」

そのとき、戸板を持った寄場下役たちが駆けつけてきた。無宿人たちが脇へ退いて通り道ができると、寄場下役たちは小屋の中へ入った。

しばらくすると、鈴木孫兵衛を先頭にして、その連中が出てきた。寄場掛同心が戸板の脇に従っている。

人々の頭の間から、倫太郎は戸板に横たわった男の遺体に目を向けた。顔に白い布がかけられていたが、全身が石灰にまみれて真っ白だ。戸板の端から、右腕がだらんと垂れて揺れている。

立ち並んだ無宿人たちの間を、戸板が運ばれてゆく。そのとき、いきなり海風が吹き抜け、顔に掛けられていた白布がめくれ、顔が露になった。

「六蔵だ」

万蔵がつぶやいた。

鈴木孫兵衛が慌てて布を顔に戻したものの、無宿人たちからどよめきが上がった。

背伸びしていた倫太郎も、一瞬その死に顔を目にしたが、すぐに戸板は運ばれてしまった。

集まっていた野次馬たちも散らばった。

「半次郎さんよ」

寄場役場へ向かう一団を目で追っていた倫太郎の背に、声がかかった。

振り返ると、そこにまだ万蔵が立っていた。

「何だ」

「あいつ、あんたと揉めていたな」

「俺がやったとでも、言いたいのかい」

万蔵が首を振る。

「そうじゃねえ。忠告したかっただけさ。目をつけられないようにした方がいい。ここの役人は、疑り深い連中が揃っているからな」

「一番疑り深いのは、誰だい」

「鈴木孫兵衛だな」

「肝に銘じておくよ」

手を振り、倫太郎は井戸掘り小屋へ向かったものの、遺体のことが頭から離れなかった。

誰が六蔵を殺したのだろう。

そう思ったとき、昨晩の島抜け騒ぎのことを彼は思い出した。どうやら、島抜けを図った無宿人は捕まったらしいが、そんな出来事があった翌朝、今度は石灰まみれの殺された男が見つかったのである。二つの出来事は、たまたま同じような時機に起きたのだろうか。それとも、何か関連があるのだろうか。

いくら思案しても、答えが見つかるはずはないと分かっていた。それでも、つい考えてしまう。

倫太郎はその思いを振り払うようにして、頭を振った。

頸筋《くびすじ》や足腰に、鈍い痛みが走る。一昨日《おととい》、井戸掘りのための足場と、それを囲う小屋まで、大急ぎで作り上げたためだ。しかも、昨晩の騒ぎのせいで、寝入りばなを起こされて、寝不足気味だった。

眩しさに目を細めたまま、空を見上げた。

早くも入道雲が湧き起こっている。

今日も、くそ暑いのだろう。

元結作りの小屋を過ぎると、井戸掘り小屋が見えた。倫太郎は足を止めた。井戸掘り小屋の前に、背の高い男が立っていることに気がついたからである。

男は、小屋をしげしげと見つめている。

だが、倫太郎の視線に気がついたらしく、振り返った。

桐五郎だった。

目が合うと、彼は何事もなかったように立ち去った。

倫太郎は、その背中から目を離さなかった。

桐五郎が、井戸掘り小屋に関心を抱いていることは明らかだった。むろん、単調な人足寄場の暮らしの中で、目新しい出来事に興味を抱くのは、当たり前かもしれない。しかし、桐五郎はほかの無宿人たちとは、どこかが違う。はっきりとは説明できないものの、言ってみれば、何を考えているのか、それが読めないのだ。

倫太郎は一つ息を吐くと、井戸掘り小屋の戸を開けた。

中にいた伊之助が素早く振り返った。顔に驚きの表情があった。

「おまえさんだったのか」

「どうしたんだ。鳩が豆鉄砲を食ったみたいな顔をして」

倫太郎が笑いかけようとしたとき、伊之助が怒ったような表情になり、彼を中へ引きずり込んだ。それから、外を見回すと、戸を素早く閉めてから、彼に向き直った。

「笑い事じゃねえぞ。昨日の晩、誰かが、この小屋に入り込みやがった」

「何だと」

「これを見てみな」

そう言いながら、伊之助は組み上げられた足場の真下の地面を指差した。

竹柄の先に平刃のついた芋掘り棒が、投げ出されていた。井戸掘りは、まずこの道具で地面をある程度まで掘り進むところから始まる。

「俺は昨日の夕刻、この芋掘り棒を小屋の隅に立てかけておいたんだ。ところが、今朝ここへ来てみると、こんなふうになってやがった」

「気のせいじゃないのか」

苛立ったように、伊之助がかぶりを振る。

「俺は、仕事道具をうっちゃったりするのが、我慢のならねえ性分だ。絶対に、こんなことはしねえ。しかも、妙なのは、それだけじゃねえぞ。あそこの土山の形が、昨日とは変わっているような気がする」

そう言って、小屋の隅の土山の方を顎でしゃくった。昨日から始まった井戸掘りで出た土だ。

釈然としないまま、倫太郎はその土山に近づいた。手で土を探ってみる。埋め立てて造られた人足寄場だけあって、土は砂粒が多く含まれており、貝殻も少なからず目につく。

倫太郎は、手を止めた。貝殻と思ったものの一つに、目が釘付けになった。人の爪だ。しかも、血がこびりついている。自分の手に目を向けて、思わず息を呑んだ。血糊《ちのり》でべっとりと汚れている。

「おい、そいつは何だ?」

倫太郎が茫然としていると、伊之助が足元を指差した。

倫太郎は目を向けた。

掘り返した土の中に、朱色の小さな丸いものがいくつも見える。

しゃがみ込み、その一つを摘まんだ。

そのとき、脳裏に一つの場面が浮かんだ。

倫太郎は立ち上がり、伊之助に顔を向けた。

「いまさっき、六蔵の遺体が見つかったぜ」

「六蔵の遺体だって――」

伊之助が驚きの顔つきになった。

「炭団製所の小屋にある石灰溜に埋まっていたそうだ。――だが、そんなことより、おまえさんと揉めたとき、あいつが右手首に数珠を嵌めていたことを覚えているかい」

伊之助が首を傾げた。

「いいや、気がつかなかったな。けど、それがどうしたんだ」

「六蔵の遺体の右手首には、朱塗りの数珠がなかったんだよ」

言いながら、指で摘まんだ数珠の珠を見せた。

伊之助の目が広がる。

「六蔵は、ここで殺されたってことなのか」

倫太郎はうなずいた。

「まず、間違いねえ」

八

六蔵の遺体は寄場役場の土間へ運ばれると、莚のうえに置かれた。

ちょうどそこへ、廊下を踏み鳴らして川村広義が姿を現した。すぐに鈴木孫兵衛からおおまかな報告を受けると、工藤惣之助に険しい顔を向けた。

「工藤、すぐに遺体を検めよ」

「はっ」

工藤惣之助は頭を下げて言った。

彼は襷掛けして身仕舞を整えると、六蔵の遺体を丹念に水で洗った。お仕着せや体についていた石灰を落とし、水気をすべて拭き取った。それから、六蔵を全裸にすると、遺体を仔細に検めにかかった。

六蔵の殺され方は、酸鼻の一言に尽きた。炭団製所の小屋から運び出すために、後ろ手の縛《いまし》めはすでに解いてあったものの、発見された当初、後ろ手に両手首がきつく縛られていたのである。さらに、両脚も足首で同じように括《くく》られていた。猿轡として口に咥え込まされていたのは、どこにでもある汚い手拭いだった。

頸部にどす黒い筋状の痣ができており、死因は首を絞められたことによるものと考えられた。しかし、殺される前に、両目が抉られ、両手の指の爪が剝《は》がされていた。

それを確かめるために、工藤惣之助は六蔵の指に触れた。すると、右手の人差し指が、途中から妙な具合に曲がった。指の骨が折られている。慌てて、ほかの指を確かめると、すべての指がことごとく折られていた。六蔵の顔は、苦痛に歪んだまま硬直し、潰された両目の眼窩《がんか》はどす黒い穴になっていた。

六蔵の頭を持ち上げて覗き込むと、後頭部には鬱血が認められた。工藤惣之助は、寄場下役の手を借りて、遺体をうつ伏せに返した。背中の右肩近くに奇怪な般若《はんにゃ》の面の刺青があった。般若が、斬り落とされた左腕を咥えている図柄である。

遺体の冷たさ。皮膚の硬直の程度。背中の死斑。工藤惣之助は一つ一つ確認してゆく。見習い同心のときに、江木小五郎から繰り返し仕込まれた調べの手法だった。

やがて遺体から離れると、工藤惣之助は丁寧に手を拭い、川村広義に顔を向けた。

「お奉行様、六蔵は執拗な責めを加えられた後、首を絞められて殺められたものと考えられます。

後頭部の鬱血は、何か固いもので殴りつけられたときに生じたもので、六蔵の気を失わせ、手足を縛りあげるためだったのでしょう。このことから考えて、下手人は六蔵が油断しているとき、背後から近づいたものと推測できます。つまり、六蔵は何事かに気を取られていたのでしょう。猿轡をしたのは、拷問を受けた六蔵の悲鳴が漏れないようにするための用心だったと思います。いずれにせよ、用意周到であると同時に、極めて残忍な遣り口です。しかも、かなりの力が必要です。下手人は男と見て間違いないでしょう。医師の診立てを待たなければ断言できませんが、絶命してから、四刻（八時間）ほどは経過していると思われます」

その言葉に、川村広義の表情が一段と険しくなった。

「鈴木、昨晩、この者は人足小屋から出たと申したな」

「はっ、四つ頃のことにございます」

鈴木孫兵衛が言った。

「工藤、その方の読みが正しいとすれば、六蔵は四つ過ぎに人足小屋を出て、その後、ほどなくして殺められたということになるぞ」

「その通りでございます」

工藤惣之助はうなずく。

「ならば、島抜け騒ぎの最中のことではないか」

「いかにも」

言ってから、それが何を意味するのか、工藤惣之助自身もはっきりと思い当たった。

まさにその頃、人足寄場は殺気立っていたのだ。鈴木孫兵衛に率いられた寄場下役たちが、人足寄場の中を躍起になって駆け廻っていたのである。

その最中に、下手人はどこかで六蔵に情け容赦のない責めを加えた挙句、最後に息の根を止めたのだ。そして、鈴木孫兵衛たちの動きに用心しながら、闇に紛れて遺体を炭団製所の小屋へと運び込み、石灰溜の中へ埋めたということになる。

「どうして、このような惨《むご》たらしい殺し方をしたのだ」

川村広義が言った。

「いったい、誰の仕業なのでしょう」

鈴木孫兵衛も言った。

「工藤」

川村広義が顔を向けた。

「はっ」

「その方は、どう思う」

「激しい恨みによる所業とも考えられますが、六蔵から、何か訊き出そうとしたのかもしれません」

「どうして、そう思う」

「爪を剝ぎ、指の骨を折るというのは、口を割らせるための手段でもあるからです」

「六蔵から、何を訊き出したというのだ」

工藤惣之助は首を振った。

「見当もつきません」

その言葉に、川村広義が黙り込んだ。六蔵の遺体をじっと見下ろしている。口を開けて息をしており、顔色も青ざめていた。

川村広義がいきなり顔を上げた。

「工藤、いつぞや、その方は申したな、いささかでも疑念が残る場合には調べをいたすべきだと」

「はっ、確かに申し上げました」

「ならば、その方に、この一件の調べを命ずる。何としてでも、六蔵を殺めた人物を早急に探り当てるのじゃ」

有無を言わせぬその口調に、工藤惣之助は啞然となった。留吉のときとは一転した態度である。それでも、彼は表情を変えず、うなずいた。

「はっ」

「ただし、人足寄場で起きた人殺しの一件じゃ。この件については、町奉行所の吟味方与力ではなく、わしにだけ報告するのだぞ。町奉行への届けは、わしが一括して行う。よいな」

一瞬、返答に窮した。だが、人足寄場の支配が、寄場奉行の専権事項であることは間違いない。

「承知つかまつりました」

工藤惣之助は頭を下げた。それから顔を上げると言った。

「では手始めに、六蔵と組んでいた弥三郎と丹治を呼んで、調べることといたします」

九

工藤惣之助は、三つの点に着目した。

一つ目は、六蔵の殺害されたのが、島抜け騒ぎの最中だったかもしれないという点だった。しかし、それは、はたして偶然だったのだろうか。

二つ目は、留吉の死との関連である。二つの出来事に、直接の繋がりを示すものは何もない。とはいえ、この狭い人足寄場で、短期間に不可解な死が立て続けに起きたのである。両者に関連があるかもしれないという推測を、簡単に捨てるわけにはいかない。

そして、三つ目が昨晩の四つ頃、人足小屋から出ていた無宿人の顔ぶれである。役人が手を下したのではない限り、六蔵殺しの下手人は、その中にいるはずなのだ。

昨日の四つ頃、人足寄場にある三つの人足小屋と女置場、それに病人置場から外へ出ていた者たちは意外に多かった。男が七人、女が二人である。

だが、実際に医師のもとを、いつ誰が訪れたのか、宿直の医師は明確に覚えていなかった。入れ替わり立ち替わり、無宿人が顔を出し、誰もかれもが好き勝手に不調や苦痛を訴えたのである。いちいち相手の名前や顔を覚える余裕などないのは、致し方ないことだった。

つまり、九人のうちの二人の女と六蔵自身を除けば、残りの連中は誰もが怪しいことになる。

さらに問題なのは、張り番の寄場下役が、相場以上の蔓を摑ませられて、外へ出した無宿人のことを黙っている可能性すらある、ということである。

工藤惣之助は、改めて人足寄場を奇妙な場所だと思わずにはいられなかった。無宿人たちを牢獄に閉じ込めておきながら、病を得た者に限り、夜間にそこから出ることを許すという目こぼしが、なかば公然と行われているのだ。周囲を海で囲まれているという特異な立地が、こうした変則的な黙認の背景となっていることは疑いないものの、それでは何のための牢格子なのだ。

もっとも、無宿人たちの処遇が単なる罪人扱いでないのは、松平定信から人足寄場創設を命じられた人物の、温情の賜物《たまもの》とも言えるのだった。その人物は、無宿人たちを当たり前の人間とみなしたという。だからこそ、並みの髪型や鉄漿を付けることを許したり、無宿人たちの心の平穏のために、人足寄場内に稲荷社《いなりやしろ》まで建立したりしたのだった。こうした逸話は、彼が寄場掛同心となったときに、寄場見廻役与力から教えられた裏話である。

工藤惣之助は、まず第一点目から調べてみることにした。

彼は寄場役場の中に設置された罪人用の牢舎へ向かった。牢舎は西側の薄暗い廊下の奥にあった。周囲には汗と尿、それに黴《かび》くさい湿っぽい臭いが漂っている。

彼の姿を目にして、牢格子の前にいた張り番の寄場下役が低頭した。

工藤惣之助も頭を下げると、言った。

「お奉行様からのご命令で、殺害された六蔵の件を解明するために、昨晩、島抜けした者に話を訊きに参った」

「はっ。では、茂一《もいち》を牢から出しましょうか」

寄場下役がうなずき、言った。茂一というのが島抜けを図った無宿人である。

三寸角の格子越しに、工藤惣之助は牢舎を覗き込んだ。四畳半ほどの板間の隅に、茂一はうつ伏せになったまま、気を失ったように眠り込んでいた。痰《たん》が絡んだような大きないびきを立てている。薄暗くてよく分からないものの、横顔に痣のようなものも見て取れた。捕まる際に負傷したか、それとも、捕縛されてから拷問を受けたのだろうか。

工藤惣之助は顔を戻すと、寄場下役に言った。

「いや、本人から話を聞く前に、まず、その方に確かめたいことがある」

「何でございましょう」

「昨晩のことだが、その方も、島抜けの探索に当たったのか」

寄場下役がうなずいた。

「鈴木様のご命令で、それがしも探索に加わりました」

「ならば、この者の島抜けがいかにして発覚したのか、詳しく知りたい」

「はっ、茂一は昨晩、南西側の丸太矢来を越えているところを見つかったのでございます。そして、慌てて堤から堀へ飛び込んだものの、後から飛び込んだほかの寄場下役によって取り押さえられたのでございます」

「島抜けの騒ぎが起きたのは、四つ頃だったと聞いておるが、その刻限に見廻りは行われていなかったはずだ。にもかかわらず、何故に発見されたのだ」

つかの間、寄場下役は言葉に迷った表情を見せたが、すぐに言った。

「叫び声がしたからにございます」

「叫び声だと――」

寄場下役がうなずく。

「《島抜けだ》という声が聞こえました。それで寄場元締め役様と当直の寄場下役が、寄場役場から飛び出したのでございます。そして、丸太矢来をまさに越えようとしていた茂一を発見したという次第にございます」

「誰が叫んだのだ」

「分かりません。鈴木様も厳しくお調べになられましたが、無宿人からも、寄場下役の中からも、名乗り出る者はおりませんでした」

不可解な話だ、と工藤惣之助は思った。無宿人が、同じ無宿人の島抜けを役人に教えるとは考えがたい。いかに反目し合っていても、無宿人にとって、役人こそが最大の敵なのだ。しかも、仲間を売るようなことをすれば、自分の身が危なくなる。また、叫んだのが役人ならば、それはむしろ大きな手柄であり、黙っている道理がない。

考えに詰まった工藤惣之助は、寄場下役に言った。

「ときに、茂一は島抜けを図った理由を吐いたのか」

「いいえ、いくら責めても、要領を得ない話を繰り返すばかりで、本当の動機らしいものについては何も喋ろうとはいたしません」

「ならば、牢の扉を開けてくれ。私が問い質《ただ》してみよう」

工藤惣之助が言うと、寄場下役は錠前をはずし、扉を開いた。

その音で、寝ていた茂一が目を覚ました。工藤惣之助が牢の中に入ると、茂一は慌てて牢の壁際へ後じさった。

工藤惣之助は寄場下役に言った。

「錠前を掛けて、しばらく席をはずしてくれ」

「はっ」

言われた通りに錠前を掛けると、寄場下役が廊下を立ち去った。

それを見届けてから、工藤惣之助は茂一を振り返ると、ゆっくりとしゃがみ込んだ。

「どうだ、茂一、体の具合は」

薄暗い牢の隅で、茂一は怯えたように目だけを光らせているばかりで、口を開こうとはしない。

二十代半ばくらいの顔立ちの整った男だった。

やはり拷問を受けたのだろう。額や頬に青痣ができており、唇の端が青黒く腫れ上がり、二枚目が台無しになっている。

「拷問を受けたのだな。だが、おまえは島抜けを図った本当の理由を吐かなかった。島抜けが捕まれば、死罪は免れない。にもかかわらず、ここから逃げ出そうとした理由を白状しない。となれば、島抜けを決行せざるを得なかった理由もまた、それほどまでに拠所無《よんどころな》い事情だったはず。どうだ、違うか」

工藤惣之助は穏やかな口調で言い、じっと相手を見つめた。

江木小五郎の教えの中に、尋問のコツがあった。人とは、必ずしも力押しで、口を割るものとは限らない。石抱きや釣責めほどの峻烈《しゅんれつ》な拷問ですら、相手を気絶させるだけで、肝心の真相の吐露に至らないこともあるのだという。

「どうだ、わしにだけ、本当のことを話してくれないか。後戻りのきかない身のおまえでも、話しておきたい心中が、一つくらいあるだろう。決して他言はせぬ」

茂一の目に暗い怒りの火が浮かんだ。拷問を受けたときにも、同じような甘言を耳にしたに違いない。

「おまえにも、心残りな家族や知り合いがおろう。母親、兄弟、女房や子供、その方の言葉を言付けてやってもよいぞ」

ふいに茂一の表情が動いた。目を伏せると、音をたてぬまま息を吐く。額にびっしりと汗の玉が浮かんでいる。

頑なに心を閉ざした人間も、胸に沁《し》み入る言葉一つで、一転して心を開くことがある。江木小五郎の教えだった。もうひと押しだ、と工藤惣之助は思った。

「実は、その方が島抜けを図った頃、別の無宿人が何者かに惨殺されたのだ。わしは、その一件を調べておる。頼む、力を貸してくれ」

工藤惣之助はかすかに頭を下げる。

茂一が目を上げた。

「本当ですかい」

「嘘は言わぬ」

茂一が落ち着きなく掌で顔を撫でた。それから、思い切ったように口を開いた。

「旦那、おいらの名前は、茂一じゃねえんで」

「どういうことだ」

「おいら、奉公先のお上さんを絞め殺しちまったんだ。寝たきりの旦那がいながら、あの女、夜這いかけてきやがった。驚いて断ったら、こっちが仕掛けてきたと叫び出しやがった。だから、夢中で押さえつけたんだ。そうしたら――」

言葉を切り、唇を嚙み締めた。

「力が入り過ぎたのだな」

言葉を引き継ぐように、工藤惣之助が言うと、男が大きくうなずく。整った顔立ちを目にして、あり得ると思った。

「それから、どうした」

「逃げるために、別の無宿人になりすまして、木賃宿にもぐり込んだんでさ。ところが、そこで無宿人狩りに遭っちまって、ここへ放り込まれちまったんです」

そうしていないと気持ちが落ち着かないというように、男がまた顔を撫でた。

「けれど、おいらにしてみりゃ、ここは安全な場所だった」

「だったら、なぜ島抜けを図った」

「昨日、おいらの持ち物の中に、妙な手紙が入っていたんだ。おいらの素性と、お上さんを殺めちまったことまで残らず書かれていて、明日になれば捕まると書いてあった。だから――」

「主殺しは死罪だから、一か八かだったというわけか」

男が声もなくうなずく。

工藤惣之助は目を細め、頭の中で考えを巡らせた。

島抜けを成功させるためには、寄場下役の見廻りのない時間帯を狙うのが当然だ。そして、六蔵が人足小屋を出たのも、やはり同じ頃だった。もしかすると、この男の島抜けは、六蔵を殺すために仕組まれたものだったのかもしれない。

しかし、二つの出来事が関連しているとすれば、この男の私物に手紙を入れた人物は、彼が別の無宿人に成りすましていることも、娑婆で犯したという奉公先のお上殺しの罪も知っていたことになる。さらに、昨晩、六蔵が人足小屋の外へ出ることまで予期していたと考えねばならないのだ。疑問はほかにもあった。六蔵が人足小屋を出た理由である。それは、いったい何だったのだろう。

工藤惣之助は再び男に顔を向けた。

「ときに、その方が娑婆で犯した罪のことだが、それはいつ頃の話だ」

「六年前のことでさ」

男が上目遣いに言った。

「当然、その一件については、役人が調べたのだろうな」

「さあ、おいらにゃ、分からねえ。お上さんが白目を剥いているのに気がついた途端、恐ろしくなって、身一つで店から逃げ出しちまったんでさ。その後は、逃げることで精一杯だった」

「その方が奉公していた店はどこにあったのだ。ここまで話してくれたのだから、店の名と、殺めた女の名前も申せ」

「神田須田町の三嶋屋っていう古手屋《ふるてや》でした。おいらが手にかけちまったのは、おきわっていうお上さんです」

「神田須田町の古手屋の三嶋屋。お上の名前は、おきわだな」

工藤惣之助は手控え用の帳面に認《したた》めた。

「よく話をしてくれたな。張り番に因果を含めて、酒を差し入れてやろう。それを呑んで、今生の別れをいたせ」

その言葉に、男が声を詰まらせて涙をこぼした。


「いまさら留吉のことなどほじくり返して、何になるというのだ」

鈴木孫兵衛は正座したまま渋い顔で言った。

工藤惣之助も膝に手を置いて言った。

「兄貴分の弥三郎や丹治とともに、六蔵は留吉を脅していました。その理由は女がらみと思われます。その留吉が不審な死を遂げて、さほど時をおかずして、今度は六蔵が惨殺されたのです。二つの事件に何らかの関連があると推測したとしても、さして無理はないと思いますが」

二人は、寄場役場の小座敷で対坐《たいざ》していた。そこは鈴木孫兵衛の執務に当てられている部屋で、開け放たれた窓から青々とした海原と純白の入道雲が見えている。

鈴木孫兵衛が大きく息を吐いた。

「たしかに、そういう見方もできるかもしれん。しかし、それならば、留吉の仇《あだ》を討つために、誰かが六蔵を血祭りに上げたと貴殿は考えておるのか」

「あらゆる可能性を検討してみる必要があります」

「だが、留吉と組んでいた男は、とっくにここから解き放ちとなっておるのだぞ。いまさら誰が、留吉のためにあのようなことをするのだ」

「それは分かりません。だからこそ、留吉と六蔵の諍《いさか》いのことで、鈴木殿のお耳に入っている事実があれば、お教えいただきたいのです」

工藤惣之助は食い下がった。

腕組みをしたまま、鈴木孫兵衛が口をへの字にした。

「まあ、しいて思い当たることと言えば、六蔵が別の男と揉め事を起こしたことくらいだな」

「別の男――」

「そうだ。上総無宿の文之助と、上州無宿の半次郎という新入りだ。寄場下役からの報告によれば、風呂の列に並んでいたときに、些細なことから喧嘩となり、半次郎が六蔵を叩きのめしたということだ」

「いつのことですか」

「留吉の土左衛門が引き揚げられた日の夕刻だ」

「その二人と留吉は、何か関係があったのですか」

鈴木孫兵衛が肩を竦めた。

「分からん。わしが半次郎のことを思い出したのは、海に入って留吉の土左衛門を引き揚げたのが、ほかならぬその半次郎だったからよ」

「海に入った――」

「その通りだ。わしが無宿人たちに命じたとき、自から名乗り出たのだ」

工藤惣之助は考え込んだ。ここらの海がどれほど危険か、彼も十分に承知している。何の関わりもない人間のために、そんな無茶なことをするだろうか。まして、土左衛門を気味悪く思うのが普通ではないか。

そのとき、鈴木孫兵衛が言った。

「もしかして、その方、半次郎が留吉の意趣返しをしたと考えておるのか」

「一つの可能性です」

「それはあり得んだろう」

鈴木孫兵衛が笑った。

「なぜですか」

「半次郎が人足寄場に入ってきたのは、ほんの数日前のことだぞ。そのわずかな期間に、留吉と深い付き合いができたとは思えん」

「以前からの知り合いだったとしたら、どうでしょう」

鈴木孫兵衛が真顔になった。

工藤惣之助も黙り込む。

二人が留吉の遺体を目にして腹を立てて、六蔵と諍いを起こしたと考えれば、一応の筋道は通るのだ。六蔵が責め苛《さいな》まれていたのも、仕返しという状況に合致すると言えなくはない。

しかし、待て、と工藤惣之助は思い直した。そんな見え透いた時機に事を起こせば、留吉の意趣返しだと言いたてるようなものではないか。

「そうそう、その二人だぞ、例の新しい井戸を掘るというのは」

鈴木孫兵衛が思いついたように付け加えた。

「あの井戸ですか」

寄場奉行の川村広義の発案によって、新しい井戸が掘られるという話なら耳にしていた。足場が組まれて、それを覆うように建てられた井戸掘り小屋も目にしている。そのきっかけとなった無宿人たちの腹痛騒ぎのことを、工藤惣之助は思い出した。

「そういえば、これは関係ないかもしれんが、ちと気にかかる事実がもう一つあるぞ」

「気にかかる事実――」

「そうだ。茂一の島抜け騒ぎのおり、三棟の人足小屋から出ている者を調べたのだが、その中に桐五郎という者が含まれておった」

「それが、何故気にかかるのですか」

「留吉は堀浚いの仕事の最中に姿を消したのだが、桐五郎も同じ仕事に駆り出されていた一人だったからよ。しかも、桐五郎は留吉のすぐ近くで仕事をしておったのだ」

「鈴木殿、桐五郎と留吉は親しい間柄だったのですか」

「いや、それも分からん。少なくとも、二人が組んでいたという事実は、わしも摑んではおらん」

工藤惣之助はうなずくと、窓の外の海原に目を向けた。

殺された六蔵は、どのような男だったのだろう。

それに、留吉の素性も、洗ってみる必要がある。

十

梃子《てこ》になっている槌を、弥三郎は足で力一杯踏み込んだ。

足を離すと、ドスンという音とともに、槌が籾《もみ》の入っている臼《うす》を搗く。

すぐ横で、丹治も同じように槌を踏みながら、彼の方を盗み見ている。

だが、弥三郎の頭の中は、今朝、炭団製所の小屋で見つかった六蔵の遺体のことで一杯だった。

六蔵の遺体が寄場役場に運ばれてから一刻（二時間）後、彼は丹治とともに、寄場役場へ呼びつけられて、寄場掛同心から六蔵の素性について詰問されたのだった。

むろん、二人とも、六蔵が娑婆で何をしていたのかまったく知らないと答えた。その返答に、寄場掛同心が渋い顔を見せたものの、それ以上の追及はなかった。そして、六蔵の遺体はお定めの通り、深川富吉町の寺に葬られると告げられたのだった。

誰が殺したのだろう――。

寄場役場から戻ってからというもの、弥三郎が考え続けていたのはそのことだった。六蔵は滅法喧嘩っ早い男だった。だから、彼に遺恨を抱いていた無宿人は少なくないはずだ。女がらみ、金のもつれ、些細なことから起きた喧嘩騒ぎなど、弥三郎は過去の出来事の数々を脳裏に思い浮かべてみた。しかし、どう考えても、殺しに結びつくほどの大事は思い当たらなかった。

さらに、こちらが思いつかないような因縁を持った者がいたとしても、納得できないのは、その殺し方だった。海風のせいで、遺体の顔を覆っていた白布がめくれたとき、弥三郎は六蔵の死に顔を目にした。六蔵は両目を潰されていたのである。喉のぐるりに残されていたどす黒い痣も目にした。野次馬たちの最前列にいた無宿人から漏れ聞いた話では、手指の爪まで剝がされていたという。

昨日の晩、六蔵が人足小屋を出たことには、弥三郎に責任の一端があると言っても過言ではなかった。六蔵と争った身のこなしから、弥三郎は、半次郎が侍かもしれないと疑っていたのだ。そんな男が無宿人として人足寄場へ送られてきて、井戸を掘りたいと申し出た。しかも、足場を庇と囲いで覆ってしまったのである。どう考えても、腑に落ちない動きだった。

一昨日の晩、人足小屋の隅で酒を呑んだとき、弥三郎はそのことを六蔵と丹治に漏らしたのである。

《たしかに臭いな》
六蔵もうなずいた。
《まさか、穴を掘って、ここから逃げようって腹じゃないだろうな》
丹治が言った。
弥三郎は首を振った。
《そいつは、いくらなんでも無茶な話だ。だがな、このくそ暑い時期に、井戸掘りなんて厄介事を、自分から願い出るからには、それなりの大きな見返りがあるはずだ、そう思わねえか》
疑念を募らせる弥三郎の胸の裡には、半次郎がおこんの後ろ盾になったことを苦々しく思う気持ちもあった。
すると、むっつりと盃を傾けていた六蔵が、ふいに口を開いたのである。
《兄貴、今夜は呑んじまったから無理だが、明日の晩にでも、俺があの井戸掘り小屋を探ってくるってのは、どうだい》
その言葉に、弥三郎は酔眼を向けた。
《やってくれるか》
《半次郎には、思い知らせてやるつもりだったから、その手始めさ》
六蔵の目には、憎しみの光があった。
そして、昨日の晩、六蔵は仮病を装って、人足部屋から出て行ったのである。
だから、しばらくして島抜け騒ぎが起きたとき、弥三郎は丹治と顔を見合わせたものだった。

六蔵はいつまでたっても戻ってこなかったのである。

二人は不安を募らせたものの、打つ手はなかった。とはいえ、まさか殺されたとは、毛ほども考えていなかったのだ。

弥三郎は丹治を振り返ると、潜めた声で訊いた。

「一昨日の晩、俺たちの話に、聞き耳を立てていた奴に気がつかなかったか」

丹治が眉間に皺を寄せた。

「さあ、そんな野郎はいなかったと思うけど。ほかの奴らはいつものように、俺たちから離れた壁際で寝転がってたぜ」

だとすれば、やはり井戸掘り小屋で、半次郎たちに鉢合わせしたのか——。

弥三郎は、また丹治に顔を向けた。

「半次郎って野郎は、井戸掘りの道具を誰から仕入れたんだ」

丹治が肩を竦めた。

「さあ、聞いてねえな」

「だったら、調べてきな。ただし、こっそりとだぞ」

「ああ、分かったよ」

うなずくと、丹治は米搗き台から飛び降りた。

十一

工藤惣之助は隅田川に架かる永代橋を渡り、深川に足を踏み入れた。

乾ききった地面に、油染みのような黒い影が落ちている。

顎から汗が滴っていた。

だが、暑さなど少しも感じない。

一刻（二時間）ほど前、寄場役場の文書庫を検めてみて、彼は意外な事実に突き当たった。二年前の五月に入所した者たちの記録が、どこにも見当たらなかったのだ。その中に、六蔵についての記載が含まれていたはずなのである。

寄場役場の記録は、持ち出しが厳禁されている。しかし、文書が町奉行所へ移管されたとも考えられなかった。捕えられた無宿人は三年が経過すると、寄場奉行によって解き放ちと入所継続のいずれかが審査されて、解き放ちとなった者の記録だけが、町奉行所へ引き渡されるのが決まりとなっているからだ。

同時に、工藤惣之助は当惑も感じていた。文書の紛失に対する不審もさることながら、そのせいで、六蔵の氏素性がまったく摑めない。

普通の人間であれば、家族や親戚、さらに知り合いなどに当たることで、当人がどのような人物か、その暮らし向きやこれまでの生き方など、たいがいのことを知ることができるだろう。ところが、無宿人とは、そのような当たり前の人間関係を喪失した者にほかならないのだ。人足寄場に入所するに当たり、元の職業や住まい、経歴などの聞き取りが行われるものの、その記録が失われてしまえば、その人物のことは、まったく分からなくなってしまうことになる。

六蔵について分かっていることと言えば、八王子無宿ということと、弥三郎と丹治という男と組んでいたことくらいだった。しかも、その二人は、六蔵の素性を知らないと言い張っているのである。

歩きながら、寛政三年に起きた二件の無宿人の変死のことを、工藤惣之助は思い浮かべた。南町奉行所の文書庫に保管されていたその古い記録を、つい最近、誰かが見た可能性があるのだ。役所に保管されている文書の紛失と、何者かによる文書の閲覧。どちらも、人足寄場で起きた変死人に関する文書だ。この二つの出来事は、はたして無関係なのだろうか。

「もえぎのかやー」

前から天秤棒《てんびんぼう》を担いだ男が来たので、工藤惣之助は我に返った。

蚊帳売りとすれ違ったとき、黒江町の先に一の鳥居が見えた。そこを潜れば、ほどなく富ヶ岡八幡宮の門前である。

ともかく、留吉のことを調べることだ、と工藤惣之助は考えた。

幸いなことに、留吉の記録の方は見つかったのである。人足寄場に入れられる以前、留吉は入船町の伝蔵店《だな》に独りで住んでいた。富ヶ岡八幡宮の裏手のごみごみとした場末の町で、二年半前に無宿人狩りに遭ったのも、その界隈だったと記録にあった。

汐見橋を渡り、入船町に足を踏み入れた。薄暗い路地を曲がり、伝蔵店を探した。何軒か裏長屋を訪ね歩いて、方々で訊いて回るうちに伝蔵店は見つかった。すぐ先が木置場という、もの寂しい界隈である。

厳しい日差しに、長屋の路地のどぶ板が反り返っていた。軒に吊るされた風鈴の短冊も、物干しに連なったおしめや股引《ももひき》も、じっと動かない。茹《う》だるような暑さだ。どこかで桶を作っているのか、木を叩く乾いた音が響いている。

井戸端で、中年の太った女がしゃがみ込んで洗濯をしていた。

女に近づくと、工藤惣之助は声をかけた。

「済まぬが、ちょっと訊きたいことがある」

女が手を止めた。

「へっ、何でございましょう」

こちらの身なりや口のきき方から、役人と察したのだろう。

「二年半ほど前、留吉という男が、この長屋に住んでいたはずだが、覚えておるか」

「へえ」

洗い物を手にしたまま、立ち上がった。

「どんな仕事をしていた」

「八百屋の手伝いとか、車力とか、いろいろでございます。いつも日雇いで稼いでいましたから」

「仲間はいたか」

「ええ、何人かはいたようですけど」

「名前は」

「さあ、そこまでは」

女は困ったような顔つきになった。

「桐五郎という名前に覚えはないか。背の高い若い男だ」

「いいえ」

「半次郎と文之助は、どうだ」

女はまた首を振った。

「ならば、留吉に恨みを持っている者はいなかったか。金の貸し借りや喧嘩など、理由は何でもいい」

「留吉さんは、他人から恨みを買うような人じゃありませんでしたよ」

素早い返答だった。留吉は、ここの連中から好かれていたのかもしれない。

「留吉は独り暮らしだったそうだが、親しい女はいなかったのか」

「そんなことは分かりませんよ」

歳に似合わず、女は顔を赤らめた。

工藤惣之助は礼を述べると、そこを離れた。

それから、近くの一膳飯屋や酒屋を廻ってみた。やもめ暮らしの男が立ち寄りそうな店である。

だが、そこで耳にした留吉の噂も、伝蔵店の中年女の口にした内容と五十歩百歩だった。とうてい後ろ暗い所のある男とは思えなかった。

無宿人でなければ、それなりの暮らしを送っていたかもしれない。ところが、無宿人狩りで捕まったために、問答無用で人足寄場に送られる羽目になったのだ。考えてみれば、哀れな男である。

だが、そんな男が、どうして人足寄場で殺されたのだろう。留吉の死は、殺しに違いない、と工藤惣之助は考え始めていた。そのとき、彼の脳裏に、尾崎久弥の言葉が甦った。

《二人とも、石川島との間にある堀浚いの仕事に駆り出されて、その直後に死んでいる》

留吉もまた、亡くなる前日から堀浚いに駆り出されていた。

とすれば、堀浚いの最中に、その三人に何か共通することが起きたのではないだろうか。

そして、それを誰かに悟られて、殺された——。

筋道をそこまで辿ったものの、そこから先は闇が広がっている。

永代橋の方へ戻る道を、腕組みをしたまま工藤惣之助は歩いた。

道に大勢の男たちがたむろしていた。

店の建て替えらしく、足場に男たちが上っている。

土壁を塗る作業の最中だ。

どの男ももろ肌脱ぎで、汗で肌がてかっている。

その前を通り過ぎたとき、工藤惣之助の足が止まった。

背筋が伸びる。

振り返った。

足場の職人を振り仰いで、目が釘付けになった。


「刺青ですか」

岡っ引きが言った。

工藤惣之助は勢い込んでうなずく。

「そうだ。般若の面の刺青だ。斬り落とした左腕を口に咥えている絵柄なのだが、そんな刺青を彫る彫師を知らぬか」

二人は山下町の道を歩きながら話していた。

深川で留吉のことを調べた帰りに工藤惣之助が目にしたのは、左官職人の背中の刺青だった。それで、六蔵の刺青のことを思い出したのである。

般若が斬られた左腕を咥えている。考えてみれば、奇妙な絵柄である。何かの判じ物かもしれない。しかも、腕のいい彫師の手になるものと思われた。六蔵の素性が分からないとしても、あの刺青から何か分かるかもしれない。

そして、喉の渇きを覚えて飛び込んだ山下町の自身番で、顔見知りの岡っ引きと出会ったのを幸いに、刺青のことを持ち出したのだった。

「さあ、あっしは刺青ってものをしないから、彫師についちゃ何も知りません。けど、刺青を背負っている連中なら、何人か知ってますぜ」

岡っ引きが言った。

「そうか。だったら、誰でもよい、刺青をしている者のところへ案内《あない》してくれ」

「へえ、承知いたしやした」

うなずくと、岡っ引きが先に立って歩きだした。

二人は木挽《こびき》橋を渡った。ついさっきまで足元に躍っていた短い影が、長くなっている。日差しも、いくらかやわらいでいた。

武家屋敷の間を抜けて、再び小さな橋を過ぎ、西本願寺御門跡の前を通り過ぎた。南小田原町に足を踏み入れると、潮の匂いが鼻をついた。ほんの二町ほど先は、もう江戸湊だ。

一軒の長屋の戸口の前で、岡っ引きは足を止めた。

「ここでさ。住んでいるのは駕籠かきで、背中に見事な鯉《こい》の刺青をしてまさ」

「呼んでくれ」

工藤惣之助は顎をしゃくった。

へえ、と岡っ引きはうなずく、

「おい、いるかい、俺だ」

と腰高障子に向かって声をかけた。

返事があり、中で人の動く気配がした。やがて、建てつけの悪い腰高障子が開いた。

「何でございましょう」

顔を出したのは、三十くらいの男だった。この季節だというのに、丹前を羽織っている。二人の前で咳《せ》き込んだ。夏風邪で寝込んでいたらしい。

「こちらの旦那が、刺青のことを訊きたいとおっしゃってな」

岡っ引きが言った。

「へえ、どんなことでございましょう」

男が顔を上げて、工藤惣之助を見た。

「般若の面を得意とする彫師を知らぬか」

「般若の面でございますか。さあ、たいていの彫師なら、頼めば彫ってくれますけど」

「腕のいい彫師は、どうだ」

「あっしのこれを彫った人も、いい腕ですけど」

男が人差し指を自分の背中に向けた。

「だったら、その彫師の居所を教えてくれ」

「へえ」

男が名前と住所を口にすると、二人はすぐさま戸口を離れた。


工藤惣之助がその彫師に会えたのは、もう夕刻間際のことだった。場所は、愛宕下《あたごした》近くの中門前町のしもた屋である。

「確かに、般若の面なら、いくつも彫ったことがございますけど」

六畳間の座敷で彫師はうなずいた。顔の小さな色の浅黒い男だった。縞柄の小ざっぱりしたなりで、それが癖なのか、両手を揉むように動かしている。

工藤惣之助は身を乗り出して言った。

「ただの般若じゃないのだ。斬り落とした左腕を口に咥えているという絵でな」

途端に相手の顔がゆるみ、鼻先で手を振った。

「般若が腕を――そいつは、あっしじゃありませんよ。そんな絵柄を彫った覚えはございませんから」

「間違いないのか」

諦めきれずに言ったものの、彫師の男は興味を失ったという顔つきになっていた。口元を手で覆って、あくびを噛み殺そうとした。と、ふいに顔つきを変えた。眉根を寄せ、考え込むように顔を傾けた。

「ちょっと待ってくださいよ。そういう絵柄なら、確か、あっしの兄貴分が頼まれたことがありましたね」

「本当か」

彫師の男が顔を上げた。

「へえ。いつだったか、酒を飲んだときに、聞いた話でございます」

「そのこと、詳しく話してくれ」

「それがね、嫌な話でしてね」

今度は一転して、彫師の男は不愉快そうな顔つきになった。

「頼まれたのは、まさにその般若が左腕を咥えているっていう絵柄だったんで、兄貴分が客に、どんな意味があるのかって訊いたら、《こいつは慧可《えか》断臂《だんぴ》のもじりだ》って、客がぬかしたんだそうです」

「どういう意味だ」

「修行のために洞窟の壁に向かって座禅を組んだ達磨様に、入門を乞うたのが慧可って坊さんでございます。けれど、達磨様は見向きもしてくれない。そこで、慧可は自分の左腕を斬り落として達磨様に見せたところ、ようやく振り返って、入門をお許しになったと、そういう話でさ」

「なるほど、求道の誠を自らの腕を斬り落として示したというわけか。だが、そのもじりとは、どういう意味なのだ」

「兄貴分の話じゃ、刺青を頼んできた男は、禅の道を究めようとしたのが慧可なら、俺は悪の道を究めるために、魔物に左腕を差し出すんだと嘯いたんだそうでございます。これには兄貴分もカチンときて、青二才のくせに利いた風なことをぬかすんじゃねえ、おまえなんかに悪の道なんか極められっこねえ、と怒鳴りつけてやったんだそうです。すると、その野郎はニヤニヤと笑いやがって、見たこともないほどの小判を見せびらかしたそうです。むろん、兄貴分はその仕事をきっぱりと断りましたよ。どうです、嫌な話でしょう」

「その話は、いつ頃のことだ」

「五年だったか、そのくらい昔の話でさ」

「その若造の名前とか、容姿については、何か聞いておらぬか」

彫師はかぶりを振った。

「聞いたかもしれないけど、覚えちゃいませんねえ」

工藤惣之助は黙り込むと、肌に彫られてゆく般若の面を脳裏に思い浮かべた。だが、腹這いになった男の顔は、のっぺらぼうである。六蔵だという保証は何もない。

「その兄貴分は、いまも健在か」

工藤惣之助は言った。

「へえ」

彫師はうなずくと、浅草寺近くの所番地と、彫安《ほりやす》という兄貴分の名を口にした。

工藤惣之助は礼を述べると、しもた屋を出た。

「旦那、これからどうします」

岡っ引きが言った。

「彫安という男に、会ってみる」

「だったら、あっしもご一緒しやす」

「いや、おまえはもういい」

「いいんですかい」

工藤惣之助はうなずくと、財布から酒手を出して渡した。

定町廻り同心なら、細かい調べは岡っ引きに任せるのが普通である。だが、彼は定町廻り同心ではないし、この一件だけは、どうしても自分でカタを付けたかったのである。
すっかり日の落ちた道を、工藤惣之助は歩きだした。

第三章

一

おまつは長屋の路地の手前の辻で、足を止めた。

辺りを慎重に見廻した。厠の陰や塀際の植え込みの辺りには誰もいない。

ほっとして、息を吐く。

用心していたのは、あの無精髭の熊のような顔の浪人だった。

二日前、洗濯物を取り込むために、長屋の腰高障子を開けたとき、木戸脇の八手の陰に、その浪人が立っているのを見かけて、心の臓がとび跳ねるほど驚いたものである。こちらの様子を見張っていたのは、明らかだった。葉陰の間から覗いていた目つきには、亭主の半次郎がいつ死ぬのか、それを待ち構えている焦りの色が浮かんでいた。

あの浪人が辛抱しきれなくなったら、どうなるのだろう。

そう思うと、おまつは怖くて仕方がなかった。いつ何時、痺れを切らしたあの男が、半次郎の息の根を止めにやって来るか分からないのだ。

ともかく、いまなら大丈夫だと思い直して、卵や野菜の入った籠を胸に抱えたまま、おまつは自宅の部屋に近づいた。

ところが、腰高障子の前に立った瞬間、またしても心の臓がとび跳ねた。家の中で、誰かが動き回っている。歩き回る足音や、物を放り出すような音が聞こえるのだ。

一歩、後じさったものの、おまつは踏みとどまった。それから意を決し、腰高障子を開いた。

家の中に、亭主の半次郎が立っていた。いつの間にか寝間着から着物に着替えている。しかも、畳に蓋の開いた柳行李《やなぎごうり》が転がっており、そこここに古着や反故《ほご》が乱雑に散らばっていた。

「あんた、何をしてるんだい」

「何だ、おめえか」

痰の絡んだような声で、半次郎が言った。それから、真剣な顔つきで部屋の中を見廻したものの、すぐに顔を戻した。

「おい、どこに隠しやがった」

おまつの胸がとび跳ねた。

以前のままだった。ろくに仕事もせず、昼間から酒を呑み、日が傾く頃になると、女房のなけなしの金を毟り取り、賭場へ出掛けて行ったものだ。半次郎はそのときと同じ顔つきになっている。

「何のことだよ」

素知らぬ顔つきで、後ろ手に腰高障子を閉めると、おまつは竈《かまど》の脇に籠を置いた。

「金をどこへやった」

「金なんか、あるわけないじゃないか」

おまつは表情を変えずに言った。

途端に、どしどしと床を鳴らすようにして半次郎が近づいてきて、裸足《はだし》のまま土間に飛び降りると、籠を取り上げて中を探った。そして、すぐに苛立ったような顔を上げた。

「この卵や野菜を買った金は、どうした」

「お隣から借りたのさ」

半次郎の痩せた顔に、野卑な笑みが広がる。

「相変わらず、おめえは嘘が下手だな。隣近所も同じ貧乏人だぞ。そうちょくちょく金を貸してくれるわけがねえ。なのに、養生所から俺を引き取ってからこっち、おめえは一度も働きに出ている様子がねえ。内職をしている姿を見た覚えもない。こりゃ、何だかおかしいじゃねえか」

「病人は、そんな余計なことを気にしないで、ゆっくり養生すればいいんだよ。さあ、あんた――」

手を掛けようとした途端、半次郎がおまつの手首を摑んだ。思いもしなかった強い力だ。籠が土間に落ちて、卵が割れる音がした。

「ふざけるな。俺を小石川養生所に放り込んで、厄介払いした気になっていたおめえが、どうして、俺を引き取ったりしたんだよ。妙じゃねえか。おい、いったい何を企んでやがる」

「企むなんて、そんなことをするわけがないじゃないか」

言いながら、おまつは半次郎と押し合いになった。しかし、やはり病み上がりのせいなのか、半次郎はすぐに息を切らして、彼女の手を離した。そして、激しく咳き込んだまま、その場にしゃがみ込んでしまった。その咳はなかなか止まらず、半次郎の顔から血の気が引いていく。

肩に手も掛けられぬまま、おまつはその姿を見下ろす。このまま死んでしまえ、と胸の中で思った。そうすれば、けりがつくのだ。だいいち、治る見込みがないくせに、少しだけ元気にさせるなんて、神様はどうしてそんな悪戯をするのだろう。

苦しげに顔を歪めていた半次郎が、ふいに目を上げた。

「あんた、大丈夫かい」

慌てて言い、おまつは肩に手を掛けた。

「うるせえ」

半次郎が手を振り払った拍子に、おまつは背後によろけて、壁際の味噌樽とともに転倒してしまった。

「おい、そいつは何だ」

半次郎が怒鳴った。咳が嘘みたいに止まっている。

おまつが尻餅をついた土間に目を向けると、裾の乱れた足元に小判が散らばっていた。

「これは、だめだよ」

おまつは慌てて隠そうとした。

「どきやがれ」

半次郎が飛びかかってきた。さっきとは比べ物にならない力で、おまつを押し退けようとする。

「その金をよこせ」

「だめだよ」

懸命に身を張る。

だが、半次郎はおまつの首に腕を廻して、壁から引き剝がそうとした。

「うるせえ。おめえ、俺をダシにして、その金を手に入れたんだろう」

おまつはハッとなった。途端に身を入れ替えられて、半次郎が小判に手を伸ばした。

「五両か。ほかの金はどうした」

「それしか残ってないよ」

「嘘を吐け」

「嘘だと思うんなら、床下でも、竈の灰の下でも、掘り返してみりゃいいじゃないか。ちくしょうっ」

おまつが泣きながら怒鳴ると、半次郎は納得した顔つきに変わった。

「だったら、こいつは俺が貰っておくぜ」

そう言うなり、半次郎は身を翻して戸口へ向かった。

「外に出たら、だめだよ」

咄嗟に立ち上がると、おまつは半次郎の腰にしがみついた。

「このアマ、何しやがる。離しやがれ」

「離さないよ。外に出たら、大変なことになるんだから」

「何だと」

半次郎がギョッとした顔つきで振り返った。

「そりゃ、どういう意味だ」

「意味って、それは――」

あとの言葉が続かず、おまつは口ごもった。

その様子に、半次郎が目を細めた。

「どうやら、この金の出所はよほど危ない筋らしいな。俺を買った野郎は、いったい何者なんだ」

「知らないよ」

言った途端、油断してしまった。いきなり半次郎がおまつを足蹴にした。よろけて土間に尻餅をついた。そのすきに、半次郎は腰高障子を開けると、外へ飛び出して行ってしまった。

土間に転がったまま、おまつはなす術《すべ》もなくその後ろ姿を見ていた。

小石川養生所の近くで、見知らぬ男たちから持ちかけられた話が、半次郎の耳に入ったはずはない。しかし、半次郎は持ち前の勘で、大金の裏に何かの企てがあることを嗅《か》ぎ取ったのだろう。

おまつは涙を流しながら、息を吐いた。

ずっとこらえてきたものから、ようやく解き放たれたような気がした。

しかし、それは単なる錯覚だということも分かっていた。

半次郎は、あの金を残らず使い果たすまで、博打をやめないだろう。

だが、問題はその先だ。

浜清にいるあの浪人が、半次郎のことに気がついたら大変なことになる。間違いなく、半次郎を闇に葬ろうとするはずだ。場合によっては、自分の口も封じようとするかもしれない。

おまつは嗚咽《おえつ》を漏らしながら、体を震わせた。

どうしたらいいのだろう――。

二

井戸掘り小屋の中は、異常な暑さになっていた。

無理もなかった。七月に入ってから猛暑が続いている。そのうえ、小屋の戸を閉め切っているために、熱気がいやでも増すというものだ。

倫太郎も伊之助も下帯一つで作業を続けていた。額に鉢巻を締めており、全身が泥と流れる汗で真っ黒になっている。

足場に取りつけた滑車を通して、掘り鉄管を四間（約七・二メートル）くらいまで引き揚げておいてから、一気に手を離す。すると、掘り鉄管は地面に突き立てられている太い竹に向かって落下する。竹は節がすべて抜いてあり、掘り鉄管はその竹に沿って地面の底に激突し、鈍い衝撃音が腹に響く。

掘り鉄管の先端には、地面を掘削するための《サキワ》と呼ばれる鑿が取りつけられていた。そして、掘削された掘り屑が、掘り鉄管の先端のすぐ手前に取りつけられた《コシタ》という弁によって、鉄管内に取り込まれる。いわゆる《スクイボリ》や《タタキボリ》のやり方である。

伊之助は掘削のたびに、掘り鉄管が地面に突き当たる音に耳を傾けていた。そして、竹筒に伝わるその衝撃を感じ取り、地面の底の土の種類や硬さを見極めている。そして、《丸鑿》や《輪一》などの《サキワ》を適宜取り替えるのだった。

掘り鉄管の中に掘り屑が一杯になると、それを引き揚げて、掘り屑を小屋の隅に排出する。それから、掘り下げられた孔《あな》の中に、《吸子《すいこ》》と呼ばれる細長く軽い竹筒で作ったものを押し込んで、奥底に詰まった掘り屑と水分を浚い取る。

だが、普通の井戸掘りでは、掘り鉄管を繋ぎ合わせて掘削できる深さは、せいぜい十間（約十八メートル）が限界だ。狭い孔の中に、まっすぐに竹筒を差し込むには限界があるのだ。しかも、孔が深くなれば、それだけ掘り鉄管を重くしてやらなければ、掘り進むことが不可能になる。

そのくせ、深い孔に重い掘り鉄管を落とすと、周囲の土に掘り鉄管を取られて抜けなくなったり、先端の《サキワ》がはずれたりする。さらに厄介なのは、細い土孔の壁面が簡単に崩れてくることだった。

そこで、粒子がうんと細かく、粘度の強い黒土を水で十分に捏ねて、これを掘り孔に常に充満させる手法を採っていた。これは《ネバミズ》と呼ばれるもので、いわば掘り鉄管の潤滑油と、掘り孔の側面の崩壊を止める糊の役目をする。掘り孔の周囲にその《ネバミズ》を溜めておくのが《ドウアナ》だ。

単なる《スクイボリ》《タタキボリ》は、ずっと以前から行われてきた井戸掘りの手法だが、竹筒の届かない深さまで《ネバミズ》を使って掘り抜くやり方は、伊之助が父親から教え込まれたやり方だという。上総でこのやり方を知っているのは、父親だけだったというのが、伊之助の自慢なのだ。

「どうも具合がよくねえ」

掘り鉄管を吊るし上げている縄に右手を掛けたまま、伊之助が渋い顔でつぶやいた。

「どうした」

「またしても、《サキワ》を取られちまった」

今日はこれで三度目だった。むろん、そのたびに仕事が止まる。

「やけに硬い地層にぶち当たっちまったようだぜ」

忌々しげに言った。

「どうするつもりだ」

「井戸掘りで、無理押しは禁物だぜ」

掘り孔に《サキワ》が詰まったままでは、その先を掘り進むことはできない。倫太郎にもそれは分かっているが、七月に入ったいま、残された時間はあまりなかった。いつ、今度の大仕事にとっての仕上げの機会が訪れるか、予測不可能なのだ。そのためにも、少しでも早く作業を進めなければならない。

「ともかく、《サキワ》を取り出そうぜ」

伊之助は苛立った口調で言った。

孔の中に取り込まれてしまった《サキワ》を取る方法は、掘り鉄管の先端に《ツカミ》と呼ばれる金具を嵌めて、それを孔中に慎重に下ろして、外れてしまった《サキワ》を噛ませるというやり方しかない。《ツカミ》には、二つの爪がついており、これでも取れない場合は、爪の先端を丸輪で結び、爪の内側に返しの装置を付けた《ジゴク》を用いるのだ。

掘り鉄管を吊るした縄を微妙に操りながら、指先に伝わる感触と勘だけを頼りに行う作業だから、熟練した伊之助といえども、何度も失敗する。そのために、肝心の井戸を掘り進めるという作業が、長時間にわたって停滞してしまうのだった。

しかも、埋立地のはずの人足寄場の地下には、意外に硬い地層や岩盤もあり、《サキワ》の消耗が激しかった。そのため、倫太郎たちはすでに二度も、紋太に追加注文しなければならなかった。残りの《サキワ》は、あと一つしかない。彼らは追加の品を心待ちにしていた。だが、ときおり紋太は小屋を覗いて、《何だか、面白そうだな》と高みの見物のようにはしゃぐものの、注文の品をなかなか持ってこないのである。

伊之助の手伝いをしながら、そんなことを考えていた倫太郎は、頭の片隅に別の心配事を思い浮かべた。六蔵が殺された一件のことである。

六蔵がこの井戸掘り小屋で殺されたことを知っているのは、倫太郎たちと下手人だけだろう。しかし、寄場奉行があの一件を放っておくとは考えられなかった。そして、調べが進むうちに、万が一、この井戸掘り小屋に目をつけられれば、すべてが台無しになる恐れがあるのだ。

それにしても、誰が何のために、六蔵を殺めたのだろう。しかも、その場所として、この井戸掘り小屋を選んだのは、単なる偶然だったのか。それとも、何か特別な意味があったのか。六蔵が殺された晩に、島抜け騒ぎがあったことも気になっていた。人足寄場の役人にとって、島抜けこそが最も警戒すべき不法行為のはずだ。それが起きれば、人足寄場の役人の動きが激しくなることは目に見えている。にもかかわらず、その同じ晩に、六蔵は殺されたのである。だからこそ、倫太郎には、あの島抜けが六蔵の殺害と無関係だとは思えなかった。

そこまで考えたとき、ふと留吉のことを思い浮かべた。留吉は堀浚いをしていて、いきなり姿を消したという。その留吉がおこんの後ろ盾だったのだから、弥三郎と揉めていた可能性が強い。しかし、おこんが後ろ盾を頼むほどの男が、弥三郎に恐れをなして、島抜けを図ったりするだろうか。しかも、島抜けしようとするなら、決行は夜を選ぶのが道理であろう。

いずれにしろ、厄介なことになった。あれ以来、人足寄場内の警戒が厳しくなっていた。以前は、夜間に人足小屋から無宿人が出ることに、ある程度の目こぼしが行われていた。しかし、最近では、文字通りの病人以外、人足小屋から出ることは禁じられていた。しかも、昼間でも、寄場下役たちの見廻りが頻度を増している。

大きなため息で、倫太郎は我に返った。

掘り鉄管を吊るした縄を操っていた伊之助だった。苦虫を嚙み潰した表情で、額の汗を拭っている。どうやら、嚙みかけていた《サキワ》が外れてしまったらしい。うんざりした気分になっているのだ。

伊之助が予想以上にへばっているのも気になっていた。倫太郎も同様だったが、この暑さはこたえる。そのせいで、掘り鉄管を引き揚げるのに、どうしても時間がかかってしまう。しかも、倫太郎には掘り屑を畚《もっこ》に盛り、裏手の門の外へ捨てに行くという仕事があるので、そんなときは、伊之助だけで掘り鉄管を引き揚げなければならないのだ。

もう一人、助けが必要かもしれない、と倫太郎は思った。とはいえ、いまさら人足寄場内で仲間を見つけるのは至難の業だ。誰もが、人の裏を掻こうとする奴らばかりである。

そのとき、井戸掘り小屋の戸を叩くものがあった。

「誰だい」

倫太郎は声をかけた。

「あたいだよ」

おこんの声だった。

一瞬、倫太郎は伊之助と顔を見合わせた。それから、戸を開けた。

「うわっ、汗臭い」

顔を見せるなり、おこんが顔をしかめて言った。

「何の用だ」

倫太郎はぶっきらぼうに言う。

「これ、食べてもらおうと思って」

言いながら、盆に載せた器を差し出した。中に心太《ところてん》が入っていた。

「こんなものまで手に入るのかい」

自分でも調子がいいと思ったものの、弾んだ声になる。

「寄場役場のお役人たちは、食べることしか楽しみがないから、注文がうるさくてね」

「俺たちは、そのおこぼれに与れるってわけか」

倫太郎は器を受け取りながら笑った。

「おい、一休みしようや」

彼は伊之助に声をかけたが、伊之助はちらりと振り返っただけで、再び掘り鉄管を吊るした縄に顔を向けてしまった。

「いま、ちょっとばかし面倒なところでな」

倫太郎は、おこんに愛想笑いを向けた。

「そうなの」

おこんは気にした様子もなく、それじゃ、と小屋を出て行った。

三

戸が閉まると、おこんは立ち止まった。

それから、ゆっくりと井戸掘り小屋を振り返る。

文之助というあの男に、彼女は心当たりがあった。

名前が違っているし、顔を見たのが十年も昔のことだから、ずっと確信が持てなかった。

だからこそ、確かめるために手間暇をかけたのだ。

おこんの知っている男は、右手の人差し指が動かないのだ。文之助という男は、彼女の差し出す食い物に、必ず左手を伸ばす。そして、体で隠すようにして食らいつく。そのせいで、おこんは、文之助の右手の人差し指が動くのかどうか、なかなか見極められなかった。

ところが、たったいま、文之助が掘り鉄管を吊るした縄にかけた手を目にした。ほかの指はしっかりと縄を握り締めていたものの、人差し指だけが作り物の指のように、縄から離れていたのである。

やっぱり、あいつだ——。

体の奥から、激しい怒りが湧き上がってくる。

おこんの祖父は、上総の井戸掘り職人だった。その頃の井戸掘りは、大勢の手でひたすら深く大きな穴を掘り下げていき、粘土層に達すると、そこから竹筒や鉄筒で突き掘りにするというものだった。そして、掘り抜いた井戸の内側を、木製の井戸側で覆うという非常に手間のかかる仕事だったのである。だからこそ、一つの井戸を掘るのに、二百両ほどもかかったという。

そのために、井戸掘りを請け負う職人は、数多くの下働きの男たちを抱えていたものだった。

おこんの父親も、若い頃からその下働きの一人として働いていた。祖父の一人娘だった母親とわりない仲となったことから、二人は一緒になった。ところが、おこんが生まれた直後、二人は川遊びの最中に舟が転覆して、あっけなく死んでしまったのである。

だから、おこんは祖父母のもとで育てられた。そして、彼女が数えで七つになったときに、修業のために祖父のもとに草鞋《わらじ》を脱いだのが、伊之助という陰気な男だった。

おこんは、最初から伊之助が好きではなかった。いつも猫背で、飯どきとなると、飯碗を隠すようにして食べる癖があった。しかも、うつむき加減のまま、下から掬《すく》い上げるような目つきで、こっそりと周囲を窺うのだ。

まるで、野良犬みたいな男だ、と幼心におこんは感じたものである。

ほかの若い連中が、明け透けに女や博打の話をするときも、伊之助はいつも隅の方でむっつりと黙り込んでいた。

あるとき、下働きの体の大きな男が、伊之助をからかったことがあった。職人部屋の廊下の外で、おこんはたまたまその様子を目にした。

《おい、おめえは、女に興味がないのかい》

だが、伊之助は後じさり、

《あるさ》

と、蚊の鳴くような声で言った。

すかさず、別の男が嗤った。

《こいつ、並みの女じゃ、一物が役に立たねえのさ》

《だったら、どんな相手ならいいんだよ》

《それをいくら訊いても、この野郎、話そうとしやがらねえのさ》

《おい、言えよ。俺が世話してやるからよ》

体の大きな男が、伊之助を小突きまわして言ったものの、彼は《やめてくれ》と言うばかりで、ほかの男たちの哄笑《こうしょう》を浴びても、陰気な顔つきのまま、何も言い返さなかった。

そんな伊之助が、仕事の最中に左腕を怪我したことがあった。そのせいで、ある日、祖父や下働きの男たちが仕事に出かけて、彼だけが家に残ったのである。

おこんは祖母とともに家にいたが、たまたま近所の家で施餓鬼《せがき》が行われて、ほんの少しの間、祖母が家を留守にした。

おこんは茶の間にいた。千代紙で拵えた姉様人形で独り遊びをしていたのだった。

ふいに人の気配を感じて、振り返ると、寝間着姿の伊之助が立っていた。

いつもとは違い、真正面からおこんを見つめる目が、濡れたように光っていた。

ゆっくりと近づいてきた。

《怖がらなくてもいい。何もしねえから》

わけも分からぬまま、恐ろしさに身が竦んで、おこんは動けなかった。

伊之助が肩に触れた。

乱暴に畳に押し倒された。

《目を瞑っていな。すぐに終わるから》

伊之助の震える声がした。

言われるままに目を瞑ったものの、着物の裾が広げられるのを感じた。

《おめえ、何してやがる》

いきなり祖父の怒声が響いたのは、そのときだった。

目を開いたおこんは、祖父が手にした槌を目にして、仕事道具を取りに戻ってきたのだと悟った。

《許してくれ》

悲鳴のような叫び声とともに、おこんに覆いかぶさっていた伊之助が、弾かれたように飛び退いた。

だが、一瞬早く、祖父の太い腕が素早く伸びて、着物の襟を摑んだ。そして、拳を振り上げると、伊之助の顔面を殴り飛ばした。部屋の壁際にすっ飛んだ伊之助を、祖父はすぐに摑むと立ち上がらせ、再び拳を振るった。

殴りつけては摑み上げ、また殴りつける。その繰り返しだった。拳を振るうたびに、うん、うん、うんと祖父は唸り、骨が叩きつけられる音が響いたのだ。

やがて、突っ伏したまま、伊之助は身動き一つしなくなった。

すると、肩で息をしながら見下ろしていた祖父が、いきなりしゃがみ込み、やおら伊之助の右手を押さえつけた。そして、帯に挟んでいた槌を手にすると、物も言わずに、その人差し指を打ち砕いたのである。

伊之助の悲鳴が、おこんの耳の奥にいまでも残っている。幼い孫娘の体に悪さをした指が許せなかったのだろう。

とはいえ、祖父は、伊之助をすぐさま親元に追い返すことはしなかった。義理のある同業の棟《とう》梁《りょう》から頼まれた男だったからだろう。だが、幼かったおこんには、そんな理屈は分からなかったので、いつまでも伊之助が怖くて仕方がなかった。

むろん、伊之助は二度とおこんに手を出すことはなかった。それでも、ときおり、伊之助がうつむいたまま、憎しみの色を湛《たた》えた眼差しを祖父に向けていることに、彼女は気がついていた。

半年後、伊之助は親元へ帰った。

そのひと月後、祖父が夜道で襲われて殺されたのである。だが、下手人はついに見つからなかった。それでも、伊之助の仕業に違いない、とおこんは思った。祖父は出刃のようなもので背中を刺されたのだが、遺体の右手の人差し指が潰されていたからである。

彼女はそのことを懸命に祖母に訴えたものの、夫の死によっていきなり耄碌《もうろく》のひどくなった祖母は、おろおろするばかりで、何もできなかった。そうこうするうちに、事件に対する世間の関心も薄れてしまい、とうとう有耶無耶になってしまったのである。

だが、おこんだけは別だった。伊之助が下手人に違いないという確信が揺らぐことはなかった。だからこそ、恨みを抱いたあの男が、いつまた舞い戻ってきて、自分を襲うかもしれないと、片時も気持ちの休まることはなかった。男の目を意識するだけで、震えがくるようになったのも、その頃からだった
おこんが十三になった春、一つの噂を耳にした。伊之助が親から勘当されて、実家から追い出

されたという。近所に住む幼い女の子に悪戯したことが露見して、そこの親に袋叩きに遭ったらしい。あの男は自分にしたことを、ほかでも続けていたのだ。怒りと憎しみ、それに恐怖が再び募った。男など信用するまい。体に触れられることすら、吐き気がする。おこんはそう思った。

祖母が亡くなった後、おこんは銚子《ちょうし》の遠縁に引き取られた。顔立ちが綺麗だと言われて、ひどく大切に育てられた。大人になるにつれて、知らぬ間に体が震える癖は薄らいでいったし、男とも普通に接することができるようになった。ところが、十六のとき、その家の一人息子の嫁にされてしまったのである。

初夜の晩、胸に伸びてきた夫の手を、おこんは悲鳴を上げて払いのけて逃げ出してしまった。幼い頃に経験した悪夢が甦ったのである。そんなことが三日も続くうちに、家の者はおこんに白い目を向けるようになった。おこんが家を飛び出したのは、四日目のことだった。こうして、無宿人になってしまったのである。

だから、江戸へ出てきて浮草のような暮らしを送っていても、おこんは伊之助を憎み続けていた。

自分の人生を捻《ね》じ曲げた奴。爺ちゃんを殺した男。

おこんは、嫌な目に遭うたびに、伊之助の顔を思い浮かべたのだった。

こんなところで、偶然に顔を合わすなんて――。

おこんは大きく息を吸った。

爺ちゃんの霊魂が、めぐり合わせてくれたのではないだろうか。

きっと、そうだ。

仇を討つために。

おこんは、井戸掘り小屋を離れた。

四

工藤惣之助は浅草寺裏の今戸町に足を踏み入れた。

この界隈は寺と町屋ばかりのためか、道に侍の姿はほとんどなく、商人や奉公人らしき女たちばかりが行き交っている。風鈴売りや冷や水売りも売り声を上げていた。

彼は恨めしい気持ちで、入道雲の湧く空を見上げた。

ちっとも涼しくならんな――。

これまでも三度ほど、同じ道を通ったものの、彫安はなかなか捉まらなかった。近所の住人の話によれば、焼津の方で仕事を頼まれて出掛けたのだという。しかも、戻りの日にちははっきりとしなかった。

まして、寄場掛同心である工藤惣之助には、当然のことながら、一日じゅう人足寄場に詰めていなければならない日もあった。そうこうしているうちに、月が替わってしまい、もう七月である。

道を曲がり、薄暗い路地に入った。彫師の家は、その先のしもた屋である。

積み重ねられた天水桶の脇を抜けて、家の前に立ったとき、勝手の格子窓が開いているのに気がつき、彼は手を打った。

すぐに表に廻り、打ち水の撒かれた玄関先に訪《おとな》いをかけた。

「ごめん――」

へーい、と声が返ってきた。

「どなたさんでございましょう」

顔を出したのは、五十前後と思われる痩せた男だった。目鼻立ちが細く、骨ばった手足をしている。鮫小紋《さめこもん》のくすんだ藍の着物姿だ。

「彫安さんか」

「へえ、そうですけど」

その顔には、こちらを御用の筋と見た表情があった。

「おまえさん、五年ほど前に、般若の面を彫ってほしいと頼まれたそうだな」

小座敷に招じ入れられた工藤惣之助は、さっそく中門前町の彫師から聞いた話を繰り返した。

話を耳にして、彫安はしばらく怪訝な表情をしていたものの、やがて、ああという顔つきになり、こっくりとうなずいた。

「覚えていますよ、そのことでしたら」

「だったら、本当にあった話なのだな」

「へえ。弟分が申しました通り、感じの悪い野郎でしたね」

彫安は顔をしかめた。

「どんな男だった。顔を覚えているか」

「さあ、ずいぶんと昔のことなので、顔立ちまではねえ」

「目が大きくて、左頬に大きな古傷がなかったか。たぶん、刀傷だと思うが」

六蔵の顔の特徴を工藤惣之助は並べた。彫安は首を捻っていたものの、

「そんな男だったかもしれませんねえ」

と曖昧に首を振った。

「だったら、名前は訊いたか」

「あっしは、結局、その仕事を断りましたから、名前なんて訊かなかったと思いますよ」

「その男、ほかに何か話していなかったか」

彫安は首を傾げた。

「いいえ、ほかには何も話しませんでしたねえ。金を見せびらかして、こっちの気を引こうとしたことくらいでさ、覚えているのは――」

言いかけて、彫安の言葉が途切れた。目が宙に留まっている。

「どうした」

「そういや、女と一緒でしたね、ここへ来たとき」

「女――」

彫安が顔を向けた。

「へえ。しかも、その女、たしか浅草寺近くの料理屋の仲居ですぜ。その店に上がったとき、ちらりと目にして、あれっと思った記憶がありますから」

「その女のこと、もっと詳しく教えてくれ」

工藤惣之助は身を乗り出した。


彫安の家を辞した後、工藤惣之助は教えられた浅草寺近くの料理屋へ足を向けた。

般若の面の刺青を頼んできた男が、六蔵と決まったわけではない。だが、一緒に彫安を訪れた女に会うことができれば、はっきりするはずである。

料理屋は田原町にあった。藤色の暖簾を出入りする客たちに混じって、工藤惣之助は店の中を窺った。浅草寺の参拝客が流れてくるので、大変な賑わいである。土間の飯台に、客が鮨詰《すしづ》めになっている。奥の上がり座敷には、家族連れらしい客たちが目についた。その間を四、五人の仲居が立ち働いている。だが、どれが目指す女か、見極めがつかない。

彫安の言葉によれば、女は目が細く、少し受け口の顔立ちだったという。連れていた男がその女のことを《おしま》と呼んだことも、彫安は覚えていた。昔、自分がのぼせ上がった女と同じ名前だったので、記憶に残ったのだという。

工藤惣之助は暖簾を分けて、料理屋の中へ足を踏み入れた。

「いらっしゃいませ」

前掛け姿の女が声をかけてきた。

「忙しいところを邪魔して悪いが、御用の筋だ」

「へっ」

驚いたように、女が目を大きくした。堅い店らしく、化粧も薄い。

「主か女将《おかみ》を呼んでくれ」

「承知いたしました」

慌てたように頭を下げると、女は料理場の方へ戻って行った。

工藤惣之助は再び、飯台の客や座敷席の人々を見廻した。客たちは盛んに喋りながら、忙しそうに箸を動かしている。昼間から酒に顔を赤くしている男客も少なくない。

「手前が、ここの主でございますか」

背後から声がかかった。

振り返ると、小太りの男が腰を屈めていた。目の垂れた赤ら顔である。おそらく、五十前後だろう。

「御用の筋で、ちょっと訊きたいことがある」

「でしたら、どうぞ奥へお上がりくださいませ」

主が先に立ち、工藤惣之助はその後に続いた。

やがて、奥にある小座敷で対坐すると、工藤惣之助はすぐに口火を切った。

「この店の奉公人に、おしまという者がいるだろう」

「おしま、でございますか――」

料理屋の主が言った。

「そうだ。そういう名の仲居がいると聞いたが」

「ええ、以前はたしかにここで働いておりました。けれど、いまはおりません」

「仕事を辞めたということか」

「ええ、まあ――」

「どうした」

顔を曇らせて主は言い淀んだものの、やがて口を開いた。

「実は、店の金に手をつけたので、叩き出したのでございます」

そう言うと、勝手なことをいたしました、と主は頭を下げた。

奉公先で犯した盗みといえども、奉行所に届け出なければならないことに変わりはない。その科を有耶無耶にしてしまったことを、主人は恐縮しているのだろう。

「いつのことだ」

「五年ほど前でございます」

工藤惣之助は身を固くした。彫安が般若の面を依頼されたのも、ちょうどその頃ではないか。

「どうして店の金に手を出したのだ。何か申したであろう」

「それが、何も言おうとしなかったのでございます。それまで真面目《まじめ》に奉公しておりましたし、身持ちの堅い娘だと信用していましたから、飼い犬に手を噛まれたようなもので、本当に吃驚《びっくり》したんでございます」

内心の引け目のせいなのだろう、おしまへの憤懣をことさら強調する口ぶりだ。

だが、おしまの豹変の方に、工藤惣之助は興味を抱いた。五年ほど前、何かがあったのではないか。身持ちの堅い女が、魔がさして、奉公先の金に手を出してしまうような何かが。

「おしまの住まいは、分かるか」

「へえ、それでしたら、ちゃんと存じております。下谷《したや》山崎町の江右衛門店《こうえもんだな》でございます。たぶん、いまもそこにいると思います」

「下谷山崎町の江右衛門店だな」

念を押すと、工藤惣之助は刀を手にして立ち上がった。

五

「そら、縄を引け」

伊之助が声をかけると、倫太郎も満身の力を込めて縄を引く。

歯を食い縛る。

油を塗ったようにてかる上半身の肌に、さらに汗が滴る。

ぐるぐる巻きにした荒縄が、手に食い込む。

繋ぎ合わされた掘り鉄管の重さは、土孔の周囲の土に取られて、すでに二人で引き揚げる限界に達していた。しかも、梃子を利用して、七、八人で掘り鉄管を引き揚げるのが、この掘り方の常態なのだ。それを二人だけでやり抜こうというのだから、最初から無茶は承知していた。

作業の途中で、何度も竹筒の水筒から水を呑み、塩を口にしなければならない。そうしないと、すぐにへばってしまう。

だが、そんな体の辛《つら》さよりも、先の見えない作業ほど、気の滅入るものはない。倫太郎はなかなか持ち上がらない掘り鉄管を呪《のろ》いたい気分だった。どれほど深く掘れば、目指すものが見つかるのか、そこまでは分かっていなかった。

死の床にあった父親の姿が、倫太郎の脳裏に甦る。

奥座敷に延べられた床に臥《ふ》した父親は、倫太郎に気がつくと、わずかに口を開き、

《無念じゃ――》

と、言葉を発したのだった。

その目じりから涙が流れるのを、倫太郎は声もなく見つめることしかできなかった。

父親が危篤、と使いの侍から知らされたとき、ついにこのときが来たと思ったのに。母親を日蔭の身のままに朽ち果てさせ、妹の弔いに姿を見せることのなかった男の死に際に、唾を吐きかけてやるのだと、駆けつけてきたはずだったのに。

いや、胸の奥底に燃え上がっていた青い鬼火のような憤怒の大本は、正直に言えば、自分の置かれた立場への恨みだった。人は生まれついた境遇で、その生きざまが決められてしまう。たとえ、どれほどの力や能力があろうとも、また、いかに高い志を抱いたとしても、人にはどうしようもない定めというものがついて廻るのだ。倫太郎は妾の子として、本妻の兄弟とはおのずと別

の、日の当たらない道を歩まねばならない。

その鬱憤のありったけを、父親に叩きつけてやるつもりだった。

ところが、目の前に横たわった父親は、かつてとは様変わりして、ずっと衰え、小さくなっていた。

《おやじ――》

思わず、倫太郎はつぶやいた。

すると、荒い息遣いのまま、父親が顔を向けた。そして、布団から出した指先で、床の間を指差した。そこには袱紗《ふくさ》に覆われた白木の三方《さんぽう》が置かれていた。

《おまえには、何も残してやれぬ。だが、あそこにある百両の金と、わしが彫った達磨だけは、おまえのものだ。それから、いままで話したことはなかったが、わしの母は、上総の庄屋の娘なのだ――》

その言葉に倫太郎は息を呑んだ。そして、途切れがちの父親の話に、黙って聞き入ったのである。

筋目正しい武家の母親ではなく、いわば百姓女の子供として生を受けたことを、父親は負い目に感じぬ日はなかったという。十代の終わり頃、本所三つ目の屋敷に移り住んだものの、父親はその屋敷に寄りつかず、放蕩《ほうとう》に明け暮れたのだった。

《その頃のわしは、本所の銕《てつ》などと呼ばれて、いい気になっていた。喧嘩もしたし、女郎とも馴《な》染《じ》んだ。むろん、博打もした。だが、幸いなことに、わしは旗本の家を継ぐことができた――》

家を継いでから、父親は四百石取りの旗本として激務をこなした。その仕事は役料が少ないうえに、出費の多い役目であり、役所道具も自弁が決まりだったという。

とはいえ、その職を大過なく勤め上げた者は、役得の多い地位に栄転するのが慣例となっていたのである。祖父も同じ役目に就いた後、京都町奉行となった。天和《てんな》三年（一六八三）に役目を拝領した中山勘解由直守《なかやまかげゆなおもり》という人物にいたっては、後に大目付にまで昇り詰めたという。

《だから、わしはひたすらお役目に打ち込んだのだ。そうすれば、いつか必ず、その働きが認められる日が来ると信じておった。そうすれば、おまえにも、何がしかの地位を譲ることができるはずだと考えておった。一生、苦労をかけたおまえの母親や、何一つ幸せを与えることのできなかったおふみに、詫びることができると思っていたのだ。だが、八年間にわたり、その役目をこなしたにもかかわらず、病を得てからも、まったく何の沙汰もない。ひとえに、上に毛嫌いされたからじゃ――》

父親の口からこぼれ出る言葉はどれも、倫太郎が初めて耳にするものばかりだった。そして、自分だけが世の中から除《の》け者にされていると恨んでいたことが、ふいに馬鹿らしく思えてきたのだった。たとえ、どんな境遇に生まれついたとしても、さらにその上に立つ者から、人は足蹴にされて生きてゆかねばならない。いや、この父親の苦衷を本当に理解できるのは、自分だけなのだ。

いつの間にか、憎しみが消え去っていることに、気がついた。そして、まぶたの裏に、森元町のしもた屋の暮らしが甦ったのである。父親が訪ねてきた晩、座敷に響いた母親やおふみの笑い声が聞こえてきた。はしゃいでいる自分の姿もあった。

倫太郎の目に熱いものが溢《あふ》れ、おふみの死から一度として流したことのなかった涙が頬を伝った。

その涙に目を留めた父親が言った。

《倫太郎、よいか、これから教えることを、忘れるでないぞ。人足寄場の北の端に立つと、堀越しに石川島の御用地を眺めるのだ――》

青白い顔や、唇の震えまでもが目に浮かんだ。

《――その北東に、高い松の木が見えるはずだ。ほかにはそんな高い木はないから、まず見間違うことはないだろう。松は潮風にも強いから、枯れることはない。それが見つかったら、今度は反対の方角に目を向けてみろ。海を越えて浜松町の町筋が目に入るはずだ。そこにひときわ大きな大名屋敷の屋根がいくつも見える。ほとんどの屋根は破風を南北に向けているが、一つだけ東側に向いた破風の屋根を探すのだ。そうしたら、松の木とその屋根が正確に一直線になる位置を見つけよ。それが見極められたら、人足寄場の石川島御用地側の堤と、佃島の漁師町側の堤から等距離にある場所を探せ。その地面のずっと下にあるのだ、わしの夢を踏みにじった男が埋めさせたものが》

その言葉に、倫太郎は深々とうなずいたのだった。

ふいに縄が動いて、倫太郎は我に返った。

狭い土孔に絡め取られていた掘り鉄管が、やっと動いたのである。

「ほら、もう一丁、力を入れろ」

伊之助が叫んだ。

「任せとけ」

倫太郎も足を踏ん張り、怒鳴った。

ようやくの思いで掘り鉄管を引き揚げると、伊之助がさっそく《コシタ》によって管内に取り込まれた掘り屑を木桶の中に空けた。水とともに、山のような土砂が吐き出される。

「どうだ」

倫太郎はしゃがみ込むと、木桶に顔を近づけた。

伊之助が木桶の中の土砂を手にとって、揉んでいる。

「こうして吐き出された土砂を、俺たちは《ヒトサゲ分》と呼ぶんだ。そして、砂の量が一升以下なら、水量がまだ少ないということになる。が、こうして握って、指の間から垂れる水の量が多い場合は、《シキ層》という固い粘土層に挟まれた、水の多い地層に当たったということだ。井戸掘り職人は、そいつを探しているんだよ。だが、俺たちが探しているものは、おそらく、その上のはずだぜ」

「どうして、そう思う」

「いま言ったように、《シキ層》は水分が多いから、何かを埋めておくには不向きなのさ。むしろ、その上の水分の少ない層の方が安定している」

そう言うと、小屋の二か所に空けられた小窓の方へ、伊之助は手にした砂をかざした。

「ほれ、見てくれや。浅黄色だろう」

「それが、どうした」

倫太郎は伊之助に顔を向けた。

「砂の色が浅黄色なら、水質が悪く、《シキ層》じゃねえ証拠だ。つまり、俺たちゃ、ほぼ目指す地層まで、掘り下げたってことよ。おそらく、ここから、あと十間ほども掘れば、《シキ層》にぶち当たるだろうな」

伊之助が皮肉な口調で言った。

「そうなりゃ、寄場奉行が大喜びするぜ」

倫太郎も合の手を入れる。

「むろん、掘りゃしねえけどな」

二人は声を上げて笑い、立ち上がった。

滑車を通して引いてあった縄の先端を小屋の根太《ねだ》に縛りつけると、倫太郎はすぐに足場に上がり、掘り鉄管を竹筒の中に嵌め込んだ。

それから、いそいで足場を降りる。そして、伊之助が竹筒に目を注いでいるのを確かめてから、縛っていた縄目をはずした。

ズン、と腹に響く音がした。

倫太郎は伊之助と顔を見合わせた。いまの音の中に、これまでになかった何かが砕けるような音が混じっていたのである。

二人は慌てて縄を引っ張った。

またしても全身に汗が噴き出たものの、今度は土孔に絡め取られることなく、ズルリと掘り鉄管が抜けた。

すぐに掘り鉄管に詰まった掘り屑を木桶に空ける。

伊之助の手が止まった。

木桶の中に吐き出された土砂の中に、これまでにはなかったものが混じっていた。

「やったぞ」

伊之助が持ちあげたものは、石板の破片だった。どう見ても、人の手で加工したものだ。

「ああ」

倫太郎もうなずいた。

この石板に覆われた下の空間に、目指すものがあるのだ。

六

工藤惣之助が江右衛門店に辿りついたのは、昼過ぎだった。

下谷山崎町は、不忍池《しのばずのいけ》や寛永寺にもほど近く、北側に田地が広がる鄙《ひな》びた界隈である。しかも、その長屋は崖《がけ》の際にあり、日蔭になっていた。長屋の左端の部屋は、板の間の仕事場がついた二間造りで、板の間にしゃがみ込んだ男が鉋屑《かんな》にまみれながら、桶を作っている。丸顔で、目がぎょろりとした四十くらいの男だ。

「仕事の最中に邪魔して済まんが、ちょっといいか」

工藤惣之助は、その男に声をかけた。

「へっ、何でございましょう」

「この長屋に、おしまという女がいるだろう」

「へえ、おりますよ。右端の家でございます。けど、いまは留守ですよ」

「どこへ行った」

「銭湯でございます。あの女、夜は近くの《牡丹《ぼたん》》って呑み屋で働いてるんで、こんな早い刻限から肌を磨きに行くんですよ」

桶屋の口ぶりには、かすかに侮蔑《ぶべつ》の響きがある。

工藤惣之助は礼を言い、戸口を離れると、崖の際でおしまの帰宅を待った。

手拭いをだらりと下げて女が戻ってきたのは、四半刻（三十分）ほども過ぎた頃だった。浴衣《ゆかた》のような縹《はなだ》色の着物で、湯で火照《ほて》っているのか、うんと襟を抜いた崩れた着こなしだ。二十代半ばくらいだろう。

桶屋は呑み屋で働いていると話していたが、当然、身も売っているのだろう。女が家の腰高障子の引き手に手を伸ばしたところで、工藤惣之助は声をかけた。

「おまえさんが、おしまか」

怪訝な顔で振り返ると、女は言った。

「ええ、そうですけど」

「御用の筋で、訊きたいことがある」

「何ですか。あたいは何もしちゃいませんよ」

顔に警戒するような色を浮かべると、おしまは周囲に目を配った。近所の目を気にしたのだろう。

「誰が、その方のことだと言った。ちょっと教えてほしいことがあってな」

工藤惣之助はそう言うと、

「この日盛りに、立ち話もないだろう。どうだ、中で話さぬか」

と水を向けた。

おしまは音もなく息を吐き、肩を竦めると、腰高障子を開いた。

「で、いったい、どんなことです、訊きたいことっていうのは」

長屋の中へ入ると、おしまは水甕から柄杓《ひしゃく》で水を掬い、それを呑みながら言った。

「五年前、おまえさんは男と、彫安という刺青の彫師の家を訪れたな」

ガタ、と音を立てて柄杓が土間に落ちた。

「知らないよ」

おしまが顔をそらした。

「嘘をついても無駄だぞ。彫安が、おまえさんの顔も名前もはっきりと覚えていた。そのとき一緒だった男のことを、詳しく話してもらおうか」

おしまが歯嚙みするような表情を浮かべ、鋭い目つきで睨んだ。

あの料理屋に奉公していたというのが信じられぬほど、その姿は荒《すさ》んでいた。それは外見のせいばかりではなく、内側から滲み出る、捨て鉢な気配がそう感じさせるのだろう。

「いまさら、何で、そんなことを調べているのさ」

おしまが言った。

「それを話せば、おまえさんも話してくれるか」

「さあね」

不貞腐れて横を向く。

「まあ、いいだろう。人足寄場の無宿人の中に、背中の右肩近くに般若の面の刺青をしている者がいる。斬り落とした左腕を咥えた奇妙な絵柄だ」

おしまの表情がかすかに動いた。

「わしは、方々を聞いて回り、彫安に行き当たった。五年ほど前、そんな絵柄の刺青を頼まれたことがあるとな」

「その人が、どうかしたのかい」

「先月、殺された」

えっ、とおしまが顔を向けた。目を瞠《みは》っている。

「誰がやったんだい」

「そいつを調べている」

おしまが顎を引き、落ち着きなく視線をさ迷わせた。

「どうだ、力を貸してくれぬか」

眉根を寄せたおしまだったが、長い沈黙を破って言った。

「何を話せばいいのさ」

「手始めに、その男の容姿だ」

言われて、おしまは顔を傾げたものの、すぐに口を開いた。

「体が大きくて、目も大きな奴だよ。どちらかと言えば悪相だったけど、あたいには優しくしてくれたこともあったよ」

「名前は？」

「権六さ」

いきなり肩すかしを食らった、そんな感じだった。

「その名前に、間違いないのか」

「間違いないよ」

工藤惣之助はすぐに思い直した。六蔵もかなり大柄で、目が大きかった。

「その男、左頰に目立つ古傷がなかったか」

「あったよ。浪人と喧嘩になったとき、刀で斬られたんだって」

「それは、蚯蚓が這ったような長い傷だな」

「ああ、そうさ」

工藤惣之助は息を止めた。あの男は偽名を使っていたのだ。だが、何のために、そんなことをしたのだろう。

「その権六だが、おまえさんとは、当然、わりない仲だったんだろう」

「ああ、そうだよ」

面倒臭そうに言ったものの、すぐに皮肉な笑みを浮かべて続けた。

「生真面目に暮らしてきた小娘が初めて惚れた相手が、やくざ者だったのさ。世間じゃ、珍しくもない話だけどね」

「どんな経緯で、権六と知り合ったのだ」

おしまはまた肩を竦めた。

「あたいが働いていた料理屋に権六が初めて上がったのは、確か、六年ほど前だったよ。仕事仲間らしい四人と一緒だったっけ。内輪の相談事があるとかで、小座敷を取ったのさ。その部屋があたいの受け持ちだったというわけさ――」

おしまは、権六との出会いの経緯を語った。小座敷で酒盛りをしていたとき、一人が酒に酔い、仲居のおしまに無理やり酌をさせようとして、手首を摑んだという。驚いた彼女がその手を振り払った拍子に、徳利が倒れてしまった。そのために、着物を濡らされた男が怒りだしたのである。

「そのとき間に入って悶着《もんちゃく》をおさめてくれたのが、権六だったのさ。あいつ、物凄く喧嘩っ早いくせに、女には妙に優しいところがあったからね」

「で、それからどうなった」

「それから、権六はしばしば独りで店に顔を見せるようになったのさ。むろん、その狙いがあたいだってことは、見え見えだったけど、こっちも悪い気はしなかったよ。で、何度目かに、店の外で会おうと誘われて――それから先は、言わなくても分かるだろう」

上目遣いに工藤惣之助を見つめ、おしまは口元に笑みを浮かべた。

「なるほど」

工藤惣之助はうなずいた。

「いまから思えば、馬鹿みたいな話だけど、その頃のあたいは、もう無我夢中だったね。しかも、権六は驚くほど金廻りがよかったから、ゆくゆくは所帯を持って、小料理屋でもやれたらいいなんて、夢みたいなことまで考えていたのさ」

「驚くほど金廻りがよかったとな」

「そうさ。あたいがほしいと言えば、小袖でも簪《かんざし》でも、すぐに買ってくれたもの」

「権六は、どんな仕事をしていると話していた」

「訊いたけど、教えてくれなかったよ。それに、仕事の話を持ち出すと、あいつ、いつも機嫌が悪くなるから、そのうち、訊くのを諦めたんだ。だって、どんな仕事をしていようと、二人の仲には関係ないと思ったから」

工藤惣之助は腕組みした。六年前、権六はひどく金廻りがよかった。そんな男が、やがて無宿人の六蔵と偽名をつかい、人足寄場で殺害されたのである。まるで、まったく別の男のような生きざまではないか。

「五年前に何があったのだ」

その言葉に、おしまが急に表情を硬くした。

「知らないよ」

「権六は、どうして般若の面の刺青を彫る気になったのだ。一緒に彫安の家に行ったのだから、理由くらい聞いているだろう」

おしまは顔をそむけて、黙り込んでしまった。その横顔には、うっかり喋ってしまったことを悔むような色もあった。

工藤惣之助は、かすかに皮肉をこめて言った。

「薄情だな。一度は所帯を持ちたいとまで思った相手が殺されたというのに、その仇を討ちたいとは思わないのか」

おしまが振り返ると、怒気を含んだ声で言った。

「あいつ、急にいなくなっちまったんだよ。刺青はその前に彫ったのさ。あたいは、置いてけぼりにされちまったんだよ——さあ、これで知りたいことは分かっただろう。もう、帰っておくれ」

「どうした。何を恐れている」

工藤惣之助は言ったが、おしまはもう答えようとはしなかった。

無言のまま腰高障子を開けると、彼は日差しの眩しさに目を細めて、外へ出た。

七

鉄砲洲本湊町の《揚場》から、工藤惣之助は舟に乗った。

向かった先は、むろん石川島の人足寄場である。

無宿人を乗せるための渡舟ではないので、漕いでいるのは普通の水夫であり、櫓も一挺立てだから、舟足は遅い。

波に揺られながら、青々とした海原に目を向けた。日差しが波に弾けて、眩しいほど輝いている。櫓が波を掻く単調な音が、眠気を催す。舟べりに背をもたせかけたまま、工藤惣之助は、おしまの話したことを思い浮かべた。

権六は、なぜ偽名を使ったのだろう。権六自身が無宿人の身であり、無宿人狩りに遭ったとすれば、六蔵という偽名を名乗る必要があったとは思えない。つまり、偽名を使わなければならない、何らかの理由があったのだ。

それに、五年前、おしまを捨てた権六は、どこへ行ったのだろう。また、どのような事情があったのだろう。だが、少なくとも二年前までに、権六が江戸へ舞い戻ったことは確かだ。その頃、あの男は無宿人として人足寄場へ放り込まれたのである。

彫安が、権六から聞いたという言葉も気にかかっていた。刺青を彫ってほしいと頼んできたとき、悪の道を究めるために、魔物に左腕を差し出すと嘯いたというのである。しかも、彫安は、あの男が小判を見せびらかしたと口にしていたし、おしまも権六の金廻りのよさを証言している。遺体の背中にあった不気味な刺青を、工藤惣之助は思い浮かべた。悪の道と小判。仕事を訊かれると、不機嫌になった権六。どう考えても、まっとうな人間だったとは思えない。

次に、おしまの顔を思い浮かべた。おそらく、あの女はもっと多くのことを知っているだろう。しかし、あそこで無理押しすれば、彼女は牡蠣のように固く口を閉ざしたかもしれない。そして、二度とその口を開かない可能性もあると思ったのである。考えの筋道の先は、またしても闇に包まれていた。

彼は思わずため息をついた。こんなときは、酒を呑むに限るのだ。白い豆腐のような尾崎久弥の顔を思い浮かべた。すると、菊乃の面影が甦ってきた。形のいい瓜実顔。細筆で薄墨を引いたような鼻筋。黒目がちの切れ長の目と、小さな唇。その口元に、微笑みが浮かんでいる。

体が押し上げられるように舟が持ち上がった。大きな波を越えたのだ。

そのとき、ふいに頭の中に閃《ひらめ》いたものがあった。

《逃げるために、別の無宿人になりすまして、木賃宿にもぐり込んだんでさ。ところが、そこで無宿人狩りに遭っちまって、ここへ放り込まれちまったんです》

島抜けを図った茂一と名乗っていた男の言葉だった。

《けれど、おいらにしてみりゃ、ここは安全な場所だった》

櫓を漕ぐ音が、耳から遠のいた。

工藤惣之助は、ゆっくりと舟べりから身を起こす。

そうだ。権六が偽名を使ったのは、これと同じだったのではないか。

そして、何かに追い立てられるようにして、おしまの前から姿を消した。

あの男が人足寄場に入ったのは、その何かから身を隠すためだったとしたら、どうだろう。

しかも、悪の道を究めると嘯いたとき、権六は驚くほどの金を持っていた。

つまり、すでに悪事を働いた後だったのではないか。

となれば、その権六を殺めたのは、彼が必死になって逃げ廻っていた相手――。

遺体に残されていた凄惨な責め痕を、工藤惣之助は思い浮かべた。

そのとき、人足寄場の島影が眼前に迫ってきた。


「六蔵は、偽名だと」

川村広義が叫んだ。

「そうでございます」

工藤惣之助は下座で言った。寄場役場にある奥座敷で、二人は対坐していた。

「どうして、そんなことが分かった」

この寄場役場に保管されていた六蔵に関する文書が紛失した事実は、すでに川村広義の耳に入れてあったから、当然の質問だった。

「私は、あの男の背中の刺青に注目いたしました――」

工藤惣之助は、自分の調べた筋道を説明した。五年ほど前、彫安という彫師が、遺体に残されていたものと同じ絵柄の刺青を頼まれたという。その客とともに彫安を訪れた若い女は、浅草寺近くの料理屋の仲居だった。その仲居は下谷山崎町の江右衛門店に住むおしまという女で、男の名は権六だったという。

「それで、六蔵――いいえ、権六が五年以前に何か大きな悪事を働き、そのせいで逃げ廻っていたのではないかと考えたのでございます。おしまの前からいきなり姿を消したことや、わざわざ江戸へ戻りながら、この人足寄場に偽名で入り込んでいたのは、言ってみれば、追っ手から身を潜めるためだったのではないかと」

「そんな馬鹿な」

工藤惣之助の言葉を遮るように、川村広義が口を挟んだ。

「悪事を働いた者が、身を隠すために人足寄場を利用するなど、そんなことができるわけがない」

「いいえ、お奉行様。お言葉ですが、大罪を犯した者が、別の軽微な罪を犯してわざと捕まり、奉行所での取り調べに対して、事前に用意しておいた実在する無宿人の名前や生国を申し出れば、どうなるでしょう。その無宿人として、この人足寄場送りになることは目に見えております」

それは、茂一と名乗った男の話から思いついた考えだった。しかし、工藤惣之助は、いまさら茂一のことを持ち出す気はなかった。

「しかし、本物の無宿人が罪でも犯せば、人足寄場に放り込まれている者が偽者であることは、たちどころに露見してしまうのだぞ。大罪を犯すほどの悪賢い人間が、そんな危ない橋を渡るものか」

工藤惣之助はかぶりを振った。

「いいえ、かなりの金と引き換えに、無宿人の身分と名前を買い取れば、発覚する可能性は低くなるはずです。まして、自分が入れ替わろうとした無宿人を闇に葬れば、後顧の憂いはまったくございません。その無宿人として、大手を振って、人足寄場に身を落ち着けることができます」

川村広義の目が広がった。

「ならば、その権六が殺されたのは、どうしてなのじゃ」

「いま申し上げましたように、あの男は自分の犯した罪のせいで、何者かに追われていた可能性がございます。そして、追っ手は権六が人足寄場に潜んでいることまで嗅ぎつけて、ここへ入り込んできて、権六を殺した。そういう推測が、十分に成り立つのではないでしょうか」

「何だと」

色の白い川村広義の顔が、目に見えて青ざめた。

「ならば、その追っ手も、無宿人の身分や名前を偽って、この人足寄場に入り込んでいると申すのか」

「仰せの通りにございます」

工藤惣之助はうなずいた。

川村広義が唸った。一転して、顔が紅潮した。次の瞬間、廊下に向かって声を放った。

「鈴木、鈴木孫兵衛はおらんか」

ほどなく廊下に摺《す》り足の音が響き、鈴木孫兵衛が現れた。

「お呼びでございますか」

工藤惣之助の傍らで平伏すると、鈴木孫兵衛は言った。

「この人足寄場に収容されている無宿人どもについて、ただちに、その素性をすべて検め直すのじゃ」

顔を上げた鈴木孫兵衛が、驚きの表情を浮かべた。

「何故《なにゆえ》にございますか」

「工藤、もう一度、鈴木に説明いたせ」

「はっ」

工藤惣之助はうなずき、再び自分の調べの筋道を語った。

鈴木孫兵衛の表情が変わった。

「その話は、まことなのか」

「むろん、推測の部分も含まれております。しかしながら、真実である可能性は十分にあるはずです」

彼の言葉を聞くと、鈴木孫兵衛が川村広義に顔を向けた。

「ならば、お奉行様は、六蔵を殺した下手人も、名前を偽っているとお考えなのでございますか」

「そうじゃ。だからこそ、ここに収容されている者たちの素性をすべて洗い直すのだ。素性を偽っている者がおれば、その者がすなわち六蔵――いや、権六殺しの下手人ということだ」

「しかし、無宿人どもの素性を洗い直すなど、まったく前例のないことでございます。まして、百六十人からの者どもについて調べ直すとなれば、それこそ大変な人手と日数がかかりましょう。おそらく、この人足寄場の掛りの限界を超えてしまうことは必定でございます」

人足寄場は、無宿人たちの産出する品々の売り上げなどで、その費用のかなりの部分を補っている。とはいえ、極めて厳しい財政状態にあることも確かであり、鈴木孫兵衛の言い分にも理があった。

「黙れ。わしの命じた通りにするのだ。無宿人の素性の洗い直しの件は、鈴木、その方の任といたす。よいな」

「はっ」

鈴木孫兵衛が恐懼《きょうく》し、弾かれたように平伏した。

すると、川村広義が工藤惣之助に顔を向けた。

「工藤、その方にも、申し渡すことがある」

「何でございましょう」

「これからは、権六の一件の調べは、わしがじきじきに行うこととする。したがって、これ以上の調べは無用といたせ」

一瞬、工藤惣之助は言葉がなかった。まったく思いがけない下知《げち》である。彼は言い返さずにはいられなかった。

「それは、何故でございますか」

「わしに思案があるのだ。もはや、その方には関わりない」

「しかし、せっかくここまで調べたのですから、いま少し、お奉行様のお調べに、それがしもお加えください。なにとぞ、お願い申しあげます」

工藤惣之助は身を乗り出して言った。

川村広義が冷然と首を振った。

「ならん。だいいち、その方は、寄場掛同心のお役目を、よもや忘れたわけではあるまいな」

「むろん、忘れてはおりません。寄場掛同心は、寄場奉行様、ならびに寄場元締め殿、さらに、寄場下役らの刑罰の厳正を目付するのがお役目にございます」

「つまり、その方は、この人足寄場で起きた事件について、直接調べる立場にはない。それを行うのは、このわしなのだ」

返す言葉がなかった。それなら、六蔵の死についての調べを命じたのは、いったい何だったのだ。そんな言葉が喉元にあったものの、口にする勇気はなかった。

歯を食い縛ると、工藤惣之助は畳に両手をつき、

「承知つかまつりました」

と頭を下げた。

座敷から悄然《しょうぜん》として出て行く工藤惣之助を、川村広義はじっと見つめていた。

その足音が廊下を遠ざかり、すっかり聞こえなくなると、再び鈴木孫兵衛に顔を戻した。

「鈴木、もう一つ、早急にしなければならぬことがあるぞ」

「何でございますか」

「人足寄場内のすべての場所について、ただちに、抜き打ちの検めを行うのだ」

鈴木孫兵衛の顔に、再び驚きの表情が広がった。

「お奉行様、すべての場所とおっしゃいましたが、それは、病人置場や湯殿もでございますか」

「むろんじゃ。井戸掘り小屋とて例外ではないぞ。しかも、こたびの検めは、寄場下役どもに帯刀させて臨むがよい。工藤が申しておった下手人が、どこに潜んでおるのか分からぬのだからな」

「ということは、万が一、下手人を発見したときは――」

「かまわん。問答無用で斬り捨てよ」

川村広義は語気を強めて言った。

「はっ」

鈴木孫兵衛は再び平伏すると、座敷を飛び出していった。

独り座敷に残された川村広義は、大きく息を吐いた。

それでも、胸の鼓動は静まらなかった。

権六を殺めた何者かが、この人足小屋に潜入しているのだ。

そんなことは、絶対に許してはならない。

そのとき、川村広義はもう一つの杞憂に思い当たった。

すぐさま文机《ふづくえ》の上の巻紙を手に取ると、筆を走らせた。

それから、川村広義は、廊下に向かって怒鳴った。

「寄場下役はおらぬか」

八

寄場役場の板間に、寄場下役たちが参集していた。

いずれも胡坐をかいたまま、袴の紐を締め直したり、襷の紐の結び目を確かめたりしている。帯に差した刀の具合を確かめる者もいた。どの顔も汗ばみ、普段にない緊張の色がある。

鈴木孫兵衛から緊急の呼集がかかったのは、ほんの少し前のことだった。寄場奉行の命により、人足寄場内の総検めを行うのだという。二人ひと組で検める箇所の分担についても、鈴木孫兵衛から発表があった。しかも、その検めの開始までは、無宿人たちに気取られぬように、細心の注意をはらうようにとの注意も受けたのである。あくまで、抜き打ちの捜索でなければ、無意味だというのだ。

「いったい、何でこんな検めを行うのだ」

人々の間からそんな声が漏れるのを、鉢巻を締めていた大森平吉は耳にした。

「六蔵の一件がらみに、決まっておろうが」

年嵩《としかさ》の寄場下役が言い返した。草鞋の紐を堅く結んでいる。

「しかし、帯刀まで命ずるというのは、ただごとではないぞ」

「下手人を見つけ次第、斬り殺してもかまわぬとは、どういうことなのだ」

若い寄場下役たちが口々に言った。

大森平吉も同じことを考えていた。たぶん、ここにいる連中は一人残らず、六蔵の無残な死にざまのことを思い浮かべているのだ。両目を抉られ、爪を剝がされ、手指まで折られた上に、首を絞められていた。殺した人物は、想像もできないほど残忍な男だ。もしも、そんな男と出くわしたら、ただごとで済むはずがない。

大森平吉は、不安で胸が一杯だった。人を斬ったことは、一度しかない。しかも、あのときは、偶然に斬ってしまったのだ。むろん、ここにいる連中のほとんどは、生まれてから一度も、命をかけた斬り合いを経験したことなどないはずである。

「もしかすると、下手人について、何か判明したのかもしれんぞ」

別の寄場下役の言葉で、大森平吉の物思いが破れた。

「馬鹿を申せ。それがはっきりしておれば、総検めなど必要あるまい。もう少し頭を使ったらどうなのだ」

「それにしても、湯殿まで調べろとは、いくらなんでもやり過ぎであろう。こちらは、それでなくとも定時の見廻りやら張り番で、てんてこ舞いなのだぞ」

その言葉に、周囲にいた別の者たちも揃ってうなずいた。

すると、年嵩の寄場下役が眉根を寄せた。

「しっ、声が大きい。お奉行様の厳命に楯突《たてつ》くと、後でとんでもないお叱りを被ることになるぞ。我らは言われた通り、人足寄場の端から井戸掘り小屋まで残らず、ただ探ればよいのだ」

その言葉に、大森平吉は手を止めた。

「どうした」

隣にいた朋輩《ほうばい》が、彼に目を向けた。

大森平吉は慌てて手を振ると、

「いや、ちょっと暑さに参っているだけさ」

と言い、懐から出した晒で額の汗を拭った。

鼓動が速くなっていた。井戸掘り小屋まで検めるということの意味に、突然気がついたのである。

あの半次郎という男が、どんな目的で井戸を掘っているのか、それは分からない。だが、それが文字通り、良水を得るためでないことは、確実だ。もしも、検めの最中に、何か不審な点が露見すれば、半次郎たちがいくら反撃したとしても、最終的には捕まってしまうだろう。そうなれば、あの男は取り調べの中で、大森平吉の犯した罪までも喋ってしまうかもしれない。

彼は意を決し、立ち上がった。

「おい、どこへ行くのだ」

隣の朋輩が見上げて言った。

「厠だ。緊張すると、催す癖があってな」

作り笑いを浮かべると、大森平吉はその場を離れた。

九

井戸掘り小屋の中で、足場全体が軋るような音を上げている。

倫太郎と伊之助は縄を引っ張って、掘り鉄管を引き上げていた。

いままでは、掘り鉄管から吐き出される掘り屑が、すっかり黄土色の粘土層となっていた。そのことから、倫太郎は、地下深くに埋められたものの周囲が、外側を分厚い石板の壁で覆われていて、さらにその内側に粘土を充塡してあると考えていた。

そこに隠されているものは、腐蝕することはあり得ないものの、海水によって何らかの変質が起きることを危惧《きぐ》したのだろう。また、そうした処理が施されたことには、石室全体を補強する目的もあったのかもしれない。

掘り鉄管からは、ほかにも様々なものが吐き出される。割れた徳利の首、色絵の皿の破片、錆《さ》びた簪《かんざし》、鍋蓋の取っ手、無数の鎹《かすがい》、割れた屋根瓦、火箸などである。白鼈甲《しろべっこう》の櫛の破片を目にしたとき、倫太郎と伊之助は歯を見せ合ったほどだった。おそらく、遊女が髪に挿していたものだろう。

どれも、湿地であったこの辺りを埋め立てたときに、そこに用いられた土砂に含まれていたものと考えられた。言ってみれば、この人足寄場が造られたときの経緯を、生々しく物語る遺物にほかならない。

ほんのわずかな期間だが、隅田川の河口の少し上流に、不夜城のごとく眩《まばゆ》いばかりの紅灯が灯り、夜毎に若い女たちの嬌声《きょうせい》と三味の音がさんざめき、数知れぬ男たちの欲望が迸《ほとばし》った町筋が存在したのである。

ところが、それらはことごとく破壊されてしまい、その膨大な瓦礫《がれき》と土砂が無数の川船で運ばれて、この地を埋め立てたのだった。もっとも、そんな経緯も、いまではすっかり忘れ去られてしまい、思い出す人とてないだろう。むろん、倫太郎自身も、父親からそうした経緯を教えられたにすぎない。

だが、倫太郎と伊之助にとっては、面白がってばかりはいられない事態だった。そうした奇妙な遺物を含めて、粘土層の掘り屑が寄場下役たちの目に触れれば、彼らが掘っている井戸が相当な深さに達したことを悟られる恐れがあるのだ。寄場奉行には、井戸掘りが難航していると報告してあったから、疑いを招くような隙を見せてはならない。次々と掘り出される掘り屑を、狭い井戸掘り小屋の中に堆積しておくことも、とうてい不可能だった。

井戸掘り小屋は、人足寄場の北側の元結作りの小屋と野菜畑の間に建っており、その北東側の丸太矢来に開けられた木戸の外の堤から、掘り屑を海に捨てることが許されていた。とはいえ、その木戸には常時、寄場下役の張り番がおり、倫太郎が掘り屑を盛った畚を運んでいくたびに、いちいち声をかけて、錠を外してもらわねばならないから、どうしても掘り屑を見られてしまうのだ。

そこで、二人は足場の一部を取り去り、これまで掘っていた孔とは別に、もう一か所、人の背丈ほどの孔を掘っていた。畚に盛った粘土層や遺物の上に、そこから掘り出した砂をかぶせて運ぶようにしていたのである。

しかし、二つの孔を掘る手間や、盛り砂の細工のために、余計に時間と労力がかかり、二人の体力は限界に達しつつあった。そのうえ、足場の一部を取り外した結果、重量を増している掘り鉄管を引き揚げるとき、足場全体が不気味な軋りを発するようになっていたのである。

その軋りに負けじと、伊之助が声を張り上げた。

「ほれ、どうした。踏ん張りが足りないぞ」

満身の力を込めて縄を引きながら、倫太郎も言い返す。

「大丈夫か。足場が歪んでいるみたいだぞ」

「心配ねえ。俺がちゃんと見ている」

二人の力が最高潮に達したとき、縄が動き、ゆっくりと掘り鉄管が孔から引き揚げられた。

すぐさま縄尻を足場の丸太に縛りつけると、伊之助が足場に上り、掘り鉄管を竹筒から外し、下にいる倫太郎に「いいぞ」と声をかけた。

倫太郎は縄尻を解くと、肩と腕で掘り鉄管を支えるようにしながら、それをゆっくりと倒してゆく。傾いた掘り鉄管の上の口から、泥を含んだ掘り屑がドロドロと流れだす。倫太郎は上の口を木桶に向けて、それを受けた。

足場から降りた伊之助が、すぐに木桶の中を探る。

その手の動きがふいに止まった。
掘り屑の山から抜いた手を、倫太郎に向けた。
「おい、これを見ろよ」
伊之助が手にしていたのは、くの字形をした金属の板だった。
倫太郎は息を呑んだ。
箱の四隅を補強するのに用いられる金具である。
だが、次の瞬間、二人は顔を見合わせた。
小屋の外に駆け寄る足音が響いたのだ。

寄場役場から、寄場下役たちがいっせいに駆けだしてゆく。
その中に、徒目付や小人目付とともに、鈴木孫兵衛も加わっていた。彼の分担は井戸掘り小屋だった。二人ひと組となり、これから人足寄場内のすべての小屋を検めるのである。目的は、無宿人たちの持ち物や手業の小屋内を捜索することだった。匕首などの違法な物品を見つけ次第、押収することは言うまでもない。だが、事前に陣頭指揮を執った川村広義は、こう厳命したのだった。
《よいか、こたびの総検めは、先に起きた六蔵殺しの下手人に繋がる手掛かりを見出すことが、いま一つの重要な目的である。この旨、心してお役目に当たるべし》
鈴木孫兵衛は井戸掘り小屋へ向かって足を進めながら、一つの疑いを濃くしていた。あの小屋の中で井戸を掘っている半次郎と文之助こそ、六蔵と喧嘩騒ぎを起こした連中なのだ。六蔵の遺体が見つかったのは、そのすぐ後のことだった。しかも、権六が拷問された挙句に殺害された場所は、炭団製所の小屋ではない可能性がある。

もしかすると、あの井戸掘り小屋で殺されたのかもしれない。茂一の島抜け騒ぎのときに、迂闊なことに、井戸掘り小屋を検めなかったことを鈴木孫兵衛は思い出した。島抜けを告げた叫び声が聞こえた場所とあまりにもかけ離れていたので、その必要がないと早合点してしまったことが、いまさらながら悔まれる。

しかし、もしも六蔵殺害の痕跡を見つければ、大きな手柄となるだろう。鈴木孫兵衛は大きく息を吸った。

鉢巻を締め、襷掛けした鈴木孫兵衛は、もう一名の寄場下役とともに、井戸掘り小屋の前に立った。

すぐに戸を開けようとしたものの、掛け金がしてあるらしく、開かない。

「おい、中の無宿人ども、戸を開けろ」

寄場下役が怒鳴った。それでも戸は開かない。

「どうしますか」

今度は鈴木孫兵衛が怒鳴った。

「開けぬと、蹴破るぞ」

途端に戸が開き、汗と泥にまみれた下帯一丁の男たちが姿を現した。驚きのような表情を浮かべている。だが、二人は戸口の前から動こうとしない。さながら、小屋の中を見せまいとするかのように。

「いったい、何でございますか」

背の高い男が言った。半次郎だ。

「この中を検めるのだ」

「しかし、この井戸は寄場奉行様のご命令で掘っているんですぜ」

今度は小柄な方が言った。こっちは文之助だ。

「そのお奉行様のご命令だ」

「中は足場が組んであって危ないうえに、ひどく汚れていますぜ」

執拗に食い下がる。

「かまわん。そこを退け」

二人を乱暴に押し退けると、鈴木孫兵衛は小屋に足を踏み入れた。寄場下役もあとに続く。小屋の中は薄暗く、汗の臭いとムッとする熱気が籠《こも》っていた。

井戸掘りのための巨大な足場が組まれており、その頂点に吊るされた滑車から下がった太い縄が、地面に挿し込まれた極太の竹筒の中へ伸びていた。掘り屑と思しき青黒い砂が、足場の周囲と言わず、小屋の壁際と言わず、山のように積み上げられている。

一方の壁には、継ぎ足し用らしき竹筒や掘り鉄管が立てかけられており、その脇に四つの木桶と大きな畚が置かれていた。その木桶の一つには様々な形の鑿が入っていた。そのほかに大工道具の箱もあった。

鈴木孫兵衛は、それらを一つ一つ丹念に調べてゆく。

その間に、寄場下役が足場によじ上り始めた。だが、慣れていないうえに、足場が高いため、上るのに苦労している。井戸掘りの二人は、息を殺したように、その様子を凝視している。

寄場下役がようやく足場の最上部に達した。だが、高い所が苦手らしく、足許がおぼつかない。

突然、大きな物音とともに足場が揺れた。寄場下役が横木と縄にしがみついている。足を滑らせたのだ。そのせいで、滑車に通されていた縄が外れてしまった。

「おい、大丈夫か」

鈴木孫兵衛は声をかけた。

「平気でございます」

上ずった声で寄場下役は言ったものの、足場全体が再び軋んだ音を立て、丸太を縛った縄までが呻きのような音を発した。

鈴木孫兵衛は、周囲を見廻した。

どんな些細な点も見逃さないつもりだった。それに、そうやって調べながら、横目で半次郎と文之助の表情も窺った。何か隠し事があれば、どうしても顔に表れるものである。表情は動かさずとも、目の動きまでは止められない。

だが、それまでのところ、二人の目の動きに、とりたてて変わりはなかった。しかし、鈴木孫兵衛は気を緩めなかった。この人足寄場で寄場元締め役として勤めてきた経験から、無宿人たちがどれほど悪賢いか、嫌というほど知り抜いている。不正な物品を隠す手段や、手業をずる休みするための仮病の方法、仲間同士でわざと喧嘩騒ぎを起こして、寄場下役の目を欺く遣り口など、彼らはありとあらゆる手を使って、寄場御仕置条目を破ろうとするのである。

「どうやら、何事もないようでございます」

足場から降りてきた寄場下役が言った。顔が汗で光っている。

鈴木孫兵衛は、半次郎と文之助にも目を向けたが、下帯姿では何かを隠し持つことは不可能だ。当て外れの思いに、鈴木孫兵衛は顔をしかめると、小屋を出ようとした。だが、ふと足を止めた。寄場下役が怪訝な表情になった。

彼は壁際に近づく。堆《うずたか》く積み上げられた掘り屑の砂に手を伸ばした。この下は、まだ調べていない。

その途端に、文之助が身を乗り出そうとした。半次郎がそれを無理やり押し留めた。

「どうしたのだ」

威嚇するように、鈴木孫兵衛は目を細める。

寄場下役が素早く刀の柄に手を添えた。

「いえ、何でもありませんよ」

半次郎は首を振ったものの、額から一筋の汗が流れている。かすかだが、目が泳いでいる。

鈴木孫兵衛は掘り屑の中に手を突っ込むと、掘り返した。

下から出てきたのは、同じような青黒い砂だけである。

さらに掘り返した。

だが、どれだけ掘っても、出てくるのは同じ砂である。

鈴木孫兵衛は握り締めた砂を地面に叩きつけると、無言のまま小屋から出た。

寄場下役もあとに続いた。


戸が閉まると、倫太郎と伊之助は止めていた息を吐いた。

しばらく、どちらも言葉が出てこない。

「危なかったな」

ようやく伊之助が口を開いた。

「すんでのところだったな」

足場にもたれかかり、倫太郎はうなずく。

抜き打ちの総検めのことは、一足先に、大森平吉が知らせてきたのだった。しかも、この井戸掘り小屋を検めるのが、選《よ》りにもよって鈴木孫兵衛たちだということも。

倫太郎たちの井戸掘りに後ろ暗いものがあるということを、当然、大森平吉も気がついていたのだろう。何かが露見して、倫太郎たちが調べを受けることになれば、とばっちりが自分にも及ぶかもしれないと危惧して、寄場下役にあるまじき挙に及んだに違いない。

ともあれ、その知らせを耳にすると、二人はすぐに粘土層の掘り屑や、掘り鉄管から吐き出された雑多な遺物を、浅めの孔の方に放り込み、その上に急いで普通の砂を山積みにしたのである。

「それにしても、寄場元締め役の顔は見ものだったな」

倫太郎は言った。

「ああ、おまえさんの言った通りだったよ」

と言って、伊之助が笑いだした。

事前に、倫太郎が彼に授けた企みのことを言いたいのだろう。ここを調べる者は、必ず掘り屑の山に目をつける。そのとき、調べられるのを恐れる素振りを見せれば、きっと疑いを強めるはずだ。ところが、掘り返しても何ら異常を発見できなければ、逆に疑いを払拭《ふっしょく》できるという筋書きだった。

「ともかく、余計な邪魔が入ったおかげで、また作業が遅れちまったぜ。さあ、早く仕事にかかろう」

「そうだな」

うなずくと、伊之助は滑車を見上げて、舌打ちした。先ほど、寄場下役が縄を外してしまったのである。

彼は組まれた丸太に足を掛けると、足場に上がった。そして、まるで猿のような身軽さで、《ヨコヌノ》や《スジカイ》を潜り抜けながら上へ上ってゆく。

寄場下役がひどく揺さぶったためだろうか、伊之助が組まれた丸太に手を掛け、足を乗せるたびに、足場がひどく揺れて、ギシギシと音を立てる。

それを見上げていた倫太郎が、ほんの一瞬、地面の竹筒に目を振り向けた刹那だった。衝撃とともに、鈍い音がした。咄嗟に目を上げると、足場に絡まるようにして伊之助が落下してきた。そのまま、体の側面から地面に激突した。

「おい、大丈夫か」

倫太郎は駆け寄った。

苦悶の表情のまま、伊之助が呻きとも悲鳴ともつかない声を漏らした。

抱き起こそうとすると、「やめろ」と伊之助が呻いた。体の下になった右腕に激痛を感じているらしい。背中の方へ右腕を曲げたまま、地面に落ちたのだ。皺の寄った額に汗が光っている。

倫太郎は、足場を見上げた。《ヨコヌノ》が一本、締めあげていた縄から外れて宙ぶらりんになっている。寄場下役が落ちかけたとき、足を掛けようとしたせいだろう。彼は舌打ちをすると、伊之助に顔を向けた。

「腕は、何ともないか」

「だめだ。折れちまったらしい」

体を海老のように曲げたまま、息を詰まらせるように伊之助が言った。

「我慢しろ。すぐに医者のところへ連れて行ってやる」

「だめだ。そんなことをしている余裕はねえ」

顔を歪めたまま、伊之助が首を振った。

「馬鹿野郎。その腕が使い物にならなくなったら、どうする」

「そんなはずはねえ。足場から落ちた奴は、何人も見たことがある。だが、添え木をして、晒を巻いておけば、やがて元通りになるさ」

伊之助が意地になっている気持ちが、倫太郎にも理解できた。井戸掘りだけが、この男の誇りなのだ。

そのとき、井戸掘り小屋の戸を叩く者があった。

倫太郎は、苦悶を浮かべた伊之助と顔を見合わせた。

「誰だ」

倫太郎は言った。

「おいらだよ」

二人は大きく息を吐く。紋太の声だった。

「何の用だ」

「何の用だはねえだろう。あんたらが追加で注文した《サキワ》が届いたんで、持ってきたんだよ」

倫太郎は立ち上がると、掛け金を外して戸を開けた。

中の光景を目にするなり、紋太が目を丸くした。

「こりゃ、どうしたんだい」

「足場から落ちたんだ」

倫太郎が言うと、紋太が手を口に当てた。

「怪我しなかったのかい」

渋い顔のまま、倫太郎はかぶりを振る。

「だめだ。腕が折れたらしい」

「そいつは、とんだことになったな。――まったく、あっちでも、こっちでも、ろくでもねえ出来事ばかりだぜ」

倫太郎は、紋太の口ぶりが気にかかった。

「どういう意味だ」

紋太が懐から《サキワ》取り出し、手渡しながら言った。

「こいつを届けてくれた人足差配人から耳にしたんだけどよ、寄場奉行が、人足寄場に収容されている無宿人の素性について、調べ直しを命じやがったのさ。どうやら、無宿人の中に、別人がすり替わっている者がいると睨んでいるらしいぜ。そいつが六蔵をやりやがったという読みらしい」

倫太郎は言葉を失った。

ゆっくりと、伊之助に目を向ける。伊之助も目を瞠っていた。

何を言いたいのか、聞くまでもなかった。伊之助がすり替わった文之助は、とうに亡くなり、投げ込み寺へ放り込んであった。当然、名前も素性も分からぬ無縁仏として、弔われているはずである。ところが、倫太郎がすり替わった半次郎は、ここへ入ったとき、まだ生きていた。もしも、その本物の半次郎がいまも生きていて、役人に見つかれば、倫太郎は一巻の終わりである。

倫太郎は紋太に近づいた。

「人足差配人は、婆婆に手紙を届けてくれると話していたな」

「ああ、言ったよ」

紋太がうなずく。

「だったら、大至急、俺の手紙をある男に届けてもらいたい。むろん、金はちゃんと払う」

その場に沈黙が落ちた。

紋太に疑いを抱かれることは承知の上だった。しかし、背に腹は代えられない。本物の半次郎がお陀仏になっているかどうか、早急に確かめなければならない。万が一、生きていたら、黒兵衛に始末してもらうよりほかに手がないのだ。

「ああ、いいよ」

妖しい笑みを浮かべて、紋太があっさりと言った。

「訊かないのか。いまの話を聞いて、なぜ慌てて手紙を届けるのか、と」

「この商売では、質問なしが鉄則さ。――それに、あんたには、借りがあるからな」

「借り？」

「おいら、もう一つの鉄則を破っちまったんだよ」

「どういうことだ」

「頼まれた仕事の内容は他言しない、それがもう一つの鉄則さ。だけど、おいら脅されて、あんたらから注文された道具の内容を喋っちまったんだ」

「誰に」

「丹治さ。むろん、弥三郎の耳にも入っただろう。あいつら、同じ人足小屋で寝起きしているから。おいらの身を守るために、話すしかなかったんだ。どうか悪く思わないでくれよ」

紋太が、伏し目がちにつぶいた。

「そういうことなら、仕方ねえさ」

その言葉に、紋太がくるりと目を向けた。

「そうそう、丹治の野郎、おいらが滑車のことを話したとき、鼻を蠢かしていたぜ」

倫太郎が黙り込むと、紋太が続けた。

「そりゃ、そうだろう。六貫目（約二十二キロ）の重さに耐えられる滑車が、どうして井戸掘りに必要なのか、誰だって首を捻るよな」

その口調には、かすかに面白がるような響きすらあった。

倫太郎は確信した。

この男は、井戸掘りの真の目的に、薄々気がついている。

むろん、弥三郎たちも、同じことを思いついたと考えなければならない。

六貫目といえば、千両箱の重さとほぼ同じなのだ。

十

夕日を浴びた長屋の路地に足を踏み入れたとき、遠くで鐘が鳴った。

暮れ六つ（午後六時）である。

工藤惣之助は、右端の部屋の腰高障子の前に立った。

「おい、おしま――」

障子戸を叩きながら、声をかけた。

彼は、権六殺しの一件から手を引く気になれなかった。だからこそ、下谷山崎町にある江右衛門店へとんぼ返りしてきたのである。五年前に何が起きたのか、どんなことをしても、おしまから聞き出すつもりだった。

だが、何度声をかけても、返事はない。工藤惣之助は舌打ちした。

そのとき、彼はふいに思いついたことがあった。すぐに長屋の左端の桶屋の障子戸を叩いた。

すると、腰高障子が開き、昼間顔を合わせた桶屋が顔を出した。

「あれ、お役人様、また何かお調べでございますか」

「おしまのところへ来たのだが、どうやら、仕事に出てしまったらしい」

工藤惣之助は息急《いきせ》き切って言った。

「へえ、あの女でしたら、ついいましがた、着替えて出掛けて行きましたぜ」

「たしか《牡丹》だったな、おしまが働いている店は」

「そうでございます」

「その店は、どう行けばいいのだ」

「へえ、《牡丹》でしたら――」

桶屋は道順を説明した。

その説明が終わると、工藤惣之助は礼を述べ、急いでその場を離れた。

桶屋から教えられた路地を小走りに歩きながら、彼は苛立ちを感じていた。その焦りは、人足寄場からとんぼ返りしてきたときにも味わったものである。

寄場奉行は、どうして自分に調べを禁じたのだろう――。

彼が人足寄場を後にしようとしたとき、人足寄場内の総検めのために寄場下役たちが呼集された。鈴木孫兵衛に対して、収容されている無宿人たちの素性の再調査を行うように命じたのも、目にした。

つまり、寄場奉行は、いよいよ本格的に、権六殺しの下手人を探し出すつもりなのだ。しかし、それならば、これまでのように自分を手先として使った方が、調べの進捗《しんちょく》が期待できるのではないか。

疑問はほかにもあった。人足寄場の支配は、たしかに寄場奉行の専権だが、権六の死の真相を見極めるためには、人足寄場内の調べだけでは、限界があることは明らかなのだ。あの殺しの原因となったと推測される、権六の過去を暴くことが、どうしても必要だろう。となれば、寄場奉行はただちに町奉行に対して、その調べを依頼するべきではないだろうか。しかし、寄場奉行がそうした処置を執ったという気配はない。

同じ疑問を繰り返しながら、工藤惣之助は路地の角を曲がった。さっきまで明るかった町筋が薄暗くなっている。悲鳴のようなものを耳にしたのは、そのときだった。

咄嗟に、工藤惣之助は袴の股立ちを取ると駆けだした。雑草の生い茂った路地を通り抜けて、長屋の裏手へ出たところで、二つの人影が絡み合っているのが目に留まった。

「助けて」

女の叫び声が上がった。男が手にした匕首が西日に光った。

「狼藉は許さぬ」

工藤惣之助は刀を抜きながら怒鳴った。

体の大きな男が、振り返った。頬かむりの間から、凶暴な目つきが覗いている。声もなく、いきなり風のように向かってきた。匕首を腰溜めに構えている。こちらに刀を構える間を与えぬ素早さだった。この手の仕事に慣れた男だ。

腰砕けのように後じさり、工藤惣之助は必死で刃をかわした。間髪を容れず、今度は刃が水平に奔った。空を斬る刃音に、鳥肌が立つ。まっすぐに切っ先が繰り出された。身を捻るようにして、逃れる。

相手の息が上がった瞬間、工藤惣之助が刀を相手に向けた。男の動きが止まる。肩で息をしている。じりじりと右へ廻り込む。打ち込みにくい位置を熟知している。

相手が息を吐いた刹那、打ち込んだ。ひらりと身をかわし、匕首が煌めいた。着物の胸前《むなさき》が裂けた。だが、工藤惣之助は体ごと相手にぶち当たり、絡まるように倒れ込んだ。縺れた拍子に、手から刀が飛んだ。

匕首を手にしたまま身を起こしかけた男の顔面に、思い切り頭突きを食らわした。鈍い音がして、「うっ」と男が唸った。

素早く立ち上がり、相手の手を蹴ると、匕首が草むらに飛んだ。刀を拾おうとしたとき、立ち上がった男がくるりと背を向けて、一気に駆けだした。

逃げてゆく後ろ姿を、工藤惣之助は肩で息をしながら見つめた。その姿が見えなくなると、暗く陰った長屋裏の草むらに近寄った。

思った通り、倒れ込んでいたのはおしまだった。目を固く瞑り、震えている。着物の左袖が裂けて血が滲んでいた。だが、どうやら、深手ではないようだ。

「大丈夫か、おしま」

おしまが目を開いた。唇を戦慄かせながら、かすかにうなずく。

「怪我をしたな。長屋へつれ戻り、すぐに手当てをしてやるぞ」

刀を鞘に納めた工藤惣之助は、全身に汗が噴き出していることに初めて気がついた。


「権六たちが、押し込み強盗だと――」

工藤惣之助は思わず声を上げた。

「ああ、そうだよ。むろん、あたいだって、最初は信じられなかったけどね」

自分の言葉を信じたくないというように、おしまは首を振りながら言った。

江右衛門店の部屋へ戻り、手当てを終えると、ようやく体の震えがおさまった彼女は、「五年前に何があったか、知りたいと言ったよね」と口にすると、権六たちの正体を話し始めたのである。あわやという場面で、工藤惣之助が助けに入ったことで、胸の裡にあったものを吐き出す気になったのだろう。

長屋の座敷際に腰を下ろした工藤惣之助は、おしまの言葉を手で制した。

「ちょっと待て。最初から順序立てて教えてくれ。まず、どうして、そのことが分かったのだ」

畳に横座りしたおしまはうなずき、言った。

「五年前のことだけど、いつものようにほかの四人と一緒に、権六が店に来たのさ。小座敷の世話は、いつものように、あたいの受け持ちだった。で、注文の酒を運んで行き、しばらくは仕事の話があるから、座敷に近づくなと言われたんだよ。けど、その頃、あたいは妙な胸騒ぎを感じていたのさ。権六が、どこか遠くへ行こうとしているんじゃないかってね」

「なぜ、そう思った」

訊きながら、工藤惣之助は胸の裡で指を折った。権六が押し込みの一味と耳にした刹那、彼は、人足寄場内であの男が組んでいた弥三郎や丹治も、その一味ではないかと思いついたのである。しかし、権六を含めて五人では、数が合わない。残る二人は、どうなったのだ。それとも、弥三郎や丹治は、まったく無関係なのか。

その物思いを、おしまの言葉が破った。

「あたいには黙っていたけど、権六が身の廻りの物を整理しているふしがあったからさ。普段は部屋がどれほど散らかっていても、掃除一つしないずぼらな男なのに、何だか変じゃないか。それに、ほれ、あんたが知りたがった刺青にしても、急に彫りたいなんて言いだしたんだよ。だから、ある晩、権六を問い詰めたのさ。そうしたら、あいつ、近々、仲間たちと箱根へ湯治に行くつもりだとぬかしやがった。そして、おまえも連れて行ってやると、やけに愛想よく言い添えたんだよ。けど、それが間違いのもとさ。あいつが優しいことを口にするときは、たいてい嘘をついているに決まってるんだ。だから、小座敷を出て、料理場へ戻る廊下の途中で、権六が何を考えているのか、立ち聞きしてやろうと思いついたんだよ——」

おしまは、足音を忍ばせて小座敷へ戻ると、襖に耳を近づけたという。すると、男たちの話し声がぼそぼそと聞こえた。最初は小さな声だったが、酒が入ったせいか、それとも、誰かの言葉に興奮したせいか、話し声が次第に大きくなり、座敷で交わされている話が、おしまにも聞き取れるようになったのだった。

その話から、小座敷の五人の男たちが、天明七年(一七八七)に起きた打ちこわしの最中に、五軒の両替商に立て続けに押し入って、店の者を皆殺しにした連中だということに気がついたのである。

「あたい、凍りついたような気持ちだった。だって、天明七年の打ちこわしのことや、そのときに頻発した押し込みのことは、育った家の近所の大人たちから、耳に胼胝《たこ》ができるほど聞かされていたからね。その下手人たちが、襖を隔てた座敷にいると思うと、生きた心地すらしなかったよ。それはともかく、権六たちは、ひどく焦っていたっけ。押し込みの一件をずっと嗅ぎまわっていた役人が、権六に目をつけたらしいのさ。一味の中に、顔に大きな傷のある男がいたという証言から、懸命に調べて廻ったらしいよ。それで、その役人の目が届かない上方へずらかるための相談をしていたってわけなのさ。皆一緒だと危ないから、ばらばらに身を隠すってね」

「その役人の名前を、覚えているか」

工藤惣之助は言った。

おしまがかぶりを振る。

「聞いたかもしれないけど、覚えてないね。ただし、男たちの一人が、蝮《まむし》みたいに執念深い野郎だって、腹を立てていたことは、はっきり覚えている。ともかく、立ち聞きしていることがばれれば、殺されるに決まっている。だから、あたい、その場を離れようとしたのさ――」

そのとき、おしまの耳に聞こえてきたのが、上方へ行くのは嫌だという言葉だったという。それは、室吉《むろきち》という仲間内で一番若い男だった。しかも、最初は、ほかの連中もひどく渋っていた。頭目格の男だけが江戸に残るのは不公平だというのが、男たちの言い分だった。結局、三人は同意したものの、室吉だけは、目をつけられているのは権六だけで、自分は大丈夫だと言い張って譲らなかったという。

「それから、どうした」

数の合わなかった二人のうちの一人は室吉で、もう一人が江戸に残った頭目格か、と工藤惣之助は思った。

「別の男が、もしも上方にいることまで露見したら、どうしようって、そう言いだしたのさ。けど、それから、どういう話になったか、あたいは聞いてないから分からないよ。息を殺して、座敷から離れるだけで精一杯だったからね。そして、その二日後、権六はふらりと家を出て行ったきり、とうとう戻ってこなかったのさ」

そう言うと、おしまは顔を横に向けた。

工藤惣之助は、この女が店の金に手をつけようとした気持ちが分かった気がした。たぶん、権六を追いかけるつもりだったのだろう。しかし、それができなかったことは、幸いだったのだ。もしも、上方で権六と顔を合わせていたら、自分たちの正体を知ったおしまを、彼らが生かしておいたはずがない。

そのとき、おしまが独り言のようにつぶやいた。

「でも、室吉って男にも、とうとう天罰が下っちまったよ」

「天罰？」

おしまが顔を向けた。

「三年ほど前に、殺されたのさ」

「誰に殺された」

「知らないよ。噂で聞いただけだもの。室吉は権六と仲良くしていたし、住んでいたのも、ここから目と鼻の先の下谷坂本町の長屋だったのさ。その長屋で、死んでたって聞いただけだよ」

おしまがため息をついた。

その様子を目にして、工藤惣之助は切迫した状況にあることを思い出した。この女が襲われた理由は不明だが、時機から考えて、権六の一件と関連していると見るべきだろう。そして、襲ってきたあの男は、おしまがこの江右衛門店に住んでいることも知っているかもしれない。だが、その心配をする前に、どうしても確認しておかなければならないことが残っていた。

「おしま、おまえが見た五人組のうち、権六と室吉のことは聞いた。残りは、どんな奴らだった。名前は？」

「一人は、目つきの悪い大男だったよ。もう一人は、小太りで、背の低い底意地の悪そうな男さ。二人とも、権六と同じくらいの歳に見えだけど、名前は知らないね」

「残る一人は」

「そいつだけ侍で、歳も十くらい上だったたっけ。そいつが仲間内の頭目格だったたよ。けど、あたいにはどうでもいい相手だったから、名前なんて覚えてないね」

どうやら、大男と小太りは、弥三郎と丹治に当てはまりそうだ、と工藤惣之助は思った。それに、おしまが目にした侍というのも、気にかかる。

彼は、おしまに顔を向けた。

「これから、どうするつもりだ」

「さあね」

どうしようもないさ、と捨て鉢な口調で言うと、おしまは首を振った。

「ここにいれば、また狙われるかもしれないぞ」

「行く当てなんて、一つもないよ」

寂しさが声に滲んでいた。蓮《はす》っ葉《ぱ》な素振りを見せているものの、性根の底には、案外、素直な気持ちが残っているのかもしれない。

「俺がいい場所を知っている。どうだ、しばらく、そこへ身を隠さないか」

「あんたのところかい」

おしまが媚《こび》を含んだ眼差しを向けた。

「残念ながら、そうではない」

工藤惣之助は言いながら、尾崎久弥の四角い顔を思い浮かべる。

そして、もう一つ、友に頼むべきことを思いついた。

殺された室吉のことである。

その一件の記録が、町奉行所に残っているはずだ。

十一

「三年前の事件だと――」

尾崎久弥が目を丸くした。

「そうだ。室吉という男が、下谷坂本町の長屋で殺されたのだ。その一件の記録が、奉行所にあるはずだから、その内容を調べてほしい」

工藤惣之助は言った。

二人は、仕事納め間際の南町奉行所の控え座敷で話し込んでいた。たったいま、尾崎久弥の屋敷に、おしまを匿ってもらうことを頼み込んだばかりだった。おしまは、近所の顔の利く一膳飯屋に預けてある。事情を聞いた尾崎久弥は、二つ返事で承諾してくれた。そこに加えて、工藤惣之助が、さらなる頼み事を持ちだしたのである。

「調べることは厭わないが、町奉行所は北と南で月番制だから、北が扱った一件の可能性もあるぞ」

「そのときは、向こうに当たる」

「知り合いがおるのか」

「正直言って、おらん」

尾崎久弥が呆《あき》れ顔になったものの、すぐに言った。

「いつまでに調べればいい」

「いますぐだ」

ふー、と大きく息を吐いた。

「それに、迷惑ついでに、もう一つ、どうしても調べてもらいたいことがある」

「まだあるのか」

「済まん」

「言え」

「神田須田町にあった古手屋の三嶋屋で、おきわという女房が殺された。その一件についても、詳細を知りたい。そっちは、六年前の事件だ」

尾崎久弥が黙り込み、うつむいた。

が、ゆっくりと顔を上げた。

「おぬし、妹の菊乃を、どう思う」

「嫁にほしい」

二人は互いの目を見つめて、黙り込んだ。

「よし、ここで待ってろ」

尾崎久弥がいきなり立ち上がり、そそくさと控え座敷を飛び出していった。


尾崎久弥が戻ってきたのは、すっかり日が落ちた頃だった。

下働きの男が控え座敷に行灯《あんどん》を灯した直後、そこへ尾崎久弥が入ってくるなり、工藤惣之助に駆け寄り、すぐに懐から紙を取り出した。記録を書き写してきたのだろう。

「早かったな」

工藤惣之助は、腰を下ろした尾崎久弥を労《ねぎら》う気持ちで言った。

尾崎久弥が笑う。

「いま、奉行所はてんやわんやで、俺が文書庫で調べ物をしていても、気に留める者などおらん」

「なぜだ」

「おぬしのところの寄場奉行が、人足寄場に放り込まれた無宿人の素性について、洗い直しを依頼してきたのだ。定町廻り同心の一人一人にまで、百六十人からの無宿人の一覧が手渡されておる始末だ。それはともかく、たしかに三年前、下谷坂本町で室吉という男が絞め殺されていたぞ」

「やはり、そうか。で、下手人は見つかったのか」

尾崎久弥がかぶりを振る。

「かなり執拗な捜索が行われたようだが、下手人はついに判明しなかった」

「殺された理由は？」

「それが、まったく不明なのだ」

「不明――」

「室吉は遊び人だったが、根の明るい男で、近所の評判もそんなに悪くなかった。喧嘩や揉め事の前歴もなかったらしい」

「何か盗《と》られたのか」

「いいや、部屋はめちゃくちゃに荒らされていたものの、物取りが目的ではなかったらしい」

「どうして分かる」

「金が残されていた」

「どのくらい」

「三百両とちょっとだ」

工藤惣之助は息を止めた。間違いない。天明七年に起きた一連の押し込みで、両替商から奪われた金の一部だろう。おしまの証言が、これである程度裏付けられたことになる。

「しかも、遺体が酷《むご》い状態だった」

「酷い状態？」

「手足を縛られた上に、手の指の骨が残らず折られ、爪まで剝がされていたのよ。そのうえ、両目が抉られるという無残な有様だ」

声がなかった。権六とまったく同じ目に遭っている。二つの殺しは、同一人物の仕業の可能性が極めて高いということになる。いや、まず間違いないだろう。

「そんな有様だから、怨恨《えんこん》が原因と疑われたのだが、そこから先、何も出てこなかったというわけだ」

工藤惣之助は唸った。たしかに激しい恨みが、二つの死のまわりに渦巻いている。しかし、それだけではないと思った。

室吉は、上方へ逃げたほかの連中の動向を知っていたはずなのだ。とすれば、下手人は、室吉の自由を奪った後、執拗に責め苛んで、洗いざらい喋らせたのではないだろうか。部屋を徹底的にひっくり返したのも、手紙か何か、一味の動きに繋がるものがないか、探したと考えれば、すっきりと筋が通る。

もしかすると、下手人は、一味が隠れている上方のねぐらに迫ったかもしれない。だが、室吉がそんな目に遭わされたことを知れば、上方に潜んでいた連中も、我が身に危険が迫ることを察して当然だろう。江戸へ残ると言い張った室吉に、万が一のことがあったとき、それが急報される手立てを講じておくくらい、悪党の備えとして序の口のはずである。まして、頭目格の侍が、江戸にいたのだ。だからこそ、権六たちは江戸へ舞い戻り、最も安全と思われる人足寄場に身を隠したのではないだろうか。

そこまで考えたとき、工藤惣之助は、はたと壁に突き当たった。

権六たちが人足寄場を安全な場所と考えたとすれば、室吉はその計画を知らなかったとみるべきだろう。とすれば、下手人は、権六たちがあの島にいることを、どのようにして嗅ぎつけたのだろう。

考えに行き詰まった工藤惣之助は、尾崎久弥に顔を向けた。

「三嶋屋のおきわの件は、どうだった」

「そっちも、ちゃんと見つけたぞ」

尾崎久弥が誇らしげに言い、おもむろに続けた。

「六年前の春先に、神田須田町の三嶋屋で、おきわという四十女が死んでいるのが見つかった。頸を絞められた痕跡があったものの、真の死因は、頭の鉢が割れたことさ。倒れ込んだ弾みで、火鉢にぶつけたらしい。銀二《ぎんじ》という若い奉公人が姿を消したことから、そいつの仕業と見られた」

「だが、銀二は、とうとう見つからなかった。そうだろう」

尾崎久弥の言葉を先取りするように、工藤惣之助は口を挟んだ。

驚きの表情になった。

「なぜ知っている」

「その男は、人足寄場に潜んでいたからさ」

工藤惣之助は、茂一と名乗っていた男のことを手短に説明した。

「なるほど、そんな手で身を隠していたのか」

尾崎久弥が、感に堪えぬというようにうなずく。

「俺も驚いた。それはともかく、おきわの件だが、さっきの室吉の一件と、何か関連はないか」

「関連と言われても、二つの仏さんが知り合いだったという記録もないし、場所もまったく離れている。だいいち、二つの事件には、三年の開きがあるのだぞ」

手控えの紙に目を落としたまま、尾崎久弥はつぶやいた。

そのとき、その目の動きが止まり、大きく広がった。

「おい、一つだけ、あるぞ」

「何だ」

「二つの事件を扱った定町廻り同心は、同じ男だ」

「誰だ」

尾崎久弥が顔を上げた。

「小栗晋作だ」

十二

盥の傍らにしゃがみ込んでいたおこんは、洗濯の手を止めた。

朝の日差しの中を、二人の男が歩いてくる。

やがて、小屋と小屋の間の路地に入って行った。

その様子を、ずっと目で追う。

一人は半次郎で、もう一人は紋太だ。

だが、おこんは、すぐには動かなかった。

二人の動きを気にしている者が、ほかにもいることに気がついたからである。

十間（約十八メートル）ほど離れた元結作りの小屋の板間で、しゃがみ込んだ桐五郎が手を動かしている。しかし、さりげなさを装いながら、その目が半次郎たちに注がれているのを見逃さなかった。

桐五郎は不思議な男だ、とおこんは思う。ちらりと目にしただけだが、筋骨たくましい体をしている。力もありそうだ。だから、おこんは、あの男に後ろ盾になってもらおうと考えたことすらあった。

しかし、結局はやめにした。桐五郎には、どこか人を寄せつけない気配があったからだ。誰かと組んでいる様子もないし、特に親しくしている無宿人もいない。女無宿人と馬鹿話をする姿を見かけたこともない。

そのくせ、いつも周囲に、こっそりと鋭い目を配っているような感じがする。まるで蛇が獲物を探すのに似ている。

むろん、そんなことを気にしているのは、自分だけだろう。幼い時分に味わった嫌な経験のせいで、男の些細な振る舞いに敏感になってしまうのだ。

そのとき、元結作りの小屋へ、材料の入った笊を抱えた別の無宿人が近づいた。すぐに、桐五郎と喋り始めた。どうやら、難しい話らしく、桐五郎が眉間に皺を寄せて、手を振っている。

いまだ。

おこんはそっと立ち上がると、路地に近づいた。

小屋と小屋の間の薄暗い道を入ると、角の手前で足を止めた。

「何だい、話っていうのは」

紋太の声だった。

「おまえさん、俺たちの仕事を手伝う気はねえか」

今度は、半次郎の声がした。

「おいらに、井戸を掘れって言うのかい」

「そうだ。昨日、寄場奉行に呼びつけられて、こっぴどく叱られちまったぜ。井戸はいつになったら完成するのかってな。だから、心学の講話のある日も、あれを聞いた後、作業を続けろと命じやがった。ひどく不機嫌だったな」

「この前の人足寄場内の総検めで、何一つ、目ぼしいものが見つからなかったんで、頭にきているんだろう。あの奉行は、出世の亡者だから、焦っているのさ」

紋太が忍び笑いを漏らした。

「その通りかもしれねえ。だが、おまえさんも知っての通り、文の字は、右腕を折っちまって、仕事がはかどらねえ。だから、助っ人を頼んでもいいかと、奉行にお伺いを立てたのさ」

「お許しが出て、その白羽の矢が、おいらに立ったたってわけかい」

その口ぶりには、いつものように面白がるような響きがあった。

だが、おこんは別のことを考えていた。文之助と名乗っている伊之助が、右腕を折ったことである。つまり、あの男は、いま身を守る利き手が奪われているのだ。

おこんは息を止めた。

やはり、爺ちゃんの巡り合わせなんだ――。

あいつの息の根を止めろと、そう言いたいんでしょう。

胸の裡で、おこんは祖父に語りかける。

だが、祖父の声は返ってこない。

それでも、彼女は決意した。

必ず、伊之助を殺してやる。

爺ちゃんをあんなひどい目に遭わせたあいつを、地獄に落としてやる。

幼い自分の身を穢して、人生を狂わせたあの獣《けだもの》に、爺ちゃんが味わったのと同じ苦しみをくれてやる。

そのとき、また半次郎の声がして、おこんは我に返った。

「おまえさん、俺たちの仕事を目にして、面白そうだと言っていただろう。それとも、汗泥まみれの力仕事は、性に合わないって口かい」

紋太が鼻で笑った。

「あんな仕事、性に合う奴なんているのかい。このくそ暑い季節に、好きこのんで蒸し風呂みたいな小屋の中で、土竜《もぐら》の真似をするんだからな」

またしても笑うと、いきなり紋太が続けた。

「けど、考えてみてもいいぜ」

おこんは、意外な気がした。紋太はどうして気持ちを変えたのだろう。そう思ったとき、馬鹿みたいなことを見落としていたことに気がついた。

偽名を使っている伊之助のことばかり気にかけていたが、考えてみれば、半次郎という男も怪しいところだらけなのだ。後ろ盾になることと引き換えに、妙な薬を味噌汁に混ぜるように命じたのは、どう考えても、あの井戸を掘るための下拵えだったとしか思えない。無宿人たちが次々に倒れて、その事態に狼狽《ろうばい》しきった寄場奉行に、井戸水が原因と思わせて、新しい井戸を掘りたいと願い出れば、お許しが出るのは理の当然なのだ。

だが、半次郎が単なる井戸を掘るために、そんな手の込んだカラクリを使うはずはない。となれば、あの井戸掘りには、何か別の目的があると考えねばならない。

半次郎が言った。

「返事を聞く前に、もう一つ言っておくことがある。寄場奉行は、井戸掘りのための道具や材料を調達する金を貸してくれた。井戸が完成した暁には、俺たちの手間賃から、それを差っ引くとぬかしやがった。おそらく、俺たちを、ただ働きさせる腹と見た方がいいだろう」

「つまり、儲《もう》けはなしってことかい」

「そうだ」

「それでも、あんたらは、掘るんだろう」

「言うまでもねえ」

「おたくは、本当に面白え男だな。いいよ、分かった。手伝うよ」

紋太があっさりと言った。

「よし。それなら、仕事のうえの決まりを話しておこうか」

「仕事のうえの決まり？」

「ああ。約束してもらわなくちゃならねえ。俺たちのしていることを、ほかの奴らに絶対に喋らないと」

「喋らねえさ。けど、なぜそんな念押しをするんだい」

「いまは答えられねえ。だが、いずれ、その理由もちゃんと教える」

おこんは、音を立てないようにして路地から離れた。

いま聞いた話が、耳から離れない。

半次郎が明け透けに儲けはないと口にしたにもかかわらず、紋太は手伝うと言った。あの男が金の亡者だということを、この人足寄場で知らぬ者はいない。やはり、半次郎は何かとてつもない目的を持っているのだ。

おこんは、そのやり取りを交わしていたときの、二人の言葉の奇妙な間を思い出した。もしかすると、あの二人は言葉ではなく、目つきや顔つきで、互いの思いを読み取っていたのかもしれない。

それは、何だろう。

分からなかった。

だが、一つだけはっきりしていることがある。

半次郎が手掛けている作業は、山場を迎えているのだ。

だからこそ、伊之助が腕を折ったことに焦りを覚えて、紋太に声をかけたのだろう。

当然、その仕事が終われば、あいつらは島抜けをする腹に決まっている。

つまり、伊之助の息の根を止める機会は、わずかしか残されていない。

おこんは盥のところへ戻ると、再び洗濯を始めた。

だが、手を動かしながら、彼女は考えていた。

これからは、あいつらの動きから目を離してはいけない。

特に、半次郎の動きに気をつけるのだ。

あいつが動くとき、間違いなく、伊之助も動く。

十三

工藤惣之助は屋敷を出ると、北島町の辻を右に折れて、その先の地蔵橋を渡った。

この界隈は、町御組屋敷と呼ばれており、奉行所配下の与力や同心の屋敷が建ち並んでいる。今日は非番だったが、どうしても訪ねたい場所があった。江木小五郎の屋敷である。むろん、いまは隠居の身で、息子が北町奉行所に出仕している。

見習い同心の時分には、しばしば屋敷に呼ばれて、夕餉《ゆうげ》や酒を馳走《ちそう》になったものだが、人足寄場の掛りとなって以来、足を向けたのは、年明けの挨拶と、初夏の頃に酒を届けたとき以来のことだった。

出職の男たちや、奉公人らしき女たちとすれ違う。暦では、そろそろ暑さも峠を越えていいはずなのに、日差しは依然として厳しい。天秤棒の前後に箱を下げた水売りが、間延びした売り声を上げている。

北紺屋町と向かい合った場所に、江木小五郎の屋敷はあった。木戸片開きの小門を潜り、踏み石のある庭先を抜けて、玄関先に立った。

「ごめんくださいい。工藤惣之助でございます」

工藤惣之助は声を掛けた。

しばらくすると、廊下を踏み鳴らす音がして、江木小五郎が玄関に姿を現した。

「おお、工藤ではないか」

真っ白な髪で皺だらけの顔だが、背筋の伸びた姿勢や物言いには、いまだに矍鑠《かくしゃく》としたものがある。

「江木様、長らくご無沙汰いたしておりました。お変わりはございませんでしょうか」

工藤惣之助は低頭すると、言った。

「お変わりなど、あるはずもなかろう。もっとも、隠居暮らしのせいで、暇を持て余し、退屈で死にそうだがな」

いつものように、江木小五郎は軽口を叩いた。

「まっ、立ち話もなんじゃ。工藤、上がれ」

「しからば、お邪魔いたします」

工藤惣之助はまたしても頭を下げると、草履を脱いだ。

「で、こんな朝早くから、何を訊きに参ったのだ」

庭に面した座敷で対坐するなり、江木小五郎がいきなり言った。

工藤惣之助は驚いて、かすかに身を引いた。

「どうして、お分かりになったのでございますか」

「その方の顔を一目見て、ぴんときたのよ」

「私の顔、でございますか」

「火事場の金時みたいに、真っ赤だぞ。昔から、調べに熱中すると、その方は、いつもそういう顔になる。それに、時候の挨拶の頃合いでもなかろう」

江木小五郎が面白がるように言った。

工藤惣之助は顔がさらに赤らむのを感じたものの、それどころではないと思い直した。畳に両手をつくと、彼は頭を下げて言った。

「ご慧眼《けいがん》の通りでございます。どうしても、江木様にお教えいただきたいことがございまして、ご迷惑も顧みず、参上いたしました」

「何をしゃっちょこばった物言いをしておるのだ。いいから、本題をさっさと申してみよ。わしに答えられることなら、何なりと教えるぞ」

「実は、人足寄場にて、無宿人の一人が殺されました――」

工藤惣之助は、六蔵という偽名を使っていた権六の一件を、順を追って説明した。背中の刺青から、おしまという女に行きついたこと。そして、その口から耳にした、権六という男の正体が、天明七年に江戸を荒らし廻った押し込みの一味であること。さらに、やはりその一味の一人と考えられる室吉が殺害されたおり、調べに当たったのが、小栗晋作という定町廻り同心であり、同時に、島抜けを図った茂一こと銀二が、奉公先のお上を殺めた一件もまた、彼が調べていたということ。

「しかし、私の知る限りにおいては、南町奉行所には、そういう名前の役人はおりませんし、北町の方にも、小栗という同心には心当たりがございません。けれど、町奉行所に長らく出仕されていらした江木様ならば、もしかしたら、何かご存じではないかと、そう考えたのです」

「小栗晋作とは、また、懐かしい名前だのう」

江木小五郎があっさりと言った。

工藤惣之助は、思わず身を乗り出した。

「やはり、ご存じだったのでございますか」

江木小五郎がうなずく。

「むろんじゃ。後にも先にも、あれほどの切れ者の同心を、わしは見たことがなかったのう」

「小栗晋作どのとは、どのような方なのでございますか。それに、いまはどちらにおられるのでしょう」

柔和な笑みを浮かべて、江木小五郎が手を上げた。

「待て、待て、そのように慌てるでない。最初から説明した方が、分かりやすいだろう。小栗晋作は、わしやその方と同様に、代々、同心職を継いできた家柄の出じゃった。父親が急な病で亡くなられたことから、南町奉行所の見習い同心となったのだ。そのおりよ、わしが小栗晋作と仕事を共にするようになったのは。あの男は生真面目だが、どこか線の細いところがあったな。同心には不向きな、心根の優しい侍だったと言ってもよいかもしれん。むろん、見習い同心としての仕事には、ひたむきに打ち込んでおったし、わしやほかの先輩たちの教えにも、素直に従っておった。ところが、そんな男の人生を狂わせるような出来事が起きたのじゃ」

「何でございますか」

「たったいま、その方が口にした、天明七年の押し込みのことよ。あれは松平定信様がご老中になられた年のことだから、かれこれ、八年、いや九年前のことだったな」

指を折りながら、江木小五郎は続けた。

「あの年、江戸でひどい打ちこわしが頻発したことを、その方は存じておるか」

「はっ、耳にしたことがございます。江戸の方々の米屋が襲われたのだとか」

「うむ、その通りじゃ。あまりの騒動に、町奉行所はお手上げとなり、幕府は御先手組の与力に陣頭指揮を任せて、奉行所総出で鎮圧に当たったものよ。ともあれ、その打ちこわしと歩調を合わせるかのようにして、押し込みの一味が真っ黒なつむじ風のように、江戸の町を荒らし廻ったのじゃ。一味の正体は不明だったが、ちらりと目撃されたのは、四人組の男だったという。そして、そのうちの一件の押し込みで、小栗晋作の妻子が殺害されてしもうたのじゃ。いまでも覚えておる、あれは五月二十三日のことだった」

工藤惣之助は言葉を失った。

すると、江木小五郎が険しい表情になった。

「小栗晋作の妻女の実家は富裕な両替商で、たまたま里帰りしていたときに、その盗賊どもが押し入り、巻き添えに遭ってしまったということよ。ところが、そのおり、吾妻橋近くの自身番で打ちこわしの鎮圧の任に当たっていた小栗晋作は、たまたま持ち場が変わったことで、虫の知らせを感じたのだろう。不安を覚えて、その店に駆けつけたのじゃ。だが、生まれたばかりの娘は、刺し殺された挙句に、火に焼かれてしもうた。しかも、妻女の両親や店に奉公していた使用人たちまで残らず刺し殺されておった。瀕死の妻女だけは、どうにか助け出すことができたものの、その晩のうちに息を引き取ったそうじゃ。わしは先輩格の同心として、小栗晋作に目を掛けておったゆえ、その嘆きと憤りが尋常なものではなかったことを、よく知っておる。あの男は文字通り、涙が涸《か》れ尽くすまで泣いておった。見ているのが、辛くなるほどじゃった。それからのことよ、小栗晋作が様変わりしたのは」

そう言うと、江木小五郎は深いため息をついた。

工藤惣之助は黙り込んだ。すべての事柄が、一筋の線に繋がったと感じたのである。妻子を殺された小栗晋作が、その押し込みの一人、権六を殺害したのではないだろうか。むろん、室吉を同じように嬲《なぶ》り殺しにしたのも、やはり彼に違いない。つまり、小栗晋作は自分の手で室吉を殺めておきながら、定町廻り同心として、その一件を扱ったということになる。それでは、下手人が見つからなくても当然だ。

しかも、三嶋屋のおきわ殺しを調べた小栗晋作は、茂一と名を偽って人足寄場に身を潜めていた銀二の正体を見破り、島抜けせざるを得ない状況に追い込み、権六殺しに利用したのだろう。

工藤惣之助は、険しい表情になった江木小五郎に言った。

「小栗晋作どのは、どのように様変わりされたのでございますか」

「鬼になったのよ」

「鬼――」

「そうじゃ。仕事の鬼じゃ。押し込みの一件の直後、あの男は正式に定町廻り同心に任ぜられた。すると、次から次へと悪人どもを取り締まり始めたのよ。寝食を忘れて、まるで狂ったようにな。しかも、その苛烈《かれつ》な取り調べといい、情け容赦のない牢問いといい、吟味方与力ですら、目を背けるほどだったわい」

工藤惣之助は息を呑む。牢問いとは、拷問のことである。それを好んで行う同心は、めったにいない。石抱きや釣責めは、人をぼろぼろの肉の塊に変えてしまう。よほど気持ちの強い者か、悪に対する激しい憤りを持った者でなければ、とうてい続けることはできない。

「しかし、先ほども言ったように、小栗晋作はたいそうな切れ者で、抜群の功を上げておったから、誰にも文句のつけようがなかったのじゃ。ただし、そうしたお役目の傍ら、あの男は、妻子が殺された一件を、執念深く追い続けておった」

「江木様に、小栗晋作どのがそう言われたのでございますか」

「一度だけじゃが、死の間際に、妻女が気になる証言を残したと話してくれたことがあるのじゃ」

「どのような証言でございますか」

「詳しい内容までは訊かなかったが、一味のうちの二人の容姿だ」

「だったら、その一件のお調べを続行できたではありませんか」

江木小五郎はかぶりを振った。

「その方も、町奉行所がいかに多忙か、嫌になるほど存じておろう。江戸市中の犯罪を扱う定町廻り同心は、南北の奉行所を合わせても、わずか十二名じゃ。些細な証言だけを頼りに、その一件だけを奉行所総出で追い続けることは、とうてい許されん」

工藤惣之助はうなずく。町奉行所の調べには、《日限尋《ひぎりたずね》》と《永尋《ながたずね》》というものがある。前者は、事件の捜査について三十日という日数を限って行うものであり、それを最大六回行い、それでも見つけられなかった場合、後者の《永尋》に切り替えられるのだった。すなわち、期限を定めずに調べが行われる案件となる。とはいえ、毎日のように新たな事件が起こるのだから、《永尋》は実質上、有耶無耶にされてしまうのと同じなのだ。小栗晋作の妻子の一件もまた、そうした《永尋》として忘れ去られてしまったのだろう。

江木小五郎が続けた。

「しかも、小栗晋作は、もう一つの点に目をつけておった」

「もう一つの点――」

「そうじゃ。事件が起きたとき、江戸では打ちこわしが頻発し、奉行所総出で警戒に当たっておったと話したであろう。その最中に、押し込みが暗躍したというわけだが、どう考えても、押し込みの一味は、その警戒の隙を突いて凶行に及んだとしか考えられなかったのじゃ。言い方を換えるなら、あたかも我らの動きを事前に熟知した上で、押し込む店や、犯行の時機を決めていたのではないかとな」

江木小五郎の言わんとすることが、工藤惣之助にも理解できた。奉行所の役人たちが総出で江戸市中を警戒していたとすれば、押し込みにとって、これほど仕事に不都合な状況はないはずなのだ。いつ何どき、役人と鉢合わせするかもしれない。ところが、おしまが口にしていたことが事実だとすれば、その一味は、五軒もの両替商を立て続けに襲っているのだ。

「小栗晋作は、押し込みの一味にそんなことがどうしてできたのか、そればかりを考えておったようじゃ」

「それで、何か思いつかれたのでございますか」

江木小五郎がかぶりを振った。

「いや、あの男も、壁に突き当たってしまった。どうしても、そのカラクリの正体が解き明かせぬと嘆いておった」

「それから、小栗晋作どのは、どうされたのでございますか」

「あっさり同心を辞めおったわ」

「それは、いつのことでございますか」

「三年前だ」

工藤惣之助が見習い同心になったのは、ちょうどその頃である。小栗晋作の名前を知らなくとも、当然だったのだ。

「お辞めになったのは、何故でございましょう」

「体を悪くしたので、親戚の者に跡目を譲り、田舎へ引っ込む。ここへ挨拶に来たおり、そう申しておった。とりたてて珍しい話ではないと思ったものの、あの男が帰ってから、解せぬ気持ちになったことを覚えておる。あれほど必死になって、妻子の命を奪った賊どもを追いかけていたのに、それをあっさりと諦めてしまったのだからな。しかも、どう考えても、小栗晋作は病のようには見えなかった。ともあれ、それっきり、あの男の顔を見ておらん」

ぴたりと符合する、と工藤惣之助は思った。室吉が殺されたのも、その頃なのだ。やはり、小栗晋作は室吉を責め苛み、権六たちの居場所を吐かせたのだ。そして、同心を辞め、上方まで権六たちを追いかけて行った。ところが、その気配を察した権六たちは、小栗晋作の裏をかいて江戸へ舞い戻り、石川島の人足寄場に身を潜めた——

「工藤」

物思いに耽っていた工藤惣之助に、江木小五郎が言った。

「はっ」

工藤惣之助は顔を上げた。

「その方が追いかけている一件が、小栗晋作の仕業だとしたら、どうする」

咄嗟に、言葉に詰まる。

「迷っても当然だろうな。その方は、法を担い、悪を挫《くじ》く同心だ。だが、妻子を惨殺された小栗晋作の胸中を慮《おもんぱか》れば、仇を討たせてやりたいと思いたくなるのも人情であろう。人の世は理だけでも、情だけでも裁けぬ」

その言葉で、工藤惣之助の迷いが吹っ切れた。同心たるもの、どんなことがあっても、情に流されるわけにはいかない。

「寄場奉行には、これ以上の調べはまかりならぬと申し渡されました。けれど、ここまで解明が進んだうえは、黙って見過ごすわけにはまいりません」

「寄場奉行に、進言するつもりか」

「はい」

工藤惣之助はうなずいた。

「細かいことに首を突っ込むと、上に嫌われるぞ」

眉根を寄せて、江木小五郎が言った。

それは、一年前にも耳にした言葉だった。しかし、自分の推理が正しいとすれば、小栗晋作はまったく無関係の銀二までも犠牲にしている。しかも、室吉や権六の殺し方は、常軌を逸した所業と言わざるを得ない。おしまが襲われた一件も、巻き添えかもしれない。となれば、これ以上、小栗晋作の復讐を放置するわけにはいかない。押し込みの残党たちは、法の裁きに任すべきなのだ。

そこまで考えたとき、工藤惣之助は、かつて耳にした江木小五郎の別の言葉を思い出し、目の前の老人に目を向けた。

「江木様、もう一つ、お教えいただきたいことがあるのですが」

「何じゃ」

「人足寄場が造られたとき、何やらのひどい騒動があったと、そうおっしゃられましたが、何があったのでございますか。それに、無茶な仕置きを目の当たりにしたと、そうもおっしゃったと記憶しております」

「うむ、そんなことを言ったかもしれんな。よし、詳しく話して進ぜよう」

かすかに身を乗り出すようにして、江木小五郎はゆっくりと話し始めた。

「最初、人足寄場の候補地として挙げられたのは、深川鶴歩町じゃった。だが、その案を、ご老中の松平定信様が却下されてしもうたのじゃ。一《いっ》にかかって、無宿人たちが逃げ出せない場所という条件を最優先させよとな。そこで、目をつけられたのが、石川島の脇に広がる湿地だったというわけよ。しかし、広大な湿地を埋め立てるとなれば、想像を絶する土砂が必要となろう。そのとき、松平定信様が、とんでもないお考えを思いつかれたのじゃ」

江木小五郎が鋭い目つきになった。

十四

神谷町の町筋を、安田黒兵衛は足早に歩いていた。

この辺りは増上寺の裏手で、小さな寺と町屋が細かく入り組んでいる。

道の脇に開いた路地に差し掛かると、黒兵衛は素早く目を向ける。だが、すぐにまた、次の路地へ足を向ける。

ひどく気が急いていた。一刻も早く、半次郎を見つけなければ、大変なことになるかもしれない。

倫太郎からの手紙を受け取ったのは、今朝のことだった。そこには、寄場奉行が人足寄場に収容されているすべての無宿人たちについて、その素性の洗い直しを行うことになったということと、大至急、半次郎の様子を確認してほしいという文言が書き連ねてあった。そして、末尾に《万が一、半次郎が存命ならば、しかるべき処置のほど、頼み参らせ候》と結んであったのである。

この内容に仰天した黒兵衛は、朝飯も食わずに《浜清》を飛び出すと、源助町のおまつの長屋へ駆けつけたのだった。すると、出会い頭に腰高障子が開き、おまつが顔を覗かせた。驚きと恐れがまざったその顔つきを目にした刹那、嫌な予感が的中したことを黒兵衛は確信した。

おまつを突き飛ばして中へ足を踏み入れた黒兵衛は、半次郎の姿どころか、病人が寝ていたはずの寝床すらなくなっているのを目にして、茫然となった。

だが、すぐに我に返った。逃げ去ったおまつを追いかけると、少し離れた路地で襟首をひっ捕まえて、怒りにまかせて板壁に投げ飛ばしたのだった。そして、半次郎のことを問い質したのだ。

《もう何日も前に、あんたたちから貰った金を握って、家から出て行っちまったよ》

髷が崩れたおまつは震える声で言い、博打で金を使い果たすまで、帰って来ないよ、と泣き叫んだのだった。

黒兵衛は、半次郎の立ち廻りそうな店を訊き出すと、おまつを地面にうっちゃり、その場を離れた。この際、女房の方など、どうでもよかった。

呑み屋や小料理屋など、行きつけの店を片っ端から駆け廻ったものの、半次郎の姿はどこにもなかった。

となれば、この日の高いうちから、どこかの賭場に入り込んでいるのだろう。おまつは、半次郎が通っていた賭場の場所までは知らなかったので、あとは勘を頼りに探すしかない。

だが、黒兵衛が焦っていたのは、半次郎の行方のことだけではなかった。行きつけだという一軒の呑み屋で、半次郎のことを訊いたとき、店の老主人が意外なことを口にしたのである。

《つい二、三日前にも、同じように訊きに来た人がいましたけど、半次郎さんが、何かしたんで

すかい》

咄嗟に笑ってごまかしたものの、心の臓がとび跳ねる思いだった。半次郎を探している者が、ほかにもいる。いったい誰だろう。

さりげなく、どんな人物か訊いたものの、やくざ風の男だということしか分からなかった。歩みを進めるにつれて、不吉な予感が、黒兵衛の胸の裡で抑えがたいほどに大きくなってゆく。

こんなことなら、もっと早いうちに、半次郎の息の根を止めておけばよかった。それに、おまつというあの女だ。人を虚仮《こけ》にしやがって。十両もの金を受け取っておきながら、半次郎の本当の様子をずっと隠していたのだ。

まずいことになった、と黒兵衛は思わず舌打ちする。少しばかり病が軽くなったとはいえ、半次郎は死病なのだ。当然、そのことを本人も薄々は悟っているだろう。とすれば、おまつの手元から奪った金を博打で使い果たしたとき、あの男は破れかぶれになって、何を仕出かすか分からない。賭場で暴れる。かっぱらい。置き引き。いずれにせよ、騒ぎを起こせば、役人が駆けつけてくる可能性があるだろう。そうなれば、半次郎の存在が、町奉行所へ伝わってしまう。それが廻りまわって、人足寄場に収容された無宿人の素性を洗っている連中の耳に入れば、倫太郎の身が危うくなるのだ。

黒兵衛は意を固めた。半次郎を見つけ次第、躊躇なく殺す。

そのとき、一軒の古寺の山門が目に留まった。そこから若い男が懐手をしたまま出てきた。弁《べん》慶縞《けいじま》の着流しで、擦り切れた草履をつっかけている。とうてい墓参りするような風体ではない。

黒兵衛は山門に足を向けた。

思った通り、狭い境内はひどく荒れていた。本堂の軒は所々屋根瓦が落ちており、土壁が崩れて、埋め込まれた竹に藁縄を巻きつけた《竹小舞《たけこまい》》が剝き出しになっている部分がある。黄ばんだ障子紙は穴だらけで、濡れ縁の板が反り返って、波打っていた。

それでも、横手の奥にある庫裏《くり》の方に、人影があった。こっちに気がついたのか、着流し姿の若い男が近づいてきた。口に黒文字《くろもじ》を咥えている。

「お遊びかい」

薄っぺらい愛想笑いを浮かべて、黒兵衛を頭から足元まで舐めるように見ながら言った。庫裏の中で、賽子《さいころ》博打の盆が開かれていることは訊くまでもなかった。

「そうだ、と言いたいところだが、人を探している」

「人を探している、だと――」

途端に、男が剣呑な目つきに変わった。

「半次郎という男を知らねえか。三十半ばくらいの青白く痩せた野郎さ。筋金入りの博打狂いだ」

「さあ、知らねえな」

言って、若い男は顔を背けた。だが、半次郎の名前を耳にしたとき、小鼻が膨らんだのを黒兵衛は見落とさなかった。

「もう一度、よく思い出してみてくれないか。なんなら、小遣いくらいなら出してもいいぜ」

「知らねえったら、知らねえよ。とっとと帰んな」

男が吐き捨てるように言った瞬間、黒兵衛は足を踏み込み、刀の柄頭を鳩尾に打ち込んだ。ぐえっ、と男が目を剝き、呻きとともに身を折った。その首筋に容赦なく手刀を飛ばした。倒れ込んだところを後ろ手に捻り上げると、耳元で囁いた。

「おい、声を上げるなよ。仲間を呼ぼうとしてみやがれ、この腕をへし折るぞ」

「痛てて。――分かったよ、やめてくれ」

男が息を詰まらせて言った。

「よし、だったら、さっさと答えてもらおうか。半次郎を知っているな」

「知ってるよ」

男が慌ててうなずく。

「いま、盆にいるのか」

「今日は来てねえ」

「最近顔を出したのは、いつだ」

「一昨日だ」

「ねぐらは、どこだ」

「知らねえ。――本当だ、嘘は言わねえ」

「ほかに、行きつけの賭場があるだろう」

「よそさんのことなんか、分からねえよ」

「だったら、立ち廻り先くらい、知っているだろう」

言いながら、黒兵衛は腕を捻り上げた手に力を込める。

顔を歪めた男が、歯を食い縛りながら唸り、懸命に首を振る。

「役に立たねえ野郎だな。そういう奴が、俺は大嫌いなんだ」

舌打ちをすると、黒兵衛はさらに力を込めた。

「まっ、待ってくれ」

顔面を真っ赤にして、男が泣くように言った。

「何だ」

「思い出した、半次郎の野郎、黒札を持ってやがった」

「黒札？」

「能勢の黒札だよ」

黒兵衛は男を地面に突き飛ばした。

能勢の黒札とは、本所の横川そばの能勢妙見山別院という日蓮宗の寺のお札である。

それを身につけていると、どんな疫病も逃れられるという。

つまり、半次郎は、その寺に参っている可能性がある。

十五

米搗き小屋の入口から、弥三郎は顔を出し、空を見上げた。

朝方は真っ青に晴れ上がっていたものの、いまは薄く曇っている。妙に湿っぽい風も吹いていた。明日あたり、天気が崩れるかもしれない。

そのとき、走ってくる丹治の姿が目に留まった。

小屋へ駆け込んできた丹治を、すぐに隅へ連れて行き、弥三郎は囁いた。

「どうだった」

「だめだ、井戸掘り小屋の辺りは、寄場下役たちがしじゅう見廻りに来やがるし、半次郎たちも小屋を留守にする気配はねえ」

弥三郎は舌打ちした。

井戸掘り小屋のことが、気になって仕方がなかった。井戸掘りの道具を調達した紋太を丹治が締め上げたとき、その口から飛び出した《滑車》のことが、ずっと頭から離れないのだ。

たしかに、繋ぎ合わせた掘り鉄管は、かなりの重さになるだろう。だが、いくらなんでも、六貫目もの重さになるとは考え難い。とすれば、その《滑車》は、別の何かを引き揚げるために用いられるのではないだろうか。

弥三郎には、思い当たるものがあった。とはいえ、人足寄場の地下深くに、そんなものが埋まっているはずがない。

しかし、思い返してみれば、辻褄《つじつま》の合わないことがいくつもあった。まずは、あの腹痛騒ぎである。弥三郎は、この人足寄場で二年の月日を過ごしてきたが、一度として、あんな状況に陥ったことはなかった。むろん、たまに《モッソウ飯》が口に合わない無宿人が、吐いたり、下痢を起こしたりしたことはあった。だが、一度にあれほど大勢の無宿人が倒れるような事態は、絶えてなかったことである。

しかも、そんな事態を狙い澄ましたかのように、半次郎たちは寄場奉行に、井戸掘りを願い出たのだ。そして、寄場奉行も渡りに船と、それを認めてしまった。一見、ごく自然な動きのようにも見える。が、そこにもまた釈然としないものがあった。

足場を囲う小屋があるとはいえ、この夏場の猛暑である。井戸掘りの作業は過酷の一言に尽きるだろう。そんな無茶な作業を、半次郎たちは自ら進んでやると言いだしたのだ。誰がどう考えても、炭団を捏ねていた方が楽に決まっている。

だいいち、あの小屋が解せない、と弥三郎は思った。炎天下を避けるためと、掘り屑が周囲を汚さないためというが、それにしても、周囲をすっかり囲んでしまっていて、中の様子がまったく分からない。考えようによっては、中で行っていることを隠すための覆いと言えるのだ。

そんなことを考えているうちに、弥三郎は、権六を殺したのは、やはり半次郎かもしれないという思いを強くしていったのである。

あの晩、権六は、井戸掘り小屋を探るために出掛けたのだ。もしも、あの小屋の中に何かとてつもない秘密が隠されていて、そこで半次郎と鉢合わせすれば、権六の口を塞《ふさ》いだとしても不思議はない。拷問のような痕跡や、炭団製所の石灰溜に投げ込まれていたのは、井戸掘り小屋から目をそらすための細工と考えれば、十分に筋は通る。

日を追うに従い、弥三郎の疑念はますます募っていた。だが、まるでそれと歩調を合わせるように、寄場下役の巡回は頻繁になり、夜間に、急病と称して無宿人小屋から出ることも厳しく制限されるようになっていた。権六が殺されたことによって寄場奉行が執った対処だから、如何《いかん》ともしがたい事態だった。

むろん、奥の手として、もっと手っ取り早く、井戸掘り小屋の中を調べる手立てがないわけではない。しかし、井戸掘り小屋の中に、万が一、何かとてつもなく大きな秘密が隠されていたとしたら、みすみすそれを横取りされる恐れがあるのだ。

「どうするよ、兄貴」

丹治が、弥三郎を見上げて言った。

「まさか、諦めるわけじゃねえよな」

「馬鹿野郎。絶対に尻尾《しっぽ》を摑んでやる」

言ったものの、いい知恵が浮かばない。苛立たしげに無精髭の伸びた顎を摩《さす》った。そのとき、ふいに妙案が浮かんだ。

「おい、いいことを思いついたぞ」

「何だよ」

「おまえ、明日、朝から病になれ」

「俺が病に？」

「ああ、そうだ。それで医者の所で時を潰す。その間に、半次郎たちは心学の導話のために寄場役場のお白洲へ集められるはずだ。そうしたら、医者の所から抜け出して、こっそり井戸掘り小屋を探るんだ」

明日は、手業が休みの日である。中沢道二の導話が行われるので、そちらに手を取られて、寄場下役たちの見廻りもぐんと手薄になるはずなのだ。

「おいらが、一人で探るのかい」

丹治が不安げな表情を浮かべた。

「当たり前だ。明日の導話は、半次郎たちの人足小屋と、俺たちの人足小屋が、同じ組になっている。俺まで仮病を使ってみろよ、寄場下役から疑いの目で見られるに決まっているじゃねえか」

「そりゃ、そうだけどよ――」

丹治が歯切れ悪く言った。顔に怯えの色があった。殺された権六のことを考えているのだろう。

「心配ねえさ。半次郎がお白洲に釘付けになっている間、おまえが井戸掘り小屋で何をしようと、誰も手は出せねえ」

弥三郎はにやりと笑った。

「分かったよ」

丹治がうなずいた。

十六

井戸掘りの作業は、佳境に入っていた。

倫太郎が鍬《くわ》を振るって、掘り鉄管によって開けられた小孔を掘り下げてゆく。

その掘り屑が満杯になった大きな木桶を、紋太が滑車で引き揚げて、足場横に置いた畚に空ける。

待ち構えていた伊之助が目隠しの砂を掛けたうえ、それを肩に掛けて小屋外へ運び出し、丸太矢来の木戸まで持って行き、張り番の寄場下役の了解を得て、堤から海へ投げ捨てる。

三人とも下帯一つで、全身汗だくになっていた。人が入れる穴は、すでに十五間（約二十七メートル）ほどの深さに達していた。あとわずかで、目的の物に到達するはずなのだ。だからこそ、三人は喋る間も惜しんで、ずっと体を動かし続けてきたのである。

「よし、また掘り屑を捨てに行ってくるぜ」

穴の下の倫太郎に向かって、伊之助が言った。

「おう、腕が痛むだろうが、がんばってくれ」

穴の中から、声が返ってくる。

「無理すんなよ、おっさん」

手の甲で額の汗を拭いながら、紋太も声をかけてきた。汗のせいで、すっかり眉がなくなっている。

伊之助はむっつりと黙ったまま、小屋の戸を開けた。汗だくの体に、外気が心地いい。

空はすでに薄暗くなっていた。いつもなら、いま時分まで明るいものの、どうやら天候が崩れているらしく、灰色の雲が垂れこめている。いずれにせよ、じきに日が暮れるはずである。

伊之助はすぐに井戸掘り小屋を振り返ると、胸の裡で毒づいた。

無理すんなよ、おっさん、だと――

こちとら、てめえが餓鬼の時分から、この仕事をずっとやっているんだ。

伊之助は地面に唾を吐くと、肩に掛けた畚の重さに辟易しながら、薄暗い中を北東側の木戸へ向かった。

紋太というあの若造のことを、どうしても好きになれない。井戸掘りのための道具類を仕入れてもらったときまでは、別に何とも思わなかった。しかし、伊之助の腕の怪我で、井戸掘りの仕事が停滞したことを憂慮した倫太郎が、助っ人として紋太に声をかけてみようかと相談してきたとき、伊之助は首を横に振ったのだった。

《どうして、反対なんだ》

意外という顔つきで、倫太郎が言った。

《いまさら仲間を増やすのは、危険が大き過ぎるぜ》

伊之助はすぐに言い返した。

《だが、おまえさんのその腕じゃ、半人分の仕事しかできねえ。このままだと、下手をすりゃ、

俺たちの企みが水の泡ってことになりかねないんだぞ》
《それでも、あいつはだめだ》
《どうして？》
伊之助は黙り込んでしまった。喉元まで出かかっていた、あんなお調子者なんて大嫌いだという言葉を呑み込んだのである。
結局、倫太郎の言葉に押し切られて、紋太が仲間に加わった。仕事はそれなりにこなしているものの、一緒に働くようになってから、伊之助の嫌悪の情はさらに募っていた。
紋太は、分担の作業を続けながら、しじゅう軽口を叩くのだ。人の噂。ぼろ儲けした手柄話。どこの人足小屋の男と女置場のどの女ができているか。それに、ここの役人たちの裏の顔など、次から次へと。
《どうした、おっさん、そんな難しい顔をしちまって。おいらの話、面白くねえのかい》
その口ぶり。小馬鹿にしたような表情。
伊之助は思い出した。井戸掘りの修業のために、ほかの棟梁に預けられたとき、職人部屋で体の大きな男たちや、若いくせに目端の利く奴らにいびられたときに感じた気持ちとまったく同じだった。
女のことでからかわれたときの思いが、伊之助の胸の裡に甦ってきた。
《おい、おめえは、女に興味がないのかい》
《こいつ、並みの女じゃ、一物が役に立たねえのさ》

《だったら、どんな相手ならいいんだよ》

《それをいくら訊いても、この野郎、話そうとしやがらねえのさ》

職人部屋じゅうの男たちが、伊之助に哄笑を浴びせかけたのだ。そのときの悔しさと怒りが、まるで昨日のことのように思い出される。だからこそ、そういう人を見下したような奴が大嫌いなのだ。

北東側の木戸に近づき、伊之助は静かに息を吐いた。それから畚を地面に下ろすと、木戸横の番小屋に向かって声をかけた。

「番人様、掘り屑でございます」

格子窓から、中年の寄場下役が顔を覗かせた。口に煙管を咥えている。

「また掘り屑か。今日は、やけに回数が多いな」

苛立った口ぶりである。

「へえ、なにせ、寄場奉行様から、一日でも早く井戸を完成させろと、やいのご催促があったものですから、あっしらも気張っているんでさ」

「余計なことを申すな。おかげで、わしは、おちおち厠にも行っておられんわ」

そう言うと、寄場下役は番小屋から出てきて、木戸の錠に鍵を差し込んで外した。そして、右腕を晒し布で吊った伊之助の姿をじろじろと見るなり、

「わしは小便に行ってくるから、適当に捨てておれ」

と、海の方を顎でしゃくった。伊之助の腕の様子を目にして、島抜けなどあり得ないと判断し

たのだろう。

「へえ」

腰を屈めて、伊之助が頭を下げると、寄場下役は小走りに行ってしまった。

ケッ、と伊之助はまた唾を吐いた。

それから、開いた木戸を通り、海に面した堤に上る石段に足をかけた。

風が強くなっていて、その風音と波音が耳を聾する。

波立つ海原は薄暗く、伊之助は薄気味悪いと思った。

堤に立ち、畚の中の掘り屑を空けようとした。

いきなり背中を押された。

あっ、と伊之助が叫び声を上げるのと、足音が響いたのは同時だった。

堤からもんどり打ったまま、石積みの急な岸壁を転がり落ちた。

額を打ちつけた激痛に、一瞬だけ気が遠のく。それでも、波をかぶってすぐに意識が戻った。

痛めている右腕にも疼痛《とうつう》が走った。目を開けて、岩礁に落ちたことを悟った。

伊之助は身を岸壁に寄せると、息を整えながら堤を見上げた。人影はなかった。彼を突き落とした人間は、とっくに逃げて行ったのだろう。

海に目を戻して、いきなり震えがきた。もしも、岩礁ではなく海に落ちていたら、いまごろ溺れ死んでいただろう。ろくに泳げないうえに、右腕がこんな有様では、ひとたまりもなく波に呑まれたはずだ。

ぐずぐずしているわけにはいかなかった。張り番の寄場下役が戻ってきたら、大事《おおごと》になりかねない。

痛みをこらえながら、伊之助は左腕と足だけで懸命に岸壁を攀《よ》じ登った。堤の上に到達したとき、暗がりの中を近づいてくる人影が目に映った。寄場下役だ。

「もう終わったのか」

さばさばした顔つきで言った。

「へえ」

顔面の傷に気づかれないように、深々と頭を下げた。

そして、張り番が錠を閉めている間にその場を離れると、井戸掘り小屋へ小走りで戻った。

だが、伊之助はたったいま思い出してしまった記憶に、あらためて震えていた。

突き落とされた刹那、おこんの仕業だと直感したのである。

と同時に、いつどこで彼女を目にしたのか、その記憶がまざまざと甦った。

俺が悪戯しようとした、あの小娘だ――。

彼女の祖父を殺めたことにも、気がついているに違いない。

おこんが昔の出来事を人に喋れば、無宿人たちは黙ってはいまい。

紋太がどんな顔をするか、目に見えていた。

むろん、倫太郎も、自分を見放すだろう。

桐五郎は元結作りの小屋の陰から、目の前を走り抜ける人影を見つめていた。

薄暗いものの、それが文之助だと見分けがついた。しかも、その足取りが、どことなく気忙《きぜわ》しいことも見て取れた。

ほんの少し前、同じように駆け抜けて行ったおこんの様子と重ね合わせて、何か悶着が起きたことは間違いない、と彼は思った。

文之助は、あの井戸掘り小屋で作業をしているし、おこんもときおり小屋を覗いている。そんな二人の間に、何があったのだろう。どう考えても、あの井戸掘り小屋は胡散《うさん》臭い。

桐五郎は、井戸掘り小屋が建った翌日の晩のことを思い出した。

無宿人たちの腹痛騒ぎの煽りを受けて、新しい井戸が掘られるという話を耳にして、彼はどうしても小屋を覗いてみたい衝動に駆られたのだった。だからこそ、その晩、人足小屋の張り番に蔓を摑ませて外へ出ると、その足で井戸掘り小屋へ向かったのである。

すると、小屋の戸を開けようとしている人影が目に飛び込んできた。辺りを窺うように振り返った横顔が、月明かりを浴びて浮かび上がった。それは六蔵だった。

六蔵が井戸掘り小屋の中に姿を消して、しばらく様子を見ていたとき、桐五郎は遠くで《島抜けだ》という声が上がるのを耳にしたのだった。

気ままな回想を断ち切ると、桐五郎は小屋の陰から離れ、足音を忍ばせて、井戸掘り小屋へ近づいた。

暗くなった空を背景にして、黒々とした小屋を見上げる。

明日は、無宿人たちの仕事は休みで、心学の導話が行われる日だ。
当然、この中は無人になる。
そのときが、絶好の機会だ。

第四章

一

横川に架かっている法恩寺橋の袂に、柳の大木があった。

黒兵衛は、その柳の横を通り過ぎて、新坂町の角を右に折れた。この二町ほど先に、能勢妙見山別院がある。

半次郎は、そこの黒札を持っていたという。疫病退散の護符だから、死病に罹《かか》っているあの男が、柄にもない神仏頼みをしたとしても不思議はない。

武家屋敷の横を通り、能勢妙見山別院の山門の前に立った。

神仏頼みをするのなら、数日に一度は訪れる可能性があるだろう。それが今日か、明日か、それは分からない。とはいえ、本所界隈でも、賭場は両手の指に余るほど開かれているのだから、半次郎がどこに姿を現すか見当もつかないいま、ここで網を張るより、ほかに手はないと判断したのである。

幸いなことに、朝が早いせいか、境内に人影はなかった。山門脇の躑躅《つつじ》の植え込みの陰に、黒兵衛は身を潜めた。たちまち首筋にまとわりついてきた藪蚊を、ぴしゃりと手で叩いた。空はどんよりと曇っているものの、額に汗が滲んでくる。

根競べだな――。

黒兵衛は顔をしかめた。

それにしても、この土壇場に来て、何という落ち度だろう。おのれの迂闊さ加減を呪いたい気分だった。最初から、半次郎の身を預かって、息を引き取るまで監視すべきだったのだ。

いや、ある意味、やむを得なかったのかもしれない。黒兵衛は思い直した。おまつのような貧しさにまみれた人間は、どんな手を使っても生き抜くという執念だけで、その日を送っているに違いない。その必死の思いを侮ったのが、失敗の原因だったのだろう。むしろ、半次郎がおまつのもとから逃げ出して、まだこの界隈にいるらしいと分かっただけでも、不幸中の幸いというべきかもしれない。おまつがもう一丁、上手《うわて》のずる賢い女なら、半次郎もろとも姿を消すことだってあり得たのだ。

黒兵衛は久しぶりに、昔の貧しい暮らしぶりを思い浮かべた。刀を捨てて、汗垢まみれになって働いていた父親の姿が目に浮かんだ。丁稚の懐の巾着を奪おうとして、大人の男から殴られている自分自身も見えた。叩きのめされて地面に這いつくばっても、懸命に立ち上がり、相手に挑みかかってゆく。

そのとき、人が山門を入ってくる気配に気がつき、黒兵衛は目を上げた。

思わず声を上げそうになり、必死で堪えた。

半次郎に間違いなかった。

小石川養生所から引き取られたときには、がりがりに痩せて、肌がなめし革のように黄色味を帯びていた。ところが、目の前の半次郎は、いくらか肉がつき、肌の色もさほど病的ではない。やはり、目を離していた間に、何かの加減で、病状が軽くなったのだろう。しかも、大好きな博打にうつつを抜かしているせいなのか、顔つきに、どことなく満ち足りた緩みすらある。

死に損ないめ――。

黒兵衛は、本堂の方へ向かってゆく半次郎を目で追った。それから、刀の柄に手をかけたまま、慌てて周囲を見廻す。

網を張る場所としては、まさに狙い通りだったものの、半次郎の息の根を止めるに相応《ふさわ》しい場所ではない。いつ何時、ほかの参詣人が来るかもしれないし、能勢妙見山別院の人間が通りかかる可能性もある。が、ここで逃せば、二度と半次郎は見つからないかもしれない。

決断に迷っているうちに、参拝を終えたらしく、半次郎が戻ってきてしまった。黒兵衛は植え込みの陰に身を隠した。茂った葉の間から窺うと、さっきは元気になったように感じたものの、半次郎はひどく猫背で、眉間には険しい皺があり、病持ちは隠せない。

その姿が山門の外に消えると、黒兵衛はすぐに植え込みから離れた。

やや右肩の下がった後ろ姿が、横川沿いの道をのろのろと歩いてゆく。

法恩寺橋の脇を通り、清水町を抜けて、その先の北中之橋の袂も過ぎた。

どこまで行きやがる――。

苛立つを思いを堪えながら、黒兵衛も歩みを進める。

やがて、入江町に入ったところで、半次郎が路地を曲がった。

そういうことだったのか、と黒兵衛は得心した。

この界隈には木賃宿が多い。安手の私娼窟《ししょうくつ》も集まっており、博労《ばくろう》や流しの祈禱師《きとうし》、日雇い人足などが根城にしている町筋なのだ。後ろ暗い男が身を隠すには、まさに持ってこいの町にほかならない。

つまり、半次郎はおまつのもとを飛び出してから、この辺りのどこかの木賃宿にずっと泊っていたのだろう。むろん、おまつに金を与えた自分たちから逃げるためだ。そして、別の誰かに追われていることも、あの男は肌で感じて取っているに違いない。

黒兵衛も路地へ足を踏み入れた。薄暗い道の両側は、長屋の入口や、積み上げられた樽や材木、竿竹などが乱雑に置かれている。五間（約九メートル）ほど先を、半次郎の背中が見え隠れしている。

辺りに人影がないことを確かめると、黒兵衛は刀の柄に手をかけて、一気に足を速めた。

いきなり半次郎の背中が消えたのと、途中の辻から二人の男が姿を現したのは同時だった。

「待ちやがれ」

怒鳴り声を上げながら、二人は半次郎を追いかけてゆく。

しまった。黒兵衛も慌てて駆けだした。

ばたばたと乱れた足音が路地に響き渡った。樽が転がり、竿竹が倒れる音も続く。半次郎が倒しているのだ。

男たちの手に、匕首が握られているのが目に留まった。やくざ者たちだ。

黒兵衛は、事情が呑み込めた気がした。半次郎は、どこかの賭場に借金を拵えたのだろう。ところが、病に倒れて小石川養生所入りとなったことで、賭場を仕切っているやくざたちも、借金の取り立てを諦めざるを得なかった。だが、当の半次郎が再び小金を手にして方々の賭場に出入りし始めた。それで、やくざたちが色めきたった。たぶん、そんな筋書きだろう。とはいえ、安心できないことに変わりはない。

いきなり路地が尽きて、明るい道に飛び出しかける寸前で、黒兵衛は足を止めた。角から覗くと、半次郎に二人の男たちが絡みついていた。南割下水《みなみわりげすい》の堀割に追いつめられてしまったのだ。

「てめえ、逃がさねえぞ」

「有り金、出しやがれ」

二人は匕首を構えたまま、じりじりと間合いを詰めてゆく。

「うるせえ。金なんか一文もねえ」

口で息をしながら、半次郎が言い返した。

「何だと、この野郎」

一人が、いきなり匕首を振り廻した。半次郎が身を捻るようにして、駆け抜けようとした。その途端に、もう一人が匕首を構えたまま半次郎にぶつかった。

「うわっ」

半次郎が南割下水に真っ逆さまに落ちて、大きな水音が上がった。
男たちは顔を見合わせた。二人とも恐慌を来した表情になっている。
「やべえぞ」
一人が口にすると、もう一人とともに走り去った。
これ幸いと、黒兵衛は路地から飛び出した。
半次郎の安否を確かめなければならない。
生きていれば、息の根を止めるのだ。
そのとき、西の方から走ってくる男たちの姿が目に飛び込んできた。
男たちが手にしている十手に目が留まる。
黒兵衛は舌打ちすると、すぐに路地へ駆け戻り、後も見ずに駆け抜けた。
あの様子なら、半次郎は深手を負ったことだろう。
そのうえ、堀割に真っ逆さまに落ちたのだ。
十中八九、お陀仏に決まっている。
そう思ったものの、危惧の念は、少しも消えなかった。

二

夏掛けの寝床の中で、丹治は目を開いた。

朝一に、医者のもとへ赴き、腹痛がするし、ひどく寒気もすると訴えたところ、苦い生薬を呑まされた挙句、寄場役場の西の隅にあるこの小座敷に寝かされてしまったのである。

その後、ほどなくして、寄場下役が来て、怪我人が出たことを知らせたのだった。その寄場下役とともに、医者はすぐに小座敷から出て行った。

あれから四半刻（三十分）はたっただろう。

じっと耳を澄ます。

座敷に近づく人の気配はない。

すでに、心学の導話が始まる刻限を過ぎていることは明らかだった。

それでも、丹治は踏ん切りがつかなかった。

弥三郎の言いつけに従ったものの、権六のことを考えると、どうしても不安が募ってくる。一瞬だけだが、彼も権六の死に顔を目にしたのだった。さらに、寄場下役たちが漏らした噂も耳にしていた。爪を剝がれ、手指までが折られていたというのである。弥三郎は、それも半次郎の仕業だとみなしていた。拷問の痕跡は、自分に対する疑いをそらすのが目的だと。

だが、本当にそうだろうか。丹治は半信半疑だった。あの晩、権六が人足小屋を出てしばらくしてから、島抜け騒ぎがあった。つまり、寄場下役たちが人足寄場の中を走り廻っていたのだ。そんな状況の中で、偽装のために爪を剝いだりするとは思えなかった。まして、手指は一本残らず折られていたのだ。むしろ、とてつもなく激しい憎悪を感じる。

そんなことをする人間に、丹治は一人だけ心当たりがあった。しかし、そんなことはあり得ない。そう思うと、ここでぐずぐずと逡巡《しゅんじゅん》していることが、ふいに馬鹿らしく思えてきた。もしも、井戸掘り小屋を探らなければ、弥三郎にこっぴどく叱られるだろう。本当に怒ると、あの男ほど恐ろしい奴はいない。

それに、と丹治は思った。弥三郎の考えが正しければ、あの井戸掘り小屋の中には、何かとてつもない秘密が隠されているはずなのだ。それは何だろう。

音を立てぬように息を吸うと、彼は思い切って上体を起こした。

素早く寝床を抜け出し、開け放たれた縁先から、裸足のまま庭へ降りた。

そして、足音を忍ばせて寄場役場の建物の角に身を寄せた。

広場とその周囲に、ずらりと建ち並ぶ手業の小屋が見える。

だが、広場には人影がまばらで、元結作り、草履作り、藁細工の小屋に出入りする男たちの姿はない。それらが最初の組の連中だから、寄場役場のお白洲で中沢道二の話を聞いているのだ。むろん、半次郎と文之助、それに最近になって井戸掘りの手伝いを始めた紋太も含まれているはずだ。

丹治は、自分に気合を入れると、建物の陰から離れて、広場へ足を踏み入れた。手業の小屋の入口が並んでおり、導話の順番を待っている無宿人たちが、手持ち無沙汰に座り込んだり、話し込んだりしている。

その連中の関心を引かないように、丹治はできるだけさりげない様子で、入口の前を横切った。銭差し小屋の前を通りかかる。

ここを過ぎれば、残りの小屋は無人のはずだ。

「あれ、丹治じゃねえか」

いきなり声をかけられて、丹治は心の臓がとび跳ねた。

銭差しの小屋の入口に、顔見知りの年寄りが立っている。吃驚したような顔つきだ。

「おまえさんの小屋は、いま導話の順番じゃねえのかい」

「いや、それが――」

言いかけて、言葉に詰まってしまった。どうしていいか分からず、息もできない。

その様子に、年寄りが眉根を寄せて、小屋から出てこようとした。

そのとき、一つ思いついた。

「実は、北側の張り番をなさっている寄場下役様をお呼びしてくるように、寄場元締め役様から命じられたのさ」

「なんだ、そうだったのかい」

掌で宙を叩くようにして、年寄りが破顔した。

「ああ、まったく人使いが荒いからな、ここの役人たちは」

丹治も作り笑いを返す。

「たしかにな」

それじゃ、と年寄りに目顔で挨拶すると、足早にその場を離れた。

百姓仕事と藁細工の小屋の前を通り過ぎて、元結作りの小屋を越えると、もはや誰からも見られなくなった。

目の前に、井戸掘り小屋がある。

もう一度、彼は周囲を見廻した。

誰も見ていないことを確かめると、丹治は小屋の戸をゆっくりと開けた。

三

寄場役場の通用門から、無宿人たちがぞろぞろと出てゆく。

鼻くそをほじったり、あくびをしたり、どの顔にも弛緩した表情がある。中沢道二の導話が終わり、これから後は手業も休みで、おおっぴらにのんびりできるのだ。

だが、倫太郎と伊之助、それに紋太だけは違っていた。井戸掘りの完成が遅れていることから、これから作業を続けなければならない。

「まったく、せっかくの休みだって言うのによ。うんざりしちまうぜ」

紋太が愚痴をこぼした。

「そう言うな」

倫太郎は言いながら、空模様を見ていた。

泥水のような色の雲が、低く垂れこめている。朝方はそれほどでもなかったものの、生暖かい風も吹いていた。

ひょっとすると、嵐が来るかもしれない。となれば、仕事を急ぐ必要がある。

倫太郎は、伊之助に顔を向けた。

伊之助はうつむいたまま、ぼんやりしている。

「おい、どうしたんだ」

「えっ」

伊之助が、驚いたように顔を上げた。

「何だか、昨日から変だぞ」

「そんなことねえよ」

慌てたように、作ったような笑いを浮かべる。

「そうかい。だったらいいが。――見ろよ」

言いながら、顎をしゃくって、空を指した。

「ああ、俺も気がついてたぜ」

目を向けた伊之助がうなずいたものの、どこか気の抜けたような言い方だった。

倫太郎は内心舌打ちしたものの、黙っていた。伊之助の様子がおかしいのは、たぶん、腕を折ったせいだろう。そんなことよりも、仕事を急がねばならないのだ。

三人はほかの無宿人たちから離れて、広場を横切り、井戸掘り小屋へ足を向けた。

手業の小屋の前では、無宿人たちが洗濯の用意をしたり、話し込んだりしている。絵草子は高価で持ち込むことはできないし、むろん、博打も禁じられている。することもないのに、手業の小屋を出入りしている者たちは、昼寝をするか、紙で作った将棋でもするのだろう。当然、寄場下役たちには内緒で、小銭が賭けられるのである。

元結作りの小屋を通り過ぎ、井戸掘り小屋に着いた。

戸を開いた途端に、倫太郎は体が固まった。

目の前の地面に、道具類が散乱している。

むろん、昨晩、仕事を終えたときには、こんな状態にはなっていなかった。

倫太郎はすぐに小屋の中へ入ると、深々と掘り下げられた穴の中を覗き込んだ。巻き上げられていたはずの縄梯子が、だらりと垂れ下がっていた。何者かが降りたことは明らかだった。

「こりゃ、どういうことなんだ」

あとから小屋に入った紋太が叫んだ。

「どこの誰かは知らねえが、ここが無人になった隙に、内部を探った人間がいたってことさ」

言いながら、倫太郎は伊之助と顔を見合わせた。これで二度目である。だが、紋太の前で、六蔵のことを口にするわけにはいかない。

「どうする」

伊之助が口を開いた。鋭い目つきになっていた。顔に緊張感が戻っている。

「こうなりゃ、じたばたしても無駄だ。あらん限りの力で、仕事を急ごうぜ」

いいな、と倫太郎は二人を見た。

伊之助が無言でうなずく。

紋太も、彼の権幕に気圧《けお》されたように同意した。

倫太郎はさっそく縄梯子を降りると、置いてあった鍬をすぐに振るった。そうやって体を動かしながら、現在の状況について考えを巡らせた。

幸いなことに、穴は本当の狙いまでは到達していなかったので、中へ入り込んだ者が、すべて見破ったとは思えない。しかし、倫太郎が寄場奉行に報告した作業の進捗状況と、この穴の様子の違いは一目瞭然だ。もしも、そこに疑念を持たれて、ここで邪魔が入れば、一切が水の泡になる。作業を急がなければならない。あとほんの一息だということは分かっていた。しかも、どうやらお誂え向きの空模様になっている。

目にかかる汗を拭う間もなく、倫太郎は渾身の力をこめて鍬を振り下ろす。その一掘り、一掘りごとに、父親の声が聞こえてくるような気がした。

《倫太郎、わしは、おまえの母親とその子供たちといるときだけ、本当に幸せであった》

《侍の世は、何とも醜いものじゃ。良い家柄に生まれついたというだけで、下々の者を見下し、踏みつけにするのだからな》

《倫太郎、無理に仕官などせずともよいぞ。自由に、好き勝手に生きるのじゃ》

汗が目に入る。

そして、頬に流れる。

それが汗なのか、それとも涙なのか、倫太郎には分からなかった。

だが、父親の言葉が妹のことに及んだとき、喉を締めつけられるような気がした。

《おふみは本当に不憫《ふびん》なことをした。あれは、可愛い子だったからのう》

すると、耳の奥に、おふみの声までが聞こえた。

《お兄ちゃん、お兄ちゃん》

おふみの弾けるような笑い声も響いてくる。

そのとき、ふいに倫太郎は思った。

おこんは、どこかおふみに似ている。

振り下ろした鍬が鋭い音を立てて、倫太郎は我に返った。

明らかに、固い金属に触れた衝撃音だ。

「どうした」

上から、紋太の声がした。

見上げると、影になった二つの頭があった。

「どうやら、俺たちが探していたものに到達したらしいぜ」

倫太郎は言った。

そして、鍬を投げ出すと、掘り返していた辺りの土砂を手で掘り始めた。やがて、長方形の木の箱が現れた。角に金具が打ちつけてある千両箱だった。

倫太郎は滑車から下がっている荒縄で、その千両箱を固く縛ると、上に向かって怒鳴った。

「いいぞ、上げろ」

縦坑にキリキリという音が谺して、千両箱が見る間に引き揚げられていく。

倫太郎は縄梯子に手足を掛けると、急いで上へ上った。

穴から這い上がると、足場の横で、地面に置かれた千両箱を見下ろしている伊之助と紋太の姿が目に映った。

「やっぱり、これだったのかい、あんたらの狙いは」

顔の汗を拭いながら、紋太が言った。この上もなく真剣な顔つきだ。

「ああ、そうさ」

息を弾ませて、倫太郎はうなずく。

「人足寄場の地下に千両箱が埋められているなんて、いったいどういうカラクリになっているんだ。——説明してくれるって約束だろう、半次郎さんよ」

「いいだろう。もともとこの人足寄場を作ったのは、老中首座の松平定信だったってことは、おまえさんも知っているな」

紋太がうなずいた。

「そのくらいのこと、そこらの洟を垂らした餓鬼でも知ってるぜ。どこの家でも、悪さをした子供に、おっかさんが《老中様がお造りになった無宿島送りになるよ》って脅すからな」

「松平定信は、天明七年に頻発した打ちこわしや、それ以前に起きた飢饉に頭を痛めていたのさ。いずれも、幕府の威信が地に落ちたことを、満天下に晒してしまったんだからな。ことに、その打ちこわしのときは、四日間にわたって江戸市中が無法状態になったんだそうだぜ。その騒乱の中心が、無宿人たちだったというわけさ」

「だからこそ、この人足寄場を造り、問答無用で無宿人たちをとっ捕まえて、ここへ放り込んだんだろう」

先回りして、紋太が言った。

「そうだ。だがな、松平定信が人足寄場を造ろうと考えた理由は、それだけじゃねえ。ほかにも理由が二つあったんだ」

「ほかの理由――」

倫太郎はまたうなずく。

「一つは、両国橋の下流にあった三俣《みつまた》の中洲の存在を、苦々しく思っていたことだ。その三俣には富永町という町ができていて、妓楼《ぎろう》や料亭が建ち並び、夏の涼を求める連中がわんさと押し寄せたんだ。しかも、天明七年に吉原が火事に遭ったことから、お上がやむなく富永町での仮宅営業を許したことから、とんでもないことになったのよ」

「どうなったんだ」

「町全体が、隠し女郎の巣窟となり、やくざや怪しげな連中が群がり、あらゆる悪行がはびこったのさ。幕府の威信低下をあざ笑うように、そうした店の主人たちが、江戸城の鼻先で、それこそ、やりたい放題だったんだぜ。松平定信が頭にきても、当然だろう」

紋太が驚きの表情を浮かべた。

「もう一つは、何だい」

「三俣の中洲があるせいで、大水が出たときに、隅田川の下流沿いにある下町一帯が浸水して、被害が大きくなっちまったことさ。そこで、この三つを一挙に解決するために、松平定信は人足寄場の創設を命じたというわけよ」

「ちょっと待ってくれよ。いまは三俣なんてものはねえぜ。それは、いったいどうなっちまったんだ」

「松平定信の鶴の一声で、富永町は中洲ごとすべて取り壊されて、その膨大な土砂が無数の荷船で運ばれて、石川島の脇に広がっていた広大な湿地を埋め立てたんだよ」

倫太郎は、父親から聞かされた話を思い出していた。

富永町のあった三俣は、表通りの長さが二百一間（約三百六十二メートル）、裏通りの長さが百七十三間（約三百十一メートル）あり、幅は西の方で七十五間（約百三十五メートル）、東の方で二十八間（約五十メートル）ほどもある島だったという。

紋太は唖然とした表情を浮かべたものの、すぐに疑うような目つきに変わった。

「なるほど、とびきり面白い話だが、その人足寄場の地下に、どうしてお宝が埋まっているんだい。しかも、そのことを、おまえさんはなぜ知っている」

「松平定信からこの人足寄場を造るように命じられたのが、俺のおやじ、長谷川平蔵だったからさ」

紋太の目が大きく広がる。

「長谷川平蔵って、火附盗賊改《ひつけとうぞくあらため》の、あの長谷川平蔵かい」

「ああ、そうだ。――しかも、ただ造らされただけじゃない。隠し女郎や賭博、その他の悪行を裏で行っていた妓楼や料亭の主人たちを、一網打尽にすることまで命じられたんだ。そして、そいつらの全財産を問答無用で没収して、埋め立てる湿地の地下に埋蔵することも、おやじの役目だったのさ」

口を開けたまま、紋太がもう一度、千両箱に目を向ける。やがて顔を上げた。

「どのくらい埋められているんだ、この下に」

「千両箱で、残り九十九個」

「だったら、全部で十万両――」

紋太の言葉が途中で途切れた。

「そうだ。この人足寄場は、無宿人たちを閉じ込めるための牢獄であると同時に、いざというときの幕府の軍資金、十万両を守るための御金蔵にほかならないというわけさ」

言いながら、倫太郎は、またしても父親のことを思った。

長谷川家は三河以来の旗本で、最上位の番士になれる家柄だった。番士とは将軍に近侍する武士のことで、御書院番、御小姓組、大御番、新御番、小十人《こじゅうにん》組の五番方があり、中でも最も重んぜられたのが、将軍の居室である黒書院西湖之間《くろしょいんさいこのま》に詰める御小姓組と、白書院《しろしょいん》に詰める御書院番の番士であった。

これらは両番の番士と呼ばれ、三方ヶ原《みかたはら》以来の旧臣の子息か、奉行を務めた旗本の子供に限られていた。長谷川平蔵も西の丸御書院番の番士を振り出しとして、御先手組弓頭、火附盗賊改役と出世したのだった。

しかし、人足寄場掛りを命ぜられた平蔵が、その建設を全うしたとき、老中より下された褒美は、わずか大判五枚だけであったという。大判五枚とは、小判に換算すれば三十七両二分に相当するものの、役に就いた旗本が同輩に振舞の宴《うたげ》を催せば、四十八両ほどもかかるのだ。

そして、にわかの病に倒れた平蔵は、栄転の沙汰もないままに没したのである。旗本とは、将軍家に対して粉骨砕身、滅私奉公すべき臣下にほかならず、その働きに厚く報いる必要など微塵《みじん》もない、それが松平定信という男の考え方だったのだ。

百姓の母親から生まれた平蔵は、終生、人に対する温かい気持ちを失わなかった人だった。だからこそ、人を人とも思わぬどころか、平然と足蹴にするようなその仕打ちに、痛憤の涙を流しながら、平蔵は息を引き取ったのである。

「これから、どうするつもりだ」

紋太が言った。

「この人足寄場の対岸に、俺たちの仲間が待機している。合図があり次第、そこの丸太矢来の木戸脇の堤に、荷船を接岸する手筈になっている。あそこの堤の外には小さな岩礁があるものの、そこ以外は海底がめっぽう深いから、荷船が座礁する心配はねえ」

「どうやって合図する」

「でっかい火を燃やす」

「そんな馬鹿な。あそこにゃ番小屋があって、常時、張り番が詰めているんだぜ。それに、寄場下役が始終、見廻りをしているから。百個もの千両箱を運んでいれば、すぐに見つかっちまうじゃないか」

倫太郎は首を振った。

「心配は無用だぜ。どうやら、嵐になりそうな空模様だから、いつもより早く暗くなるだろう。それに、火を燃やすのは木戸の外じゃねえ」

「どこだよ」

「炭団製所の小屋だ。あそこの隅に俵が積み上げられている。その中の一番下の俵に、赤糸を結んであるから、そいつに火をつけるのさ」

「だけど、あの中身は木の炭だろう。そんなものに火をつけたって、すぐには燃え上がらないぜ」

「大丈夫だ。その中身だけは、おまえさんが仕入れてくれた厩の土と、木の炭を混ぜたものなのさ」

「厩の土が、何になるって言うんだ」

「俺も詳しいことは分からねえが、馬が垂れる小便が土に染み込んで、そいつが長い時を経ると、別の物に変化するんだそうだ。そいつと木の炭を混ぜたものは焔硝《えんしょう》と言って、火縄銃に使われる火薬の材料だ。しかも、そこに百姓仕事の小屋からくすねてきた硫黄がたんまりと混ぜてある」

「だったら、火をつけたら、爆発するのか」

「婆婆にいたとき、何度も試してみた。間違いなく爆発する。そして、その熱と炎で、上に積み上げられている木の炭も、もろともに炎上するって寸法だ。そうすれば、嫌でも大火事になるだろう。当然、役人どもは残らず、火消しに手を取られるに決まっている。むろん、ほかの無宿人たちも、ことごとく目を奪われるはずさ。その隙に、俺たちは千両箱を木戸の外の堤まで運ぶ。千両箱は、およそ五貫目半（約二十キロ）だ。男が三人いれば、わけのない仕事だぜ」

「だったら、おいらも仲間に加えてくれるのかい」

「最初から、そのつもりさ。首尾よく事が済んだら、おまえさんの分け前は千両だ。一生、遊んで暮らせるぜ」

紋太が生唾を呑み込んだ。だが、すぐに言った。

「でも、俺たちがいなくなれば、島抜けしたってことが露見しちまうぜ。まして、お上の金を十万両も盗んだとなりゃ、旗本総出で追いかけられる羽目になっちまうんじゃねえのかい」

倫太郎は笑った。

「役人どもは、俺たちが嵐の海に、身一つで飛び込んだと考えるだろう。この辺りの海は、ただでさえ荒れる。そのうえ、どうやら天気が崩れ始めている。土左衛門が上がらなくても、俺たちが生きて対岸へ泳ぎ着いたと考える奴なんて、一人もいねえだろう。それに、町人どもから十万両の金を毟り取って、ここへ埋めさせたのは松平定信の一存で、将軍はおろか、幕府のほかの重臣たちも与り知らないことだったそうだ。幕府内には、あいつの威光がまだ残っているらしいが、もはや老中じゃねえし、将軍の家斉にひどく嫌われているらしいじゃねえか。独断でそんなことをしたことが露見すりゃ、自分が切腹させられるどころか、御家まで吹っ飛ぶぜ」

なるほど、と紋太が大きくうなずいた。そして、すぐに表情を変えると言った。

「なあ、その炭団製所に火をつけるって役目だけどよ、ひとつ、俺にやらせてくれねえか」

「どうして」

「井戸掘りを手伝ったのは、ほんの数日だぜ。それに千両箱を木戸の外まで運ぶだけで、千両の分け前は貰い過ぎだ。それなりの仕事をしなくちゃ、お代を頂戴するわけにゃいかねえ」

紋太が妖しい笑みを浮かべる。

「おまえさんらしい算盤《そろばん》勘定だな。いいだろう、その役目は任せる」

「合点だ」

「だったら、二人で残りの千両箱を引き揚げてくれ。俺は、ちょっと確かめたいことがある」

「分かった」

紋太がうなずいた。だが、伊之助は、心を奪われたように千両箱を凝視しているだけだった。

倫太郎は、お仕着せの襟の内側の縫い目に歯を当てて糸を切り、中に隠しておいた小判を取り出した。それを袂に入れると、急いで井戸掘り小屋を出た。

四

「小栗晋作だと――」

川村広義が低い声で言った。

「そうでございます。その者こそ、権六を殺めた下手人にほかなりません」

工藤惣之助は言った。

二人は、お白洲横の小座敷で対坐していた。

工藤惣之助は朝一に鈴木孫兵衛を通して、どうしても寄場奉行の耳に入れたいことがあると進言したのだった。すると、中沢道二の導話が一段落するまで待つようにとの沙汰を受けた。そして、いましがた、第一回目の導話が終了したことから、急遽《きゆうきよ》ここへ呼ばれた彼は、開口一番に、権六殺しの下手人が判明したと口にしたのだった。

「その小栗晋作とは、何者なのだ」

言いながら、川村広義の目が落ち着きなく瞬く。

「三年前に、南町奉行所の定町廻り同心を辞めた人物です」

その言葉に、川村広義が顔つきを一変させた。

「その方、自分が口にしている言葉の意味が分かっておるのか。いやしくも、町奉行所の定町廻り同心だった者を、人殺し呼ばわりしておるのだぞ」

「重々承知いたしております。まずは、それがしの説明をお聞きください」

「待て。もしも、その方の言うことが、とんでもない見当違いであったときは、どのように責任を取るつもりか、最初にそれを申してみよ」

その言葉に、工藤惣之助は言葉に窮した。たしかに、自分が調べたことに自信はある。さりとて、それが絶対に間違いないかと言われれば、絶対的な確証があるわけではなく、推測の域を出ない部分がほとんどだ。

しかし、と工藤惣之助は思った。ここで躊躇して、さらに犠牲者が出れば、取り返しがつかない。

工藤惣之助は川村広義にはっきりと言った。

「万が一、それがしの申したことに間違いがあれば、どのような責めも甘んじる所存にございます」

その言葉に、川村広義は鼻白んだような顔つきになり、渋々と言った。

「ならば、申してみよ、その方の調べたことを」

「はっ。まずは、天明七年の打ちこわしのことを思い出していただきとうございます――」

工藤惣之助は、天明七年に江戸で《打ちこわし》が頻発した頃、同時に続発した両替商への押し込みの巻き添えを食って、小栗晋作が妻子を惨殺されたことを述べた。そして、その押し込みの一味だった室吉が、権六とまったく同じように惨殺されて、その調べに当たっていたのが、小栗晋作だったと付け加えた。

「そして、室吉の口から権六たちが上方へ逃れたことを知ると、小栗晋作は病と称して、定町廻り同心を辞し、姿を消しました。上方まで追いかけてきていることを知った権六たちは、小栗晋作の裏をかいて江戸へ舞い戻り、人足寄場に身を潜めたと思われます。小栗晋作は押し込みの一味を、単身で探索していたと考えられるのではないでしょうか」

川村広義が首を振り、彼の言葉を遮った。

「たしかに筋は通るようだが、何一つ、確たる証拠がないではないか」

工藤惣之助は、音を立てずに息を吸った。もはや、あのことを持ち出す以外に、説得する材料はない。

「小栗晋作は六年前、神田須田町の三嶋屋のお上、おきわが殺された一件も調べておりました。その一件の下手人である銀二は、無宿人の茂一と偽名を使い、この人足寄場の中に身を潜めていたのでございます。ところが、その者の手荷物の中に、その一件の詳細と、明日になれば捕まると書かれた手紙が入れられていたことから、銀二はその日、やむにやまれず島抜けを図ったのです。そして、その混乱に乗じて権六が殺害されたことは、以前にも、ご説明申しあげた通りにございます。確たる証拠がなくとも、室吉と銀二に共通するのは、小栗晋作だけでございます」

「ちょっと待て。その銀二が茂一という偽名を用いていたこと、わしは初めて耳にしたぞ。その方、いつから、そのことを知っておったのじゃ」

川村広義の顔が紅潮している。

「申し訳ございません。あの者は、どう転んでも死罪になる身でしたので、名を偽って人足寄場に身を潜めていたことは、それがしの一存にて伏せたままにしておりました」

工藤惣之助は平伏した。

「たわけ者――」

上座から怒号が響いた。

「なにとぞ、お許しください。しかし、お奉行様、小栗晋作がこの人足寄場内に潜伏していることは疑いありません。なにとぞ、早急に――」

「黙れ」

冷然とした言葉が、工藤惣之助の言葉を遮った。

「その方、わしをどこまで愚弄すれば気が済むのじゃ。権六殺しの一件について、もはや手出しはならんと申しつけたことを忘れたのか。しかも、下手人に繋がるかもしれぬ重大な手掛かりを隠しておったとは、もはや容赦ならん。沙汰あるまで、無宿人どもの素性調べの手伝いをいたしておれ。その持ち場から離れることは、厳禁じゃ」

「しかし、小栗晋作はいかがいたすのでございますか」

工藤惣之助は食い下がった。

「それなら、わしに存念がある」

川村広義は、ふいに自信に満ちた口調になった。

そのとき、廊下に足音が響いた。

「お奉行様、大変でございます」

座敷際の廊下に平伏した鈴木孫兵衛が言った。

「何事だ。騒々しい」

「無宿人がまた殺されました」

川村広義が目を瞠った。

「誰が殺されたのだ」

「丹治にございます。藁細工の小屋の奥に積み上げられた藁の下から、たったいま骸が見つかりました」

「何っ」

唸り声を上げて、川村広義が立ち上がった。

「わしが調べる」

工藤惣之助も立ち上がろうとした途端、川村広義が怒鳴った。

「その方の同道は罷《まか》りならん。――鈴木、参るぞ」

二人が座敷を飛び出した後、工藤惣之助はその場に残されてしまった。

五

元結作りの小屋の角を曲がると、その先の小屋に人だかりができているのが、倫太郎の目に留まった。

藁細工の小屋だ。中を覗き込むようにして、無宿人たちが騒いでいる。女たちの姿もあった。

倫太郎は、嫌な予感がした。六蔵のときと似ている。

「おい、どうしたんだ」

倫太郎は一人の若い男に声を掛けた。

「また無宿人が殺されたんだよ」

「誰だ」

「丹治さ。俺の知り合いが見つけたんだ。絞め殺されてたってよ」

倫太郎は言葉を失った。慌てて背伸びして、ほかの連中の背後から中を見ようとしたが、人だかりに遮られて、中の様子は分からない。それでも、役人たちが中を検めている気配だけは感じられた。

中から甲高い声が響いている。寄場奉行の川村広義の声だ。

倫太郎は若い男を振り返った。

「いつ見つかった」

「つい、いましがたさ」

倫太郎は首を傾げた。今日の中沢道二の導話は、彼の寝起きしている人足小屋と、丹治たちの人足小屋が同じ組だったはずである。とすれば、丹治は、その導話のときにお白洲にいなかったことになる。

そのとき、倫太郎は横顔に突き刺さるような視線を感じた。

十間（約百八十メートル）ほど離れたところから、弥三郎が睨みつけていた。だが、その顔には憎しみだけでなく、驚きの表情が張りついている。

途端に、倫太郎は悟った。丹治だ、井戸掘り小屋へ入り込んだのは。弥三郎がやらせたのだろう。ところが、その丹治が殺されてしまった。むろん、倫太郎や伊之助、それに紋太が、丹治に手を出すことはできない。弥三郎の戸惑いは、そこから起きているのだろう。

いずれにしろ、ますます厄介なことになった、と倫太郎は思った。この前の人足寄場の総検めは、どうにか乗り切ることができた。しかし、千両箱を掘り出し始めたいま、あの小屋の中を見られれば、万事休すだ。

倫太郎は、その場を足早に離れた。弥三郎の目を、人ごみにまぎれてやり過ごすと、彼は広場を横切った。そして、胡粉製所の小屋の前に立った。

中を覗き込むと、男たちが三々五々と座り込んでいる。ほとんど紙将棋をしている。

板間に寝そべっている男が目に留まった。

「万蔵さん、ちょっといいかい」

倫太郎は声をかけた。

腕枕で寝ていた万蔵が、目を開いた。

「半次郎さんか。何か用かい」

「いつぞや、困ったことがあったら、相談に乗ると言ってくれたよな」

万蔵が上体を起こした。

「ああ、言ったぜ」

倫太郎が目顔でさし招くと、万蔵は藁草履をつっかけて小屋の外へ出てきて、肩を並べた。生暖かい海風が、二人の鬢やほつれ毛を乱す。

倫太郎は袂に入れていた小判を摑むと、顔を動かさないまま、それを素早く万蔵に握らせた。

「何をしてほしい」

万蔵も同じように顔を動かさないまま言った。

「この空だ。嵐は来るかね」

万蔵が目だけを動かすのが分かった。鼻を鳴らして、臭いを嗅いだ。それから、おもむろに口を開いた。

「間違いなく来る。夏の終わりの大嵐だ。絶対に信用していいぜ」

「いつ、来る」

くるりと目が動いた。雲の底を見つめる。舌で下唇を舐めると、鼻で大きく息を吸い、言った。

「早くて、七つ（午後四時）。遅くとも、夕暮れ時には大荒れだ」

胸の裡で、倫太郎は指を折った。いまは八つ（午後二時）過ぎだ。百個の千両箱を引き揚げるのに、少なくとも二刻（四時間）はゆうにかかるだろう。だが、今日は風呂のある日だから、無宿人たちが人足小屋へ戻るのは、暮れ六つ（午後六時）だ。ちょうど日暮れ時である。

決行は、そのときだな——。

「ありがとうよ」

倫太郎は礼を口にすると、その場を離れようとした。

「半次郎さんよ」

背中に声がかかった。

「何だね」

振り返ると、かすかに笑みを浮かべた万蔵が、

「俺がもう少し若くて、脚が悪くなけりゃな」

と、謎を掛けるように言った。

倫太郎も笑みを浮かべる。

「おたくさんにも、じきに解き放ちの沙汰があるさ」

そう言い残すと、倫太郎は踵を返した。


おこんは、半次郎の後ろ姿を見つめていた。

偶然、胡粉製所の小屋の脇を通りかかったとき、倫太郎と万蔵が立ち話をしているのが目に留まったのである。

小屋の陰に身を隠して、耳をそばだてたものの、二人の会話は聞き取れなかった。

だが、二人が別れ際に交わした言葉は聞こえた。

あれは、どういう意味だろう——。

おこんには、別れの挨拶のように思えたのである。

六

工藤惣之助は腐っていた。

寄場役場の執務部屋で、文机に文書を山積みにして、人足寄場に収容されている無宿人の素性の洗い直しを行っていたのである。

といっても、ここでできることは限られている。入所している百六十名ほどの生国と名前、それに住まいの一覧と、入所時に書きとめられた文書を比べて、無宿人の年齢、生国、無宿人狩りに遭った場所、婆婆にいたときの生業、それに女房や家族の有無など、調べている者の記録と齟《そ》齬《ご》がないか、それを確かめるだけである。

一人一人のさらに詳しい洗い直しは、寄場奉行から町奉行所へ依頼されたという。工藤惣之助は、尾崎久弥が口にした言葉を思い出していた。

《おぬしのところの寄場奉行が、人足寄場に放り込まれた無宿人の素性について、洗い直しを依頼してきたのだ。定町廻り同心の一人一人にまで、百六十人からの無宿人の一覧が手渡されておる始末だ》

だが、さっき川村広義が《わしに存念がある》と口にしたときの様子から、工藤惣之助は、何をするつもりなのか、おおよその見当がついていた。おそらく、町奉行所の古株の人間をこの人足寄場へ連れてきて、無宿人たちの首実検をするつもりなのだろう。つまり、ここでこうしていることは、まったく無駄な作業としか言いようがない。

執務室には、ほかに三名の寄場下役が詰めて、同じように仏頂面で文書を睨んでいる。二人は若い寄場下役だが、一人は工藤惣之助と親しい年配の男だ。暑さに耐えかねて、団扇《うちわ》でしきりに胸元を扇いでいる。

工藤惣之助はため息をつくと、またしても一覧に目を落としたものの、頭の中では別のことを考えていた。殺された丹治のことである。

詳細は分からないものの、手を下したのが小栗晋作だと仮定すれば、丹治もまた、天明七年に、江戸を恐怖のどん底へ叩き込んだ押し込みの一味だったということになる。そして、残る二人のうちの一人は、弥三郎という見方も成り立つだろう。とはいえ、それを裏付けるものは何もない。だが、小栗晋作が、押し込みの一味を見逃すとは思えなかった。妻子を死に追いやった五人の男たちを蝮のように執念深く追い続けて、室吉と権六を惨殺した男である。

それにしても、おしまが目にした五人組の最後の一人、頭目格とはいったい誰なのだろう。ちらりとだけ目撃された押し込みは、四人組の男たちだったのだから、残る一人は、ほかの四人とは別格の立場だったと考えるべきかもしれない。もしかすると、小栗晋作が室吉を拷問したのは、その男の正体を探るためだったのではないだろうか。

頭の中にいくつもの推理の糸が浮かび上がったものの、それらはひどく縺れ合っていた。唯一、その絡みを解く術があるとれば、丹治の遺体を検めることだろう。

そう思うと、寄場奉行に対する憤懣が、再び込み上げてくるのだった。手柄を、独り占めにする気なのだ。川村広義が彼の調べを禁じた理由を、工藤惣之助はそう考えていた。天明七年に起きた押し込みの一味の正体を明らかにするとともに、その連中に復讐を挑んでいる小栗晋作を自らの手で捕えれば、これほど大きな功績はない。そして、川村広義がひどく出世欲の強い男だということを知らぬ者は、奉行所にはいない。ゆくゆくは、町奉行の座を狙っているという噂すら囁かれているのだ。

工藤惣之助は、音を立てずにため息をついた。

そして、不承不承再び一覧に目を向ける。

ふと妙な気がして、目を瞬く。

一覧を、何度も見直す。

だが、いくら繰り返しても、あるはずの名前がどこにもない。

顔を上げた工藤惣之助は、隣に座っている年配の寄場下役に声をかけた。

「仕事中、済まぬ」

「何でございましょう」

年配の男が、団扇を宙に止めて言った。

「この一覧はどなたが作られたのか、知っているか」

「これは、鈴木孫兵衛様が各文書から抜き書きされたものでございます」

「だが、抜けている名前があるではないか」

工藤惣之助が言うと、年配の男は笑みを浮かべ、あることを口にした。

その言葉を耳にして、彼は息が止まった。

「工藤様、どちらへ行かれるのでございますか」

立ち上がった工藤惣之助に、年配の男が声をかけてきた。ほかの二人も手を止めて見つめている。

「拠所無い急用を思い出したのだ」

言うと、工藤惣之助は執務部屋から飛び出した。

「お待ちください。お奉行様から、退出は罷りならぬと申しつけられているのではございませんか――」

追いかけてくる声を無視して、彼は廊下を走った。

七

「この野郎、待ちやがれ」

喜之助《きのすけ》は男を追いかけていた。彼は一膳飯屋の主人である。

「とっ捕まえて、袋叩きにしてやる」

彼とともに、二人の客が駆けていた。喜之助の店の常連客で、縄暖簾のそばの飯台で昼酒を呑んでいた男が突然店から逃げ出したとき、「おい、親爺《おやじ》、呑み逃げだぞ」と料理場に声をかけてくれたのは、そのうちの一人だった。

呑み逃げの男は、海辺《うみべ》大工《だいく》町《まち》の細い路地を、独楽鼠《こまねずみ》のようなすばしこさで駆け抜けてゆく。土地勘があるのだろう。だが、喜之助は諦めるつもりはなかった。酒を一本呑ませて、銭何文という商売である。まして、喜之助は寝たきりのおっかさんを抱えている。二人の客も、そのあたりの事情を知っているから、力を貸してくれているのだ。

ときおり、逃げてゆく男が怯えた顔つきで振り返る。まるで、どうして追いかけてくる、と言わんばかりの顔つきだ。

その顔つきが、喜之助の怒りの火に油を注いだ。この先の橋を渡れば、山本町だ。入り組んだ町筋で、人通りも多い。そこへ逃げ込む腹だな、と彼は思った。

男がふいに角を左へ曲がった。

三人もあとに続く。

道の脇に積まれていた天水桶を、男がひっくり返した。

「ちくしょうっ」

道に転がった天水桶を避《よ》けながら、客の一人が毒づいた。

またしても、男が振り返る。顔に嗤いを浮かべている。

そのとき、男がつんのめった。調子に乗って、何かに躓いたのだ。

もんどり打ってうつ伏せに倒れ込んだところへ、三人は追いついた。

「この野郎、もう容赦しねえぞ」

喜之助は馬乗りになると、相手の後頭部を思い切り殴りつけた。二人の客たちも腹と言わず、脚と言わず、蹴りつける。

男が必死で叫んだ。

「助けてくれ、やめてくれ」

いつの間にか、周囲に野次馬が集まっていた。

「こいつ、俺の店で呑み逃げしやがったんだ」

殴りつけながら、喜之助は大声で怒鳴った。

そのとき、遠くから声が響いた。

「待て、待て。勝手な真似は許さんぞ」

喜之助は顔を向けた。

着流しに黒羽織姿の男がこちらへ走ってくる。尻端折《しりはしよ》りした男を従えている。町方役人と岡っ引きだ。

喜之助たちは嬲る手を止めた。同心とは顔見知りである。北町の定町廻りだ。

「何があったのだ」

駆けつけてきた同心が、息を弾ませて言った。

「この野郎が、呑み逃げしやがったんでさ」

うつ伏せの男の首筋と右手首を押さえ込みながら、喜之助は言った。

二人の客たちもうなずく。

「呑み逃げか。まったく面倒をかけおって」

同心はしゃがみ込むと、うつ伏せにされている男の髷を摑んで顔を上げさせた。

「おい、名前を言え」

うう、と男は唸った。

岡っ引きが、脇腹に蹴りを入れた。

ぐっ、と男は呻き、口を開いた。

「半次郎――」

「住まいは」

同心が面倒臭そうに言った。

「源助町――」

言うと、精も根も尽き果てたように男は目を瞑った。

「源助町の半次郎だな」

同心が髷から手を離し、立ち上がろうとして、ふいに動きを止めた。背筋を伸ばし、慌てて袂に入れてあった紙を取り出す。それを広げて、目を走らせた。

動きが止まった。それから、ゆっくりと男に顔を向けた。

「おまえ、無宿人だな」

喜之助に押さえつけられたままの男が、わずかにうなずいた。

「上州無宿の半次郎、そうだな」

同心が言った。

「ああ」

男がしゃがれた声を発した。

「どうしたんでございますか」

思わず、喜之助は同心に訊いた。

同心は険しい表情のまま言った。

「こいつの名前を騙《かた》って、人足寄場に入り込んでいる者がおるのだ。そいつは、人を殺めた下手人よ」

同心が、手にしていた紙を喜之助に見せた。そこには、ずらりと百人以上の生国と名前、それに住まいが記されていた。さらに、同心が岡っ引きに言った。

「この男を縛り上げて自身番へ引っ立て、奥の板間に転がしておけ」

「へえ、承知いたしやした。けど、旦那はどうなさるんで」

岡っ引きが言った。

「俺は奉行所へとんぼ返りする。この無宿人のことを、上に報告しなければならんのだ。すぐにも、人足寄場に手を打つ必要があるからな」

同心が険しい顔でうなずいた。

八

井戸掘り小屋の内側には、千両箱が堆く積み上げられていた。

それでも、倫太郎は伊之助とともに、滑車に掛けた縄を引き揚げる手を休めない。いまでは井戸穴の底に紋太が入り込んで、千両箱を掘り出し、縄に結ぶ作業を行っている。

すでに、引き揚げられた千両箱の数は、七十を超えていた。小判を納めてある箱は頑丈な木製で、その上からたっぷりと漆《うるし》が塗られ、四方と角に厚手の金具が鋲《びょう》で留められていた。漆は、水や湿気に強い塗料である。しかも、思った通り、千両箱が埋められていた空間は、脂分をたっぷり含んだ粘土層で充塡《じゅうてん》されていた。千両箱の腐食を防ぐ処理が、二重三重に施されていたのである。

ときおり、倫太郎は井戸掘り小屋の戸をわずかに開けて、外の様子を窺った。寄場下役たちが険しい顔つきで手業小屋の前を見廻っている。丹治の遺骸が見つかった一件のせいだ。いつ何時、各所の検めが行われるか分からないのだ。油断は許されない。

丹治のことを伊之助と紋太に話したとき、二人は驚きの表情になっていた。しかも、倫太郎は、この井戸掘り小屋を探ったのが丹治で、それを命じたのが弥三郎に違いないということも話した。当然、弥三郎は、三人の動きにいっそうの疑念を募らせていると考えねばならないのだ。

とはいえ、悪いことばかりでなかった。空が陰って雲が低くなり、生暖かい風も強くなっていた。万蔵が予想したように、空模様はあきらかに嵐に向かっている。顔に吹きつける風に、かすかに霧雨のような飛沫が混じっていた。

「どうだい、外の様子は」

交代のために縄梯子を使って上がってきた紋太が、声をかけてきた。

「いい塩梅《あんばい》だぜ。いよいよ、今日じゅうに、ここともおさらばだ」

「半次郎さんよ、手に入れた金で、何をするつもりだ」

倫太郎はかぶりを振った。

「まだ決めちゃいねえ。けど、贅沢三昧なんて性に合わねえから、たぶん、いまのままだろうよ。そういうおまえさんこそ、どうなんだ」

「俺は、女房や子供と安穏に暮らすさ」

紋太が珍しく真面目な顔つきで言った。

「へえ、女房子供がいるのかい」

倫太郎は少し驚いた。口には出さなかったものの、紋太の素振りや目つきから、この男が、陰《かげ》間《ま》かもしれないと思っていたのだった。つまり、男が好きな男である。しかし、どうやら勘違いだったらしい。

「千両もありゃ、小間物の店を開くことなんざ、造作もないだろう。雇った奉公人に店番をさせて、嬶《かかあ》と差し向かいで昼酒でも呑みながら暮らすさ。子供にゃ、甘い菓子を食べさせて、うんと綺麗な晴れ着を着せてやるんだ。そうしたら、これまでかけた苦労も帳消しにしてもらえるだろうよ」

紋太が嬉しそうな顔をして言った。

「ああ、そうだな」

倫太郎が言うと、紋太がふいに横の伊之助に顔を向けた。

「あんたは、どうするんだい」

伊之助が目を上げた
「お、俺は——故郷へ帰るよ。そして、やり直す」

「また井戸掘りの仕事かい」

紋太が、からかうような口調で言った。

「それもあるし、別のこともある」

伊之助はうつむいたまま、つぶやいた。

「よし、仕事を続けようぜ」

倫太郎は紋太の代わりに縄梯子に足を掛けた。

九

「どうして、そんなことを調べるのだ」

尾崎久弥が言った。

「済まん、説明している余裕はないのだ。ともかく調べてくれ」

工藤惣之助は頭を下げて言った。

二人は南町奉行所の北側の廊下で立ち話をしていた。工藤惣之助はいましがた奉行所の門を潜ると、すぐに例繰方の執務部屋を訪れて、そこで書き物をしていた尾崎久弥を無理やり連れ出すと、一つの調べ物を頼んだのである。

「もしかして、これも、例の無宿人殺しの一件と関連しているのか」

尾崎久弥が真剣な表情で言った。

「そうだ。しかも、もしも俺の読みが正しければ、あの一件には、とんでもない裏が隠されている可能性があるのだ」

「とんでもない裏だと――」

工藤惣之助は大きくうなずく。

「よし、そこの座敷で待ってろ」

横手の座敷を顎でしゃくると、尾崎久弥は踵を返し、廊下を小走りに去った。

座敷で待っていた工藤惣之助のもとに尾崎久弥が戻って来たのは、半刻（一時間）ほど過ぎた頃だった。

「何しろ、九年も前の記録だから、探し出すのに苦労したぞ」

尾崎久弥は座り込むなり、口を開いた。通りかかった下働きの男に灯を持ってこさせておいたので、座敷の中は仄《ほの》かに明るい。

「で、どうだった」

「天明七年の打ちこわしのおり、騒動の鎮圧のために、南北の町奉行所に所属するすべての同心が動員されたことは確かに本当だったし、その中に小栗晋作も含まれておった。しかも、おぬしが言った通り、小栗晋作の配置場所は当初、深川の本所界隈だったぞ。それが事件の当日、ほかの同心が急病となり、吟味方与力の判断で、吾妻橋の袂の自身番に配置換えとなったのだ」

「やはり、そうか」

工藤惣之助はうなずいた。彼が思いついたのは、屋敷を訪ねたときに、江木小五郎が口にしたこんな言葉を思い出したからである。

《吾妻橋近くの自身番で打ちこわしの鎮圧の任に当たっていた小栗晋作は、たまたま持ち場が変

わったことで、虫の知らせを感じたのだろう》
つまり、本来ならば、小栗晋作は妻の実家のある場所から、遠く隔たった地域に配属されていたのだ。それが吾妻橋近くの自身番に変わったのは、まったく偶然だったということになる。
しかし、そのせいで、小栗晋作は妻の実家への不安を抱くこととなり、そこへ駆けつけることもできたのだ。そのとき、彼は瀕死の妻女から、押し込みの一味の人相を耳にしたのだから、それが今回の復讐劇の端緒になったとも言えるだろう。
だが、工藤惣之助が思いついたのは、それだけではなかった。彼は、江木小五郎のこんな言葉も思い出したのである。
《事件が起きたとき、江戸では打ちこわしが頻発し、奉行所総出で警戒に当たっておったと話したであろう。その最中に、押し込みが暗躍したというわけだが、どう考えても、押し込みの一味は、その警戒の隙を突いて凶行に及んだとしか考えられなかったのじゃ。言い方を換えるなら、あたかも我らの動きを事前に熟知した上で、押し込む店や、決行の時機を決めていたのではないかとな》
つまり、何らかの方法で、打ちこわしの鎮圧に当たる役人の配置を知っていた押し込みたちに対して、小栗晋作は彼らの予想になかった動きをしたということになる。しかも、そのきっかけとなったのは、たまたま配置場所が妻の実家の近くに変更になったからなのだ。そこまで考えたとき、工藤惣之助は突然、それまで思ってもみなかった考えに行き当たったのである。
工藤惣之助は、尾崎久弥に顔を向けた。

「だったら、俺が頼んだもう一つの調べの結果は、どうだった」

「そっちも、ちゃんと調べたぞ」

尾崎久弥がうなずく、懐から紙を取り出して、そこに記されていた人の名前を読み上げた。

「俺の思った通りだ」

思わず工藤惣之助は言うと、「尾崎、恩に着るぞ。ごめん」と言い、あたふたと立ち上がった。

「これからどうするのだ、工藤」

座敷から出ようとした工藤惣之助の背中に、尾崎久弥が声をかけた。

工藤惣之助は振り返って言った。

「おぬしの屋敷へ参る」

「俺の屋敷?」

「そうだ。預かってもらっているおしまに、どうしても確かめなければならないことがある」

言うと、彼は廊下へ出た。


工藤惣之助は、南町奉行所の門から駆けだした。

彼は御堀端の道を駆けた。

比丘尼《びくに》橋を渡った頃には、小雨が降り始めた。

空が日暮れのように陰り、辺りも暗くなっている。

鍛冶橋の袂を右に折れる。雨に慌てた職人たちや女たちとすれ違う。低く垂れこめた雲の下が、かすかに光り、遅れて腹に響くような雷鳴が轟いた。

畳町、具足町、柳町と通り抜けると、大きな橋が見えてきた。弾正橋だ。あそこを渡れば、八丁堀である。

本八丁堀町の角で左へ折れる。住み慣れた町筋が、目に飛び込む。にわかに崩れ始めた空模様の下で、建ち並んだ屋敷も練塀も水墨画のように色を失っている。

松平越中守の壮大な屋敷の横を通り過ぎて、右側にある木戸片開きの小門の前で、工藤惣之助はようやく足を止めた。数寄屋橋から駆け通しだったので、すっかり息が上がっていた。膝に手を突いたまま、しばらく動けない。雨のせいで、全身がずぶ濡れだ。

「これは、工藤様、いかがなされたのでございますか」

門の奥を通りかかった初老の男が、驚きの表情で言った。尾崎家の下男で、工藤惣之助とも顔見知りである。

「済まんが、尾崎殿の御内儀に目通りしたい」

「へえ、ただいま」

下男が慌てて玄関に駆け込み、大声を張り上げた。

「奥様、奥様、工藤様が、お越しでございます」

すると、たちまち廊下を摺り足が近づいてきた。

「惣之助様、どうなさったのでございますか」

顔を出したのは、尾崎久弥の妹の菊乃だった。黒目がちの切れ長の目が、大きく広がっている。

「そんなに濡れておしまいになって。さあ、早くお上がり下さいませ」

工藤惣之助はかぶりを振った。

「菊乃殿、お言葉かたじけない。しかし、いまはそれよりも、こちらにお預けしたおしまに、すぐに訊きたいことがあるのです」

菊乃がまっすぐに見つめた。

「それは、お役目のためでございますね」

「いかにも」

「お待ちください、すぐに連れてまいります」

菊乃が姿を消すと、入れ替わりに、尾崎久弥の妻女が現れた。

「まあ、いかがされたのでございますか」

だが、彼が答えるよりも先に、再び摺り足が響き、おしまを連れた菊乃が戻ってきて、言った。

「義姉上《あねうえ》、惣之助様はお役目のことで、おしまさんに、何か訊きたいことがあるのだそうです」

その言葉に力づけられて、工藤惣之助は、妻女に向かって頭を下げた。

「その通りです。不躾《ぶしつけ》の段、平にご容赦ください」

「あたいに訊きたいことって、何なのさ」

二人の挨拶を無視するように、おしまが口を挟んだ。

言葉遣いは相変わらず蓮っ葉だったが、その顔つきには、以前のような捨て鉢な気配はない。

この家で大切にされて、荒んだ気持ちが、少しは落ち着いたのだろう。

「おしま、おまえさんは五年前、権六とともに奉公先の店に上がった四人組を目にしたと申したな」

「ああ、言ったけど。それが、どうしたのさ」

「そのうち、一人は三年前に殺害された室吉だ。そして、おそらく、わしが勤めておる人足寄場に無宿人として収容されている丹治と弥三郎という二人も、その一味のはずだ。だが、残る一人だけが、どうしても分からなかった。しかし、わしはついにその手掛りを摑んだのだ。その者だけは侍で、頭目格だったと申したな」

「ああ、言ったけど」

「その侍、こんな男ではなかったか」

工藤惣之助は心当たりの男の特徴を口にした。その容貌、醸し出す雰囲気、それ以外の個性も。

おしまが大きくうなずく。

「ああ、そうさ。はっきりと思い出したけど、そんな男さ」

すると、菊乃が言った。

「どういうことなのでございますか」

工藤惣之助は、彼女に顔を向けた。

「いまは、説明している余裕がないのです。私はすぐにも奉行所に立ち戻り、吟味方与力様を通して、お奉行様に重大な報告をしなければなりません。そうしなければ、手遅れになるかもしれないのです」

「分かりました。惣之助様がこの次にお見えになるのを、お待ち申し上げております」

菊乃が真剣な顔で言った。

工藤惣之助もその瞳を見つめる。

そして、一礼すると、その場から離れた。

十

雨は、まだ本降りになってはいなかった。

それでも、笛の音のような音を立てて突風が吹きすさび、雨粒の飛沫が横殴りに倫太郎の顔に突き刺さる。空はすでに夜を思わせる暗さだ。

井戸掘り小屋の戸を一旦閉めると、彼は暗い井戸掘り小屋の中を振り返った。小さな燭台に火が灯り、壁際に積み重ねられた千両箱が、鈍く光っている。汗で光る伊之助と紋太の顔も浮かび上がっていた。

「そろそろ潮時だぜ」

倫太郎は言った。

「ああ、分かったよ」

紋太がうなずき、妖しい笑みを浮かべた。そして、竹筒を取り出し、印籠蓋《いんろうぶた》造りになった合わせ目を外した。中に火縄が取りつけられている。紋太は燭台の火をそこに移すと、再び竹筒を合わせた。炭団製所の小屋に火を放つための道具である。

「だったら行くぜ」

立ち上がった紋太が、言った。

「頼んだぜ」

倫太郎が戸口の前を譲る。

「気をつけろよ」

伊之助が小さく言った。

紋太が戸口に手をかけたものの、いきなり振り返った。二人の顔をじっと見つめる。

「おたくらに会えて、本当によかったよ」

倫太郎は伊之助と顔を見合わせ、それから言った。

「俺たちもだ。火を放ったら、すぐに丸太矢来の木戸のところへ来いよ」

紋太はうなずき、戸口を開けると、身を翻すようにして闇の中へ飛び出した。

戸が閉まると、倫太郎は伊之助とともに耳を澄ました。

聞こえるのは風の音と、井戸掘り小屋が軋む音だけになった。

十一

全裸にされた丹治の骸を、鈴木孫兵衛が仔細に検めていた。

川村広義は苦々しい気持ちで、その様子を眺めていた。寄場役場の土間には、四本もの百目蠟燭《ひゃくめろうそく》が灯り、昼間のように明るい。

あれほど厳しく命じておいたというのに、工藤惣之助が勝手に人足寄場から舟で出てしまったことに、彼は腹を立てていた。

このような振舞は、断じて許すことはできない。寄場見廻役与力に捻じ込んで、必ず厳罰を味わわせてやらねばならない。いや、こちらから町奉行所へ赴き、町奉行と面談して、じかに処罰を願い出よう。

この思い付きに、川村広義はようやく溜飲が下がる思いがした。工藤惣之助は十中八九、お役御免となるだろう。脳裏に、自説を滔々《とうとう》と捲《まく》し立てていた工藤惣之助の顔が浮かんだ。

あのしたり顔も、明日までのことだ——。

「お奉行様」

鈴木孫兵衛の言葉で、川村広義は現実に引き戻された。

「いかがした」

「どうも、妙な具合でございます」

丹治の骸の傍らに立つ鈴木孫兵衛が、眉根に皺を寄せている。

「たしかに権六と同様に、この男の死因も首を絞められたことでございます。手の指を残らず折られていたことや、爪を剝がされていたのも同じなら、両目を抉られたことまで、あの一件と共通しております」

「ならば、どこが妙だと申すのだ」

「出血の状況や、折られた指の皮膚の変色などからみて、丹治は息を引き取った後で、指を折られ、爪を剝がされたとしか考えられません。両目もやはり、殺害した後で、抉ったと思われます」

「だから、何だと申すのだ」

「権六は下手人から拷問されて、何かを喋らされたのではないかと工藤殿が申しておったこと、お忘れでございますか。ところが、丹治の場合は、先に首を絞めて殺めております。言ってみれば、こうした拷問のような痕跡が残されていることの意味が、まったく分かりません」

川村広義は唸った。言われてみれば、その通りである。

だが、すぐに別の解釈を思いついた。

「いいや、必ずしも、意味が分からんとは言い切れぬぞ。工藤が権六の骸を検めて、激しい恨みによる所業かもしれないとも申したことを、その方は失念したのか。下手人は丹治の反撃に遭って、やむなく絞め殺してしまった可能性もあろう。それから、恨みを込めて、仕返しのために遺体に残忍な嬲りを加えたのだ。これでも、十分に筋が通るではないか。それから、鈴木、二度と工藤の名を出すことは罷りならんぞ。あの者は、わしの面に唾をかけおった。必ず、それ相応の目に遭わせてやる」

川村広義は言わずにはいられなかった。

その瞬間、耳を聾する爆音が轟き、寄場役場の床が激しく揺れた。

「な、何だ、いまの音は」

「分かりません。どこかで爆発が起きたようでございます」

鈴木孫兵衛が慌てて言った。

「馬鹿者、ただちに調べてまいれ」

「はっ」

鈴木孫兵衛がうなずき、土間の木戸を開いた。

途端に、巨大な業火が目に飛び込んできた。

斜め左側の炭団製所が炎上している。

風に煽られた炎が天を焦がし、火の粉が夜空を覆い尽くすほどに広がっている。

川村広義は、思わず息を呑んだ。鈴木孫兵衛も声をなくして固まった。

「火事だぞ」

どこかで声が上がった。

それで我に返ったのか、鈴木孫兵衛が川村広義を振り返った。

「お奉行様、いかがいたしましょう」

「火を消すのじゃ。寄場下役ども総出でかかれ。いいや、無宿人たちも動員して、水を運ばせるのだ」

「はっ」

川村広義は叫んだ。

鈴木孫兵衛はうなずくと、土間から飛び出した。そして怒鳴った。

「寄場下役ども、総出で火を消すのじゃ。無宿人どもを残らず動員して、火消しに当たらせよ」

川村広義もすぐに外へ出た。雨粒の混じった突風に、たちまち髷が乱され、袖や裾が吹き煽られる。

だが、それどころではなかった。火勢はあまりにも激しく、両隣の小屋にまで燃え広がり始めている。

見る間に、男たちが駆けだしてきた。

「天水桶を運べ」

「燃えやすいものを、ほかへ移せ」

「火の粉の掛かった小屋を、すぐに打ちこわせ」

寄場下役たちの怒号が、風の中に響き渡る。

だが、人々は右往左往するばかりで、炎はさらに大きくなってゆく。

突風に吹き煽られて、炎は生き物のように身をうねらせ、黒煙は黒い入道雲さながらに立ち昇る。

とうとう左官仕事と大工仕事の小屋全体が、炎に包まれてしまった。

いまや昼間のように明るい人足寄場の広場に、無宿人たちがひしめき合っていた。

寄場下役たちの命に従って、天水桶を運ぶ者たちもいたが、ほとんどの無宿人たちが茫然としたまま、炎上する小屋を見つめている。

降り注ぐ火の粉を浴びながら、川村広義も、なす術もなく立ち尽くすだけだった。

十二

真っ暗である。

海も空も闇に塗り込められている。

それでいて、ときおり雷光が奔ると、斜めに吹きつける雨が光り、無数の銀の筋が浮かび上がる。

《浜清》の裏窓から、黒兵衛は沖合の人足寄場のある辺りへ目を向けていた。昼間から、嵐の予兆があった。そして、夕暮れ近くになって風がひどくなり、そこに細かい雨粒が混じるようになった。

《計画の最終段階は、夏の終わりの嵐の晩だ》

人足寄場に乗り込む直前、倫太郎が、黒兵衛に念を押した言葉が耳に甦っていた。

《それまでに俺たちは、人足寄場の地下から千両箱を掘り出しておく。黒さんは、こっちの合図が見えたら、できるだけ早く、船を人足寄場の北側の堤に接岸してくれ》

その言葉通りならば、今夜、合図があるはずだ。

黒兵衛はじりじりとした思いで、真っ暗な海を見つめる。

いまだに、取り逃がした半次郎のことが気にかかっていた。やくざ者に刺されて、川に落ちたとはいえ、あの男が完全にお陀仏になったのを確認したわけではない。まして、追いつめられた半次郎は、自分が無一文だと口にしていた。とうとうあり金残らず、博打ですってしまったのだろう。もしも生きていたとしたら、何を仕出かすか、見当もつかない、

その不安を紛らわすため、黒兵衛は頭を振った。そして、ここに至るまでの道のりを思い浮かべた。倫太郎から、今度の仕事を持ちかけられたのは、一年ほど前のことである。石川島の人足寄場の地下深くに、莫大《ばくだい》な数の千両箱が埋められている。人足寄場に乗り込んで、それを掘り出し、ことごとく頂戴する。最初、その計画を耳にしたとき、正直なところ、馬鹿げた夢物語だと思ったものだった。

人足寄場は一種の牢獄である。そこにわざわざ乗り込んでゆくこと自体、正気の沙汰とは思えなかった。しかし何よりも、そんな場所に、想像を絶するほどの金が埋蔵されていることが信じられなかった。

そのとき、倫太郎は初めて、自分の素性を口にして、父親の長谷川平蔵が密かに命ぜられて行った出来事を、黒兵衛と伊之助に説明したのだった。

《だったら、その話は、本当なのかい》

伊之助が顔色を変えた。

倫太郎がうなずくのを目にして、黒兵衛も、これまでに経験したことがないほど興奮したのだった。倫太郎が口にする詳細な内容を耳にするうちに、さらに夢中になった。

《どうだい、この仕事、俺と一緒にやらねえか》

倫太郎が二人を見廻して、言った。

《やろう》

黒兵衛はうなずいた。

《俺もやる》

伊之助が言った。

面白い。

生まれて初めて、黒兵衛はやりがいのある目的に巡り合った気がした。

十万両という、途方もない金を拝んでみたい、それもある。だが、それ以上に、世の中にふんぞり返っている奴らに、ひと泡吹かせてやるということに惹《ひ》きつけられたのである。

その思いは、たぶん、倫太郎や伊之助も同じではないか、という気がした。

倫太郎がみずからの身の上を口にしたときの、淡々とした言葉に、いっさいの感情を露にしなかった表情に、逆に、内心の激情が表れているように感じられたのだった。

伊之助は、自分の過去について、何一つ口にしないが、心の奥底にひどく鬱屈したものを抱え込んでいることは確かだ。倫太郎の誘いに応じたとき、あの男の顔に浮かんでいたのは、その苦しみから逃れられるかもしれない、という期待の表情だったと思えたのである。だからこそ、命を賭けてみようと決心したのではないだろうか。

そのとき、遥か彼方の闇に光が輝いた。

方角は、無宿島だった。

間違いなく、倫太郎からの合図だ。

黒兵衛は立ち上がった。

十三

寄場下役が、目の前を駆け抜けてゆく。

間違いなく、番小屋の張り番だ。

いまさっき、地面を揺さぶる爆発音が轟いた。

咄嗟に、井戸掘り小屋の戸を細く開けた倫太郎は、元結作りの小屋の屋根越しに、火柱が上がるのも目にした。

人々の騒ぐ声に混じって、寄場下役を呼集する怒鳴り声が何度も谺した。

「おい、そろそろ行くぜ、用意はいいか」

倫太郎は、背後の伊之助に言った。

「ああ、大丈夫だ」

倫太郎は戸を開けると、用心のために周囲に目を走らせた。

火事が起きているのは、ここよりずっと南側の広場にある炭団製所の小屋だから、辺りにはまったく人影はない。しかも、元結作りの小屋のおかげで、二人の動きは広場からは見通せない。

それでも、広場の方から、どよめきとも悲鳴ともつかない声が聞こえてくる。夜空の底が焦げるほど、巨大な炎が上がっていた。

「よし、行くぜ」

言うと、倫太郎と伊之助は、地面に置いてあった天秤棒を肩に掛けた。そこに畚が吊るされている。中身は千両箱が二つ。

小屋の外へ出ると、息を合わせて丸太矢来の木戸へ向かった。

木戸まではほんの十間（約十八メートル）ほどだ。

木戸の前で一旦、畚を下ろした。

倫太郎は三尺帯に挟んでいた金槌で、容赦なく錠前を叩き壊した。

物凄い音が響き渡ったものの、火事の騒音に掻き消されてしまう。

木戸を開けると、畚から千両箱を出して石段を上り、それを堤に置いた。

「さあ、この調子だ」

倫太郎は伊之助に言った。

二人は次々と千両箱を運んだ。

堤に、しだいに千両箱が積み上がってゆく。

風がさらに強まり、堤の外の波も高くなっていた。

そのうえ、火事はさらに大きくなっており、その光がこの辺りまで照らしている。

だが、いつまでたっても紋太が戻ってこない。

「どうしたんだろう」

伊之助が心配そうに言った。

井戸掘り小屋に残っている千両箱は、あと二つだけである。

「大丈夫さ。あいつはすばしっこいし、頭が切れるから、ドジを踏むことはねえさ」

言ったものの、倫太郎も不安だった。

そのとき、黒い影が走り寄ってきた。手に光る物を握っている。

「ひぃー」

伊之助が悲鳴を上げて、地面に崩れ落ちた。

そのはずみで天秤棒ごと畚が落ちて鈍い音を立て、倫太郎もよろめいた。

だが、すぐに人影に向き直った。

「おこん――」

倫太郎は思わず叫んだ。

両手で出刃包丁を握り締め、刺すような目で伊之助を睨みつけている。風で髷が崩れて、長い乱れ毛が逆巻いている。

「おまえは、爺ちゃんの仇だ。むざむざ島抜けなんてさせない」

おこんが怒鳴った。

倫太郎は伊之助を見た。

地面に横座りになった伊之助は、腹を押さえている。その辺りに血が滲んでいるのが目に留まった。

「伊之助、本当なのか」

だが、伊之助は口元を戦慄かせるだけで、何も言わない。

元結作りの小屋の陰から飛び出した黒い影が、いきなり駆け寄り、おこんを羽交い締めにした。弥三郎だった。彼はおこんの手から出刃包丁を奪い取ると、素早く彼女の喉元に向けた。

「面白いことになったな」

おこんの白い顔に、恐怖が浮かんだ。

弥三郎が地面の千両箱に目を向けた。

「てめえたちをずっと見張ってたのさ。で、こいつを、どうやってこの人足寄場から持ち出すつもりなんだ」

言いながら、出刃包丁の切っ先を、おこんの喉元に突きさす真似をする。

倫太郎は、三尺帯に挟んでいた金槌を手にして、身構えた。

「やりたきゃ、やれ。だが、こっちは二人だぜ。おまえが女を刺せば、こいつで頭を叩き割ってやる」

「女が死んでもいいのか」

「何とも思わねえ」

「強がるんじゃねえ。女が泣き叫んでからじゃ、手遅れだぞ」

弥三郎が出刃包丁を振り上げた。

「やめてくれ」

立ち上がった伊之助が叫び、倫太郎にむしゃぶりついた。

弥三郎が手を止めた。

「倫さん、頼む、あの女を見殺しにしねえでくれ」

驚いて、倫太郎は伊之助に目を向けた。

「どうしてなんだ」

「昔、俺はとんでもねえことをしちまった」

「とんでもねえこと――」

「幼い女の子に悪戯をしたんだ」

薄暗がりの中に、沈黙が落ちた。

「言えなかった。いや、このことを知られたら、ただじゃ済まないことも分かっていた」

「だったら、どうして」

「悪戯をしたうちの一人が、あの女だったからさ」

「本当か」

伊之助がうなずく。

「昨日、掘り屑を捨てに行ったとき、あの女に海に突き落とされそうになった。だが、そんな目に遭っても当然なんだよ。悪戯に気がついて、俺を半殺しの目に遭わせたおこんの爺さんを、俺は殺しちまったんだ」

「どうやら、潮目が変わったようだな。得物を捨てて、言え。どうやって、ここから逃げ出すんだ」

弥三郎が言った。

一瞬、倫太郎は言葉に詰まる。

伊之助が見つめている。

おこんと目が合った。

やはり、死んだ妹のおふみに似ている。

倫太郎は手にしていた金槌を捨てると、弥三郎に顔を向けた。

「じきに、そこの木戸外の岸壁に、仲間が荷船を接岸させる手筈になっている」

「あの火事を起こしたのも、てめえたちだな」

「そうだ」

「よし、だったら、そこにある千両箱も堤に運ぶんだ」

「分かったよ」

倫太郎はうなずくと、畚に千両箱を入れ直し、伊之助とともに天秤棒を肩に担いだ。そして、木戸に向かった。

背後から、おこんを羽交い締めにしたまま、弥三郎がついてくる。

石段に足をかけたとき、真っ暗な海原に小さな灯が見えた。

「あれが、迎えの船か」

弥三郎が言った。

「そうだ」

「船が接岸したら、すぐに千両箱を積み込め。ただし、船に乗るのは、俺とこの女だけだ。おまえたちは残るんだ。それが俺の仲間を二人も殺した報いだ」

千両箱を手にしていた倫太郎は、首を振った。

「俺たちは殺してねえぞ」

「ふざけるな。おまえたち以外に、誰が手を下す」

弥三郎が激高した。

そのとき、背後に駆け寄る足音が響いた。弥三郎が慌てたように振り返った。

途端に、おこんが身をよじった。弥三郎の動きが遅れて、桐五郎の腰溜めにした匕首がその脇腹に突き刺さった。二人の体が縺れた拍子に、腕を離した弥三郎を振り払うようにして、おこんが前に飛び出した。

「てめえ」

桐五郎から体を離した弥三郎が、出刃包丁を必死に薙ぎ払った。だが、桐五郎はその切っ先をかわし、弥三郎がつんのめった瞬間、匕首で首筋を貫いた。

弥三郎が首から血を噴き上げて地面に転がると、桐五郎は、おこんを両手で抱えた倫太郎と伊之助へ匕首を向けた。

それから、無言のまま懐から何かを取り出すと、口に咥えた。

いきなり、高い音が響き渡った。

吹いたのは、呼子《よぶこ》の笛だった。

十四

「天明七年に江戸で頻発した押し込みの一味の頭目は、川村広義様でございます」

工藤惣之助は言った。

「その方、何を馬鹿なことを申すのだ。気でも狂ったのか」

吟味方与力が険しい表情で言った。

「いいえ、いたって正気でございます」

南町奉行所の控え座敷に沈黙が落ちた。

無理もなかった。帰り支度をしていた吟味方与力を、工藤惣之助がいきなり呼び止めたのだ。しかも、対坐するなり、信じがたい言葉を口にしたのである。

居合わせたほかの同心たちが、遠くから恐々《こわごわ》とした様子で見詰めている。

沈黙に耐えかねたように、吟味方与力が口を開いた。

「そのような世迷言《よまいごと》を申せば、家名に傷がつくこと、承知しておろうな」

「世迷言ではございません」

「ならば、証拠があると申すか」

「いかにも」

間髪を容れず言い返した。その権幕に、吟味方与力がかすかに顎を引いた。

「ならば、その、証拠とやらを見せてみろ」

「それがしの見出した証拠は物ではなく、証人と状況でございます」

「それがとんでもなく牽強付会《けんきょうふかい》な説明だとわしが判断したら、その方、覚悟はよいな」

「どうぞ、ご存分に」

吟味方与力が顔面を紅潮させ、憎々しげに目を細めた。

「ぬかしたな。ならば、申してみよ、その証人と状況とやらを」

「事の起こりは、天明七年の五月に江戸で起きた打ちこわしでございました。その鎮圧の任に、当時、見習い同心であった小栗晋作という者が当たっておりました。ところが、そのとき、江戸の両替商が立て続けに押し込みに襲われたのでございます――」

工藤惣之助は、自分が調べた内容を、頭の中で整理しながら話を続けた。妻子の里帰り先の両替商が襲われるかもしれないと危惧した小栗晋作は、実家に駆けつけると、不安が的中したことを知ったのだった。そして、妻子の命を奪った押し込みの一味への復讐を誓ったのである。

捜索は難渋を極めたものの、ついに一味の一人、室吉に辿り着いたのは、事件が起きてから六年後のことだった。自分は安全と高を括っていたが、小栗晋作の妻女は死の間際に、一味のうちの二人の容姿を、夫に言い残していた。そこから小栗晋作は執念で室吉に行きついたのだった。

「そして、小栗晋作は室吉を拷問にかけ、洗いざらい吐かせたのです。仲間たちが、上方のどこへ潜伏しているか。それに、一味の頭目が誰かも。けれど、上方にまで危険が迫ったとき、どうするかまでは、室吉も知らなかったと思います」

「ならば、なぜ小栗晋作は権六が人足寄場にいると知ったのだ」

吟味方与力が口を挟んだ。

「それこそ、小栗晋作の深謀遠慮だったと思います」

「深謀遠慮──」

工藤惣之助はうなずく。

「上方へ逃げたのは三人でした。しかし、頭目である川村広義様は、のうのうと安全な人足寄場にいる。だから、権六たちにしてみれば、自分たちだけが、体よく厄介払いされたようなものだと感じていたはずです。もしも、その上方にまで危険が迫れば、切羽詰まった権六たちは、どうしようもなくなり、必ず川村広義様に泣きつくに違いない。そして、川村様の方も、彼らの安全を図ることを無下《むげ》には拒絶できない。となれば、川村様が権六たちを匿える場所として自由になるのは、人足寄場だけです。上方にいられなくなった一味の男たちを人足寄場に追い込んで、一網打尽にする。これが小栗晋作の計略だったはずです」

「単なる推測にすぎん」

「いえ、そうではありません」

工藤惣之助は首を振った。そして、人足寄場で起きた六蔵こと権六という無宿人の死について、自分の調べた内容を説明し、さらに続けた。

「その権六殺しの真相を探るように命じられたそれがしは、下手人が小栗晋作であり、彼が人足寄場に名前や姿を変えて潜んでいると、川村様に報告しました。すると、川村様は、人足寄場に収容されているすべての無宿人の素性の洗い直しを命じられました。それが、この一覧にございます」

工藤惣之助は懐から一覧の紙を取り出して、吟味方与力に示した。

「しかし、ご覧ください。すべての無宿人の洗い直しをせよと命じたにもかかわらず、ここには弥三郎と丹治の名前が入っておりません。それがしは不審に思い、寄場下役に問い質したところ、原本となる文書から抜き書きをした寄場元締め役の鈴木孫兵衛殿が、寄場奉行からこの二名についての調べは無用と指示されて、一覧から省いたとのことでした。また、権六殺しの調べのために、それがしが寄場役場内に保管されているはずの、彼の記録に目を通そうとしたところ、その文書が紛失しておりました。川村様ならば、寄場役場内の文書を破棄することなど、造作もなかったはずです。しかも、無宿人の六蔵が偽名で、彼こそ天明七年に起きた押し込みの一味だという事実を報告すると、川村様はにわかに、それがしの調べの中断を命じられたのです」

吟味方与力の表情が変わった。

「つまり、その方が、余計なことまで解き明かしてしまったからだと、そう申したいのか」

「おそらく、間違いないでしょう。しかも、その命に背いて、それがしが、権六の女だったおしまという女から、さらに詳しい事情を訊き出そうと赴いたとき、おしまが襲われそうになったのです。今度の一件で、おしまが重要な証人であることや、その住まいの場所を話した相手は、川村様だけです。つまり、目撃者であるおしまの口を封じるために、何者かを差し向けられたのだと思います。しかし、何よりの決め手は、二つございました」

「二つの決め手だと――」

工藤惣之助はうなずく。

「ここまで申し上げました筋道に思い当たったそれがしは、知り合いの者に、奉行所内の古い記録を調べてもらいました。その結果、天明七年の押し込み強盗のカラクリに気がついたのでございます。すなわち、暴徒と化した打ちこわしの民を鎮圧する任が、文官である町奉行には不可能との判断を下した幕府は、その役目を御先手組の与力に命じて、御先手組の同心ばかりか、町奉行所のすべての同心を、その者の指揮に委ねたのでございます。見方を変えれば、その御先手組与力ならば、どこに鎮圧の同心や人員が配置されているか、手に取るように分かるのです。そして、それを利用すれば、警戒の手薄な地域の両替商は一目瞭然ではありませんか」

説明しながら、工藤惣之助は、小栗晋作もこのカラクリに気がついたに違いないと思った。

「まさか、その御先手組与力が、川村広義だったと申すのか」

「そうでございます。しかも、その鎮圧の功績ありとはいえ、御先手組与力が、寄場奉行に出世することは、並大抵のことではないでしょう。つまり、莫大な賂《まいない》が動いたと思われます。ならば、その金はどこから捻出されたのか。押し込みによって得た金という推測は、かなりの説得力があるのではないでしょうか。しかし、これとて、いわば状況に過ぎません。そこで、それがしは、三度、おしまに会い、あの者が目撃した押し込みの一味の頭目について、問い質したのです。その頭目は、一味の中で一人だけ侍で、その当時、三十半ばだったそうですが、それがしは、こうも訊きました。その侍は鷲鼻で三白眼、唇が極端に薄く、鰓の張った色の白い男だったのではないか、と。そして、一度耳にしたら、忘れられないような、甲高いしゃがれた特徴的な声だったのではないか、と」

「おしまは、何と申した」

工藤惣之助はうなずく。

「おしまは、特徴的なその声を、はっきりと覚えておりました」

十五

「お奉行様」

見上げるほどの業火に茫然となっていた川村広義は、その声で我に返った。

振り返ると、鈴木孫兵衛が息を切らして立っていた。

「どうしたのだ」

「たったいま、北町奉行所より急報が届きましてございます」

「急報だと」

「本日の午後、海辺大工町で呑み逃げした男が捕縛されたのですが、その者、上州無宿の半次郎と判明したとのことにございます」

一瞬、川村広義は言葉を失った。だが、すぐに言った。

「間違いないのか」

「はっ、源助町の長屋も検めて、おまつという女房にも確認を取ったそうです。しかも、その女房が妙なことを申したとも、知らせてまいりました。この夏の初め頃、知らない男から十両の金と引き換えに、病がちの亭主が死んだら、周囲には内緒にして、その遺体の始末を任せてほしいともちかけられたのだそうです」

川村広義は、顔面が熱くなるのを感じた。

あの半次郎は、偽者だ。

あいつが、小栗晋作なのだ。

「いかがなさいますか」

鈴木孫兵衛が言った。

「このこと、他言無用だぞ」

「承知いたしました」

そのとき、寄場下役が駆け寄ってきて叫んだ。

「お奉行様、一大事にございます。寄場役場にまで火が移りそうです」

いつぞや、井戸掘りのことを勧めた寄場下役だった。

「鈴木、この者や無宿人たちを指揮して、寄場役場に水をかけよ。絶対に寄場役場を炎上させてはならん」

「はっ」

鈴木孫兵衛は低頭すると、「大森、来い」と寄場下役を促して走り去った。

その姿を見届けると、川村広義は踵を返し、立ち騒ぐ人々の背後を走った。

笛の音を耳にしたのは、藁細工の小屋を通り過ぎたときだった。

町方役人が使う呼子の笛だ、と川村広義は気がついた。

十六

「てめえ、何者だ」

おこんを背後へ下がらせると、倫太郎は言った。

匕首を突きつけたまま、桐五郎が口を開いた。

「黙れ、下郎」

「下郎——そういうことかい。なりは町人だが、おまえ、侍だな」

「それが、どうした」

「聞いたことがあるぞ、俺のおやじから。この人足寄場が造られたとき、そいつを命じた野郎は、ここに隠された秘密を守るために、必ず一人、腕の立つ配下を無宿人に化けさせて潜入させているると。しかも、そのことは歴代の町奉行しか知らないということもな。それが、てめえだったのか」

「黙れ、余計なことをほざくな」

「いいや、黙らねえよ。留吉を殺したのも、てめえだな。あの男の土左衛門を刺股で引き揚げる役目を買って出たのは、巧みに土左衛門を沖へ追いやって、遺体の痕跡を見られないようにするためだったんだろう」

桐五郎の目が細くなった。

「おまえを見損なっていたようだ。あの金が埋められていることを知っていたとすれば、その父親とは、人足寄場が造られたときに関わりのあった人物なのだろう。だが、この際、そんなことはどうでもいい。留吉は堀を浚っていて、千両箱の金具を見つけてしまったから、それがしが始末したのだ。丹治も井戸掘り小屋を探っていたから、ついでに息の根を止めた。いまの笛で、役人が駆けつけてくるだろう。そうなれば、おまえたちも殺してやる」

そのとき、腹に響くような振動が伝わり、堤の千両箱の壁が崩れた。

巨大な波がぶつかったのだ。

「あっ――」

桐五郎が驚愕の表情になった。

倫太郎が踏み出そうとすると、桐五郎が慌てて匕首を構え直した。

その間にも、波が次々と千両箱を海に呑み込んでゆく。

そのとき、元結作りの小屋を曲がって駆けてくる人影があった。

走ってきたのは寄場奉行の川村広義だった。

桐五郎の口の端が持ち上がった。

「これは、いかなることじゃ」

叫んだ川村広義に、桐五郎がわずかに頭を下げて言った。

「お奉行様、手向かいはいたしませぬ。なにとぞ、それがしの話をお聞きください」

「おまえは、たしか桐五郎。何を申したいのだ」

「それがしは、松平定信様の密命を受けて、人足寄場に潜入していた者にございます。町奉行の坂部能登守様にお問い合わせくだされば、このこと、証明してくださるはずにございます」

川村広義の目が広がる。

「松平定信様だと――」

「そうでございます。この人足寄場が造られたおり、松平定信様があの金をお隠しになり、以来、その秘密の露見を封じるために、密命を受けた者が一名、ここに潜伏し、守り通してきたのでございます。なにとぞ、いまはご配下の者に、この者どもの捕縛をお命じください」

桐五郎は、木戸外の堤を指差した。

だが、千両箱はもうほとんど残っていなかった。

そのとき、屋根に届くほどの大波が打ち寄せてきた。

それが轟音とともに砕け散ったとき、千両箱は跡形もなかった。

唖然となった川村広義に、桐五郎が続けた。

「この者どもは、井戸掘りと称して、金を奪うつもりだったのです。それがしは、最初から井戸掘りに疑念を抱き、ずっと見張り続けてきたのでございます」

川村広義が、桐五郎に向き直った。

「なるほど、得心したぞ」

「お聞き届けいただけましたか」

桐五郎の顔に安堵の色が広がった。

その刹那、川村広義が踏み込みざま、刀を抜き打ちにした。桐五郎が絶叫を上げ、目を見開いたまま倒れ込んだ。胸を斬り裂かれたのだ。たちまち体の下に真っ赤な血が広がってゆく。

素早く刀を返した川村広義は、切っ先を三人に向けた。

倫太郎は、何が起きたのか分からなかった。だが、寄場奉行が、自分たちも生かしておく気がないことだけははっきりしている。

「おい」

背後から声がかかったのは、そのときだった。

走り寄る足音に、川村広義が振り返った。匕首を構えた紋太が突進してくる。

川村広義は体勢を崩しながら刀を振り下ろした。その刃が紋太の肩に食い込むのと、匕首が寄場奉行の腹に突き刺さったのは同時だった。

縺れ合ったまま二人は転がった。だが、紋太は相手に馬乗りになり、肩から血を流しながら、狂ったように匕首を捩《よじ》る。川村広義の傷口から血飛沫が噴き上がった。

「頼む、やめてくれ」

息を詰まらせて、川村広義が絶叫した。

すると、その鮮血で顔面を染めた紋太が怒鳴った。

「苦しいか。もっと苦しめ。俺が小栗晋作だ。九年間、このときを待っていたぞ。そのために、俺はすべてを捨てたのだ。妻や娘を殺した報いを受けろ。おまえは、これで地獄行きだ」

一瞬だけ、川村広義の顔に驚愕が貼りつく。

が、やがて目玉がくるりと裏返ると、ふいに息絶えた。

覆いかぶさるようにして紋太が倒れ込んだのは、そのときだった。

倫太郎は二人の傍らに駆け寄ると、紋太の体を抱き起した。

「紋太、大丈夫か。死ぬな、死ぬな」

伊之助とおこんも近づいてきた。

紋太の目がわずかに開いた。

口元に笑みが浮かぶ。

唇がかすかに動き、息が止まった。

エピローグ

焼けて炭になった廃材を、無宿人たちが運んでゆく。

使い物にならなくなった道具類が、広場の中央で燃やされて、白い煙がたなびいている。

人足寄場の広場を囲んでいた小屋は、ほとんど灰燼《かいじん》に帰していた。懸命な消火の働きにもかかわらず、寄場役場すらも無残に焼け落ちて、巨大な炭の塊となっていた。女置場も病人置場も、跡形もなくなっている。北側の畑に蓆を敷いて、日に晒されながら寝転んでいるのは、怪我や火傷《やけど》を負った者たちだ。

額に掌をかざして、工藤惣之助はその光景を見廻していた。顔を巡らせると、広場に蠢く人々をあざ笑うように、遥か彼方まで広がる海原は、眩しいほどの日差しを弾いて輝き、空も抜けるように青い。

吟味方与力や捕り方たちとともに、工藤惣之助がこの人足寄場へ船で駆けつけたのは、昨晩の五つ（午後八時）過ぎのことだった。その目的は、川村広義と小栗晋作の捕縛だった。

だが、この島の惨状はそれを許さなかった。あまりの火勢に浮き足立った人々が錯綜《さくそう》する中で、彼らもまた消火に加わったり、火傷を負った者たちを避難させたりするので、手一杯になってしまったのである。

結局、人足寄場と佃島の一部まで燃やし尽くした業火が鎮火したのは、九つ（午前零時）過ぎのことだった。それでも、すぐさま、人足寄場内の捜索が行われた。その結果、北側の丸太矢来の木戸のそばで、三人の遺体が発見されたのである。その三人は、寄場奉行の川村広義、無宿人の弥三郎、そして同じく桐五郎と確認された。

また、同時に、収容されている無宿人たちについても点呼が行われて、四人の不明者が判明した。上州無宿の半次郎、上総無宿の文之助、小田原無宿の紋太、それに上総無宿のおこんである。また、工藤惣之助が奉行所から連れてきた古株の同心によって、無宿人たちの首実検が行われたものの、その中からはついに小栗晋作を発見することはできなかった。

この結果から、事態はおよそ次のようなものと推測されたのである。火災の混乱の最中、川村広義と弥三郎は、小栗晋作に殺害されたのだろう。そして、桐五郎の死は、その巻き添えになったものと考えられた。その後、先の四人が島抜けを図り、海へ飛び込んだ、と。

小栗晋作については、半次郎、文之助、紋太のいずれとも考えられるものの、決め手はなかった。とはいえ、北町奉行所からの報告によって、半次郎が偽名であることが判明していたので、その偽半次郎こそ、小栗晋作だったのではないかと推測された。

いまのところ、土左衛門は一体も発見されていないものの、昨晩のあの大嵐である、島抜けを図った四人は、ほぼ間違いなく波に呑まれて溺れ死んだであろう。

「工藤殿」

背後から声がかかった。

振り返ると、鈴木孫兵衛が立っていた。

「あの井戸は、いかがいたそう」

半次郎たちの掘っていた井戸のことである。

「あれでしたら、いけません」

工藤惣之助は首を振った。

「やはり、そうか」

「ええ、縄梯子で中に降りてみたのですが、中には巨大な空洞があるものの、まったく水は出ておりませんでした」

鈴木孫兵衛が顔をしかめた。

「まったく、何のために、あんなものを掘ったのかな」

工藤惣之助も同じ気持ちだった。だが、井戸掘りに当たった三人の中に、小栗晋作が含まれていたと考えられるのだから、何か特別な目的があったような気がしていた。

彼は、江木小五郎から聞いた、人足寄場が造られたときの騒動のことを思い出した。

幕府は強権をもって、三俣にあった繁華街を島ごと破壊し、その土砂をここへ運んで埋め立てを行ったという。しかも、そのおり、三俣の富永町に店を構えていた者たちが、ことごとく捕縛されて厳罰に処せられてしまったのだ。さらに、江木小五郎はそこまで話すと、ふいに顔を近づけ、声を潜めてこう言ったのである。

《だがな、そのおり、その者どものが蓄えていたはずの莫大な金が、どこかへ消えてしまったのじゃ》

そのとき、工藤惣之助は思い出したことがあった。

留吉と、同じように堀を浚った直後に不審死を遂げた二人の無宿人のことである。

もしかすると、その金がこの人足寄場のどこかに隠されているのかもしれない。

そして、留吉やその二人の無宿人は、そのことに気がついたから、殺されたのではないだろうか。

その二人について、尾崎久弥よりも前に奉行所内の古い記録を調べた者とは、隠匿されたその金を守る役目を負った人物――。

さらに、あの井戸こそ、その隠し場所――。

彼は首を振った。

そんな馬鹿な。

工藤惣之助は、鈴木孫兵衛に言った。

「危険ですから、あの井戸は埋めましょう」


倫太郎は岸壁に立ち、海に顔を向けていた。

空が真っ青だ。

海風が、ほつれ毛を乱す。

激しい嵐の中、黒兵衛が操る荷船に紋太の遺体を抱えて乗り移ったのが、嘘のように思えた。

傍らに、黒兵衛と伊之助が立っている。

少し離れて、おこんも沖を見つめていた。

昨晩、彼らが荷船で逃げようとしたとき、彼女は役人を呼ぼうとしなかった。だから、倫太郎は彼女にも一緒に逃げることを勧めて、こう言ったのだった。

《伊之助は命を投げ出して、おまえさんを助けようとしたんだぜ。昔の恨みは、海に捨てたらどうだい》

おこんは、黙ってうなずいたのである。

川村広義が桐五郎を斬った理由は、はっきりとは分からなかった。ただ、紋太が最後に叫んだ言葉から推測すれば、川村広義には、紋太の妻子を殺害した旧悪があったのだろう。だからこそ、倫太郎たちが捕縛されて取り調べを受け、その事実までが発覚することを恐れて、あのような暴挙に及んだのではないだろうか。

紋太が炭団製所に火を放つという危険な役目を買って出た理由にも、倫太郎は思い当たった。あれは、川村広義への復讐の機会を窺うためだったのだ。

その紋太の亡骸を海に流してやることに、異を唱える者はいなかった。南の彼方にあるという普陀落《ふだらく》の浄土で、彼の霊魂は、きっと妻や娘と再会することだろう。

「散々に苦労して盗み出そうとした十万両が、海の藻屑とはな」

ふいに黒兵衛が言った。

「ぼやきなさんな。井戸掘り小屋から運び出していなかった千両箱が二つ、手元に残ったじゃねえか」

伊之助が言った。

「そうだな。山分けすれば、当分、遊んで暮らせるぜ」

黒兵衛が明るい顔つきになり、倫太郎を見た。

倫太郎はうなずく。

「四人で山分けして、一人五百両。それでいいな」

「むろんさ」

すかさず、伊之助が言った。

黒兵衛が鼻から息を吐き、渋々とうなずく。

おこんが倫太郎に目を向けた。

「あたい、何もいらない」

その顔には、晴れ晴れとした表情があった。

「そうかい、好きにしな」

言うと、倫太郎はまた海に顔を戻した。

そして、手にしていた木彫りの達磨を海に投げた。

達磨は波に揺られて、少しずつ沖へ流されてゆく。

さながら、倫太郎の思いを乗せているかのように。

波頭の彼方に、無宿島が見えていた。

本書は書き下ろしです。原稿枚数721枚（400字詰め）。

装丁　多田和博
装画　中川　学

〈著者紹介〉
翔田寛　1958年東京都生まれ。2000年「影踏み鬼」で第22回小説推理新人賞を受賞しデビュー。「誘拐児」で第54回江戸川乱歩賞を受賞。その他の著書に、『眠り猫　奥絵師・狩野探信なぞ解き絵筆』、「やわら侍　竜巻誠十郎」シリーズなどがある。

GENTOSHA

無宿島
2011年9月20日　第1刷発行

著　者　翔田 寛
発行者　見城 徹

発行所　株式会社 幻冬舎
　〒151-0051　東京都渋谷区千駄ヶ谷4-9-7

電話:03(5411)6211(編集)
　03(5411)6222(営業)
振替:00120-8-767643
印刷・製本所:中央精版印刷株式会社

検印廃止

ISBN978-4-344-02058-0　C0093
幻冬舎ホームページアドレス　http://www.gentosha.co.jp/

この本に関するご意見・ご感想をメールでお寄せいただく場合は、
comment@gentosha.co.jpまで。